N I C

MEETI

Y O

我们从未陌生过

AGAIN

AND

AGAIN

浙江出版联合集团
浙江文艺出版社

目录 Contents

天空路

生活在 2.5 次元，小说作者。已出版长篇小说《谜的国·光年森林》。
@天空路_谜的国

影子外婆

我的外婆是被我外公捡回来的。

1934年，溥仪在长春当上伪满洲国的皇帝，日本蚕食中国领土，国民党血腥“围剿”共产党，全国兵荒马乱。我外公家是浙江湖州的小地主，太公公刚病逝，太婆婆眼看形势紧张，举家向香港搬迁，途经江西地界，遇见了我的外婆。据说那天正值小寒，外婆穿着一身大红的单衣，两手雪泥，在乱葬岗里刨死人的祭品吃。她看见太婆婆的蓝布小轿，擦了擦脸就磕磕绊绊地跟在后面走。刚开始没人在意她，不料外婆跟着走了一天一夜，把所有人都走得心里发毛。她珍惜地吃太婆婆给她的两个窝头，攥着驮行李的马队的马尾，实在走不动了就任由马拖着前进，把脸都磨破了也不松手。我外公看不下去，把她抱进了蓝布小轿，就这么一路带到了香港。那一年，我外公十九岁，我外婆十二岁。

这一段历史，现在正由外公的三儿子、我的小舅讲给我听。时隔八十年，硝烟和炮火都已在时光中散尽，我坐在从洛杉矶飞往香港的航班上，礼貌地点着头，听坐在身边的这位年过花甲的陌生男人讲述我们共同的家史。我读着他名片上的头衔，偷眼打量他的定制西装和钻石腕表，想象不出这位稳重得体的小舅居然在 1968 年的夏天把外公和外婆哄到他在广州读书的高中，戴上高帽、推上批斗台，跟他们断绝关系。小舅也礼貌地打量我这个初次见面的外甥女，我这一身帽衫牛仔大概很不庄重，毕竟我们都是接到家族的通知，紧急回香港参加外婆的葬礼。

“我四十几年没回家了。”小舅有点难堪地笑着，想让我谈谈在他离家出走后发生的事。

我有点为难，因为我对外婆的记忆几乎仅限于1993年，我那时五岁。因为父母都在外做生意，我寄住在外婆家，短短六个月间，外婆从我的精神寄托变成了我在世界上最害怕的人。二十年后，我依然清晰记得，在盛夏的午后，外婆的手指引着闪光的金丝线围着一面轻透的白纱上下翻飞，荷花、锦鲤灿然而生。我把那丝绣放在枕边，梦里都能听见锦鲤跃出水面的声音。在蝉鸣阵阵的傍晚，外婆洗好大汤勺，涂上一层薄猪油，将打成糊状的红心鸡蛋均匀地涂在汤勺里，在火炉上烤成香喷喷的蛋皮，再把加了马蹄和青葱的鲜肉包进去，做成鲜香多汁的蛋饺。我白天寸步不离地跟着外婆，看她展示一项又一项让我惊异崇拜的小绝技；晚上钻在她的怀里，在半梦半醒间一遍遍地听白娘子和许仙的故事。然而，随着冬日的到来，外婆给我定下一道铁则：在她晚上给取暖炉生火的时候，我不许跟着她，连靠近厨房也不可以，怕我煤气中毒。我乖乖听了几天话，却忍不住在一个晚上，偷偷推开厨房的门，向里窥探。黑暗中，外婆擦亮火柴，用纸引点燃了取暖炉中的煤，我差点惊叫出声：她投在墙上的影子弓着腰，瘦瘦长长，头顶有两只尖尖的兽耳，好像一只狐狸。

那天晚上，我拿出五岁孩子的所有镇定，央求外婆给我的父母打电话。我在电话里哭诉无人陪玩的寂寞；哭诉对父母的思念之情，催促他们第二天就接我离开。我战战兢兢，不敢说出外婆影子的秘密。那天晚上，外婆依然躺在我身边，我面对着她，半眯着眼皮不敢睡觉，眼睛累到流泪。外婆辗转反侧到深夜，她大概有点困惑和难过，但我只想着如何逃走。

快到黎明时，奇怪的事发生了。我只走了一下神，外婆不见了。我紧张地坐起来，发现自己竟然置身于一座悬在星空中的巨大骨架中，每根骨头上都刻着数字，一眼望不见骨架的首尾。我握着一支点燃的白蜡烛，前后都是半透明的人影。我被推动着前进，蜡烛的光芒愈发明亮，我也被照成了半透明。透过睡衣，我看见淡金色的血液在叶脉一般的血管里流动。我的脚步越来越轻，眼看就要飞起来，一个不透明的黑影忽然从骨架外面钻进来，贴着白骨延伸至我的小腿，把我紧紧地粘在地上。我吓得大叫，影子的耳朵尖尖的，正是外婆的影子。整个队伍的人都逐渐飞升，融进头顶旋转的星空，而我却浑身冷汗地定在原地，直到天色大亮。

我清醒的时候已经躺在医院里，医生用半粤语半国标的语调，说我烧到了42℃。外婆用粗糙的手指轻轻抚摩着我的手背，我惊慌地把手抽回，拒绝她的触碰。我猜外婆的影子从死亡那里把我留了下来，但我越想越怕，铁了心要离开她。

其后的十几年里，我跟着父母在内地辗转。外婆几乎每个月都来电话，母亲有时面露难色地问我想不想跟她说话，我就隔着半个屋子，对电话大喊一声“外婆注意身体”，再也不肯靠近。到了春节，父母带我去香港陪外婆过年，我坚持不在外婆家过夜，只住旅馆。眼见着外婆一年比一年更老了。

我回忆着这些往事，却无法对小舅说出口。我们在机场相见，小心地介绍了彼此，我还沾他的光升了舱，可我们根本还是两个陌生人。小舅期待地看着我，我闷闷地说：“外婆挺想你的。”

小舅半是高兴半是惭愧地笑了。他的笑容像二舅，嘴角的细纹里填满阳光，让人看了就觉得温暖。我在黑白照片里见过二舅的笑容，可惜没有见过他本人。

听母亲说，二舅做造纸生意起家，四十多岁时跟多年的搭档一起借钱投资矿井，被骗得血本无归，就把房子卖了，把钱寄给外婆养老，自己出去逃债，被人砍死在街头。那一年我还没出生，外公承受不住打击去世，所以我也没见过我的外公。我知道这件事时已上高中，隐约觉得外婆可怜，生下三子一女，现在却只有我母亲陪在她的身边。然而，多年的刻意疏远让我找不到再次拉近距离的理由，于是我寄了些明信片给外婆，写一写期中考试的名次、暑假旅行的趣闻，虽然我知道外婆根本不识字。

小舅沉默了一会儿，问我："你有没有觉得，阿妈……你外婆有点与众不同？"

我心里一动，差点把埋藏在心底二十年的外婆影子的秘密说出来。未及我开口，小舅先讲了一个故事，我大舅的故事。

外婆跟外公到了香港， 十五岁时嫁给他，1938年十六岁时生下我大舅。1941年12月，日军进攻香港，外公家在九龙，正是日军从新界攻向港岛的前线。在日军尚未越过"中英边境"的那天清晨，外婆忽然叫醒外公和太婆婆，要他们立即逃到离大陆最远的港岛去。全家人不明就里，眼见外婆神色严峻，就带上细软照办了。当天日本人大军压境，九龙很快被侵占，外公的家被夷为平地。可惜外婆的准确预感无法改变历史的安排，他们逃去了港岛，却逃不过十几天后全境沦陷的命运，英军投降，日本人接管香港。那年大舅三岁，正是活泼好动的年纪，外婆隐约察觉到不祥，用绳子把大舅拴在床脚，整日都不许出门。太婆婆心疼大舅，带他去院里放风，结果遇上民间游击队与日军火并，两人都被流弹所伤，几天后患破伤风去世。

"这件事让你外公看到了你外婆的神通，她能'闻'出危险。我和你二舅小时候，你外公要我们听你外婆的话，即使不理解，也必须听。"小舅有点感慨，"可我就是不服，越要我听话，我就越反抗。"

我点点头，仿佛看到了小舅当年叛逆出走时的身影。飞机的舷窗外，鸽子灰的云海在无风的高空无边无际地铺展开来，朝阳在云底酝酿了许久，却始终不见露头，只把天际线染成一片紫红。我下了决心。

我申请到美国S大学的研究生后，临行前收到一个包裹。我认出那专门用来绣荷花与锦鲤的白纱，上面用金线绣着我的名字，细致而工整，一定是外婆托人读了我的明信片，依样绣上去的。纱袋里装着一颗红豆，很小很硬，红得像宝石。我想这大概是外婆寄托思念的古老方式，把它打包进了行李。后来我在美国生过两次大病，每次都孤独地躺在租来的小单间里，身体烧得像火炭，每次都梦见有尖耳朵的黑影从门缝下滑进屋，黑色的手沿地面和床脚爬上来，绕过我的指尖。我无法动弹，心怀恐惧，又觉得说不出的舒服，因为笼罩我的火雾被黑影慢慢吸走，酸痛的肌肉和嘎吱作响的骨头也终得平静。第二次病好之后，我开始把外婆的红豆带在身边，甚至每两个月给她打一次越洋电话。我听得出她很高兴，但我始终没勇气问她关于影子的秘密。

小舅听到一半，居然开始掉泪，坐在我们另一边的那个低头读报的女人忍不住多看了我们两眼。小舅解开领带，松开衬衫的第一粒纽扣，拿出一条银链子，下面居然也挂着一颗红豆，表皮红得耀眼，豆身开裂得厉害。

“我那年离开广州，去了北京却没见到毛主席，就去了上海，又在加拿大待了十几年，最后到了美国。你妈通过领事馆找到我，之后你外婆也寄来这颗红豆。她不会写字，我知道红豆代表什么意思……”小舅擦了擦眼角，“后来这颗红豆救了我。一天晚上，我在迈阿密的加油站，给汽车加油时把引擎熄火，突然五六个人把我的车团团围住。我在加油前关了手机，打电话报警已经来不及，我就锁死四扇车门，狠踩油门。那几个人拿着铁棍，对着车窗玻璃猛砸，眼见挡风玻璃已经变花，我的车忽然能启动了，我冲破包围就逃上高速公路。”

“后来呢？”我听得胆战心惊，“红豆怎么救你？”

“我的车只开了两英里，一进服务站就彻底熄火了。警察来了，拖车也来了，检修的师傅怎么都不相信加了那么些汽油，引擎居然还成功启动过。也就是那一晚，我发现红豆裂开了，我第一次给你外婆打了电话，她竟然就守在电话边上，说一直在等我回家。”

这大概是巧合，我这么想着，却宁可相信它不是。空姐送了三顿餐点，我们基本没有吃，也没怎么再说话。几小时后，我们降落在香港赤腊角国际机场，匆匆赶赴火葬场，见外婆最后一面。无盖的玻璃棺中，外婆瘦小得像个孩子，两鬓雪色，穿着大红的寿衣，让我想起八十年前的小寒，她第一次见到外公的那个故事。

“阿妈的遗愿是埋在阿爸身边。”我的母亲哭肿了脸，对小舅说。兄妹阔别四十多年，依然很有默契，一起把白菊花瓣撕下，铺在外婆的身侧。他们俯身的刹那，侧脸的轮廓几乎一模一样，我不禁一怔。

无论走出了怎样的轨迹，我们都是外婆的孩子。

外婆被推进火化室的时候，我从后门溜了进去，递给师傅两盒好烟，坐在火化炉旁边。我想外婆被火烧的时候一定很疼，我的良心也很疼，所以我要陪着她，让她不那么寂寞。我还有一点私心，想把身上的那颗红豆，带着我的体温，藏进装外婆骨灰的小盒子里去。

那天夜里，我回到外婆的家。多年来，第一次在非春节时期回来，夜空里没了焰火，一轮圆月照得清明。母亲和小舅还在守灵，我悄悄地推开了厨房门，站在黑暗里，擦亮一根火柴，想看自己投在墙上的影子，是不是也瘦瘦长长，长着一对尖尖的耳朵。

第二年春天，我又回了香港。在外婆和外公一起安眠的那个向阳的小山坡上，我看到一棵很小的树，手指粗细，长满青绿的椭圆叶子。

我很开心，那是一棵红豆树。

路明

物理学博士，大学教师，资深驴友。说人话，不鸡汤，文质朴素，行者无疆。

@后排的路明

有一种战争
注定单枪匹马

1

她说，第十七次化疗，疼得受不了。想死。

两年前，她和男友一起去日本读博士。她常觉得肚子疼，有垂坠感，伴随不规律出血。去医院一检查，卵巢癌。

爸妈是小城镇的普通工人，医疗费对他们来说是一个巨大的负担。所以她选择留在日本接受治疗，日本政府对留学生有医疗补助，算是不幸中的万幸。

代价是孤独。日本签证办起来很麻烦，母亲只能几个月来一次，照顾她十几天，抹着眼泪离开。

爱情是这黑暗中唯一的光。男朋友一边读博一边照顾她，像一对苦命的鸳鸯。

他们是大学时候的同班同学。她记得特别清楚，第一次见到他是入学时的班会，他剃了个特别圆的圆寸，个子不高，脑袋大但特别瘦，外套上还染色了，像泼墨一样。

一开始是波澜不惊，见面打个招呼，随便聊两句。时间久了，她记住了他那诚恳腼腆的笑容。

第二学期，不知怎么的，周围的朋友都在传，说他喜欢她。而他听到的却是她喜欢他。小孩子经不起这样的谣言，自然会去注意对方，却发现了彼此更多的优点。

非常俗套地，两人开始一起上自习。每天晚上自习完了，他送她回寝室。离寝室越近他走得越慢，到最后几步简直走不动。

可他好像不知道有一件事叫做“表白”。姑娘等啊等，觉得这样子不行，于是挑了个月黑风高的晚上，问他，以前有没有喜欢的人？
他说有，blablabla说了一大通。
姑娘不耐烦了，打断了他的叙述，说，那现在呢？
他老老实实地回答，喜欢你。
后来就牵手啦。

“牵手也是我主动的，他笨死了。”

在一起的第二年，两人吵得特别凶，三天一小吵五天一大吵，都是为一些非常小的事情，以至于现在完全想不起来。好几次吵完，她精疲力竭，心里想，要完蛋了，过不下去了。

隔了一天，他又来找她自习。书包里装着零食，好像什么事都没发生过一样。

过了磨合期就好了。后来两人一起考研，一起读研究生，一起申请出国，一起到了日本。

她说，以为好的感情就该这样，没什么情节，平平淡淡的，一直到老。没想到，生死考验来得这么快。

2

她对我说，别把我写得很惨哦，看着好可怜的。想了想又说，虽然好像真的很可怜。

她有一群爱她的朋友。有个朋友知道她的病，在视频里哭得稀里哗啦，反倒是她去安慰人家。

朋友一边抹眼泪一边骂："你这个臭丫头，能不能不要这么懂事？"她嘻嘻笑："没办法呀，你们都太脆弱了，我不好意思比你们还脆弱。"

好像反了是不是？她拜托朋友们别哭了，"我只是生病了，又不是要死了。会死，但不是马上死。就是受点苦，还能活着，活一会儿，就很好了。"

第一次化疗后，她大把大把地掉头发，梳头像薅羊毛。有一天头发掉光了，她拍了张做鬼脸的照片，放到微博上，说把猴儿放出来了。

她说自己的血管超细，化疗用的针头粗，每次都得扎好几次，而且只有护士长级别的才能对付得了她。她笑自己在病房鬼哭狼嚎，"深深地体会了夏紫薇的痛苦"。

她还哀叹她的导师运气不好，招了个不能干活的女博士。每次见到导师的时候都觉得很抱歉。我听了眼泪快掉下来——都什么时候了，还惦记着人家运气好不好。

她说想吃素鸡，日本买不到。我说我买了给她寄过去，她说不用，不肯告诉我地址。过了一礼拜，欢天喜地地告诉我，在一个购物网站上发现了素鸡，明天就送货。

身体稍微恢复一点，她提着篮子去买菜，说要给男友改善伙食，“那家伙太笨了，做的东西都一个味道”。家到菜场不太远，她走走停停，花了一上午。回到家瘫坐在地板上，大口喘气，衣服都湿透了。气得她直骂：“妈蛋，累死我！”

她戴着假发套，站在樱花树下拍照，笑容灿烂。回家在日记里写：不知道还能不能看见明年的樱花。

有个朋友写了篇有关美食的文章，她给我留言说，你不知道我看完有多难过，那女孩写的那些东西有多好吃啊，我都不知道有生之年还能不能那么吃一回。

3月10日：我才不要死，把生活演成红颜薄命英年早逝的电视剧给你们看，又没人给我片酬。我才不干这吃力不讨好的事儿呢。

4月7日：爬不起来床的第五天。早晨突然觉得非常委屈，于是哼哼哼哭了好久。一边哭一边想着：“癌细胞你太TM欺负人了，我要叫我哥来打你！”癌细胞说：“得了吧，你哪儿有哥哥呀。”我一想，还真是，于是哭得更伤心了。

5月9日：初夏的傍晚，收了洗好的衣服慢慢叠，感觉好像回到了读研的时光。怎么去拥有一道彩虹，怎么去拥抱一夏天的风？我想念你，旧时光。

用淡淡的幸福和简单的温柔，去对抗巨大的病痛。若是鼓起所有的勇气，能坚持多久？

3

结束了十次化疗，她出院了，开开心心地回到学校。直到有一天昏倒在实验室，被直接送进重症监护室。检查报告显示，癌细胞并未完全清除，肝肺部有扩散。接着是第二轮化疗。

两次化疗间隔四个礼拜，也就是说，她有二十多天的时间调养身体，恢复体力，等待下一次折磨。

第十五次化疗之后，各种反应一起来了，呕吐，胃疼，肝疼，头疼，全身疼，撕心裂肺的疼。没有胃口，强迫自己吃东西，可是牙也疼。

第十六次，疼得更厉害。以前每次化疗完有四五天下不了床，之后就能慢慢地好起来。可这次，天天都想着“明天就好了”，结果每个明天都是“怎么还不好”。都一个多礼拜了，还是只能坐在床上。

他去实验室了，请了好几天假，老板要骂人的。我在网上陪她聊天，希望能转移下她的注意力，可以不那么疼一点。

我安慰道：“至少有爱人在你身边，也是一种幸福吧。”

过了好久，她才答复：“以前看日剧韩剧，看到那些身患绝症的女孩在爱人的呵护下死去，觉得好浪漫好感人。现在我知道，完全不是那么一回事。那样的疼发作起来，必须由你自己去承受的。别人没有办法帮你减轻哪怕一点点。”

“有人说羡慕我，因为我的男朋友对我不离不弃。如果那也是一种幸福，我情愿不要。”

我突然有一种深深的无力感。我是个局外人，除了廉价的同情和虚妄的祝福，还能给她什么呢?

“请不要对我说什么‘再坚持一下’‘忍一忍就过去了’‘一定会好起来的’。你们不知道我在忍受什么，也不知道我在坚持什么。所以你们是心有余而力不足先生和站着说话不腰疼小姐。”

“祈祷、鼓励、加油、点蜡烛，这些对我没有意义。与死神搏斗的夜晚是寂静的。”

“但我不会怪你们。因为我知道，有一种战争注定单枪匹马。”

4

每天下午，她都蜷在床脚，像一只受伤的小兽。窗外阳光明媚，仿佛永远照不进冰冷的病房。打嗝、放屁这样顺其自然的事，都要非常努力才能做到。

晚上，疼得彻夜睡不着。她在黑暗中睁着眼睛，咬着床单，虚汗浸湿了睡衣。多想要个温暖踏实的拥抱，却不忍心叫醒身边的人。

那天中午，她的心情灰暗透了，实在没胃口，男友又一个劲地催她多吃点。她火气上来，一扬手，一碗汤洒在床上。她吃惊地看着湿淋淋的床单，没想到自己还有力气能打翻一碗汤。

男友铁青着脸，洗床单，擦地板，收拾屋子。一下午两人不说话。晚饭端上来，排骨一丝一丝地撕好了，苹果切成指甲盖大，萝卜片得薄薄的，堆成小雪山的模样，上面还放了个樱桃。她的眼泪一颗一颗滴在碗里。

7 月 28 日：大学那会儿班里有个姑娘戴牙套，午饭还偏偏买了鸡腿。她的好朋友见了默默拿过鸡腿，把腿肉剔下来给牙套姑娘吃，最后还把没剩什么肉的骨头啃干净。我们这些同坐一桌的人感慨万分，纷纷表示将来自己若有男友至少要能如是。如今我也有此待遇，但我其实想念我的好牙口。

8 月 12 日：“最近”是个不太好对付的家伙，每次你们问“怎么样”的时候，因为不甘示弱，我都会回答“还好”。不然还能怎样？“不好”？“很累”？“好绝望”？

8 月 25 日：吃晚饭的时候一边吃一边哭。我是个从来都没什么运气的人，所以对生活从来也没有什么奢望。我只是想和爱的人平安相伴到老。很平庸的，粗茶淡饭便好。早知今日，还不如没出生在这世上。生而为人，真是太对不起了。

那天凌晨，她在微博上留言，“活着真的好辛苦”。之后便杳无音信。

5

有次陪外公住院，听护士们说起一位德高望重的主任医生。在他的手底下，不知治好了多少人又送走了多少人，末了，自己也患上绝症。震惊难过之余，大家觉得，这位老先生也是个见惯生死的人了，面对死亡，大概会表现得超脱一点。

护士叹口气：“死得毫无尊严。”

有个朋友难产，历尽千辛万苦，终于生下一个女婴。她抱着女儿一个劲流泪。后来她说，想到二十多年后，女儿也要经历这一番疼痛，舍不得。

卡莱尔说，没有在深夜痛哭过的人，不足以语人生。这句话或许可以改成：没有在深夜痛醒过的人，不足以语人生。

外公去世后，我在本子上一遍遍写：“天地不仁，以万物为刍狗。”

人竭力想在自然规律前保持尊严。自然说，你本就是一长串有机分子序列的组合体，有什么尊严？

6

我每天给她一条留言，可她却像是人间蒸发了一样。我盯着她灰暗的头像，那笑容是否已沉寂？

不是说还要看樱花吗，不是说还要回国办婚礼吗？我在心里念叨着，姑娘，可别真的放弃了。

终于有一天，收到她的答复：谢谢你，好一点了。

她告诉我，她想自杀，不愿意这样活受罪，也不愿继续成为男友的负担。男友去实验室了，她躺在床上，专心地想着死，连从哪扇窗子跳下去都想好了。

晚上，他从实验室回来，无比憔悴又无限柔情。忙里忙外的，给她洗脸、擦身、下面条、煮鸡蛋、烫蔬菜……

她看着这个为她手忙脚乱的男人，紧紧咬着嘴唇，一遍遍告诫自己，不可以再动摇了，不可以。然后眼泪无声地滑下来。

他赶紧扔下手中的活，蹲在床前，问她：怎么了？哪儿不舒服？还是不想吃饭？她终于忍不住，抱着他失声痛哭。

“我对他说，我舍不得离开你，我要巴巴地赖着你，赖到生命的最后一分钟。你是我活下去的欲望。”

活着。忍受着巨大的痛苦，还是要活下去。咬着牙，流着泪，活下去。

有一天梦见了外公，醒来时我突然明白，“天地不仁”并不是最终的答案。翻出了那本笔记，满页潦草的字迹。我在“万物为刍狗”后面加了一句：“已识乾坤大，犹怜草木青。”

知道语言在病痛面前是苍白的，可有些话，还是想对那姑娘说：

有一天，你站在蔚蓝的海边，你看着樱花漫山遍野，你品尝着精致的美食，你和爱人尽情地缠绵。那时，你会感谢现在的你，给了未来的你机会。

7

她的网名叫喧泫。喧闹的喧，泫然泪下的泫。在世间热闹处无声地流泪，不愿打扰到那些欢乐的人。

张白

从留日博士到家庭主妇。处女座。癌症患者，用全部倔强，为爱而生。@暄泫

枕边书

天气渐渐冷起来了，空气里夹带着一股清冷的寒气，叶子也散落了一地，是冬天要来了。

这大半年里一直跑医院，车窗外的景色从樱花开一直到枫叶红，很快就要变成冬雪飘了吧。月初结束了今年第八次化疗，我的脑袋也终于掉毛掉成了个削皮土豆。头发是早就掉光了，现在连眉毛和睫毛也掉得只剩下屈指可数的几根。看看镜子，我连自夸“就算光头也还是眉清目秀呢”都不能了。眉清目秀起码要有眉吧？

说起来，你还记得十年前我还眉清目秀的那个冬天吗？那是我们班第一次班级活动，你和我分在了同一个小组。面对慢热不擅言辞的我，你硬是从东北三宝扯到了你高中校园里的花鼠。

其实那天你到底都说了些什么，我现在已全然记不清，只记得那天午后的阳光暖暖地照在山间的路上，山上的每一棵树都在阳光下变成金灿灿的模样。“如果将来和眼前这个男生谈恋爱……”这样的念头一闪而过，连我都会偷偷在心里笑自己傻。怎么可能呢？怎么可能呢？可是，你就真的没有这样的念头闪过吗？若是真没有，我们又哪里来的后来的故事？

六月的考试季，你每天找我一起自习，给我补习线性代数，最后考试却败给我。这么些年来，你一直爱说我笨说我傻说我呆，却在背后跟别人说我聪明，这件事一直是你的有力佐证。只是，那时的我心思却不在这里，我一直等啊等啊，等你亲口说一句：“喜欢你。”终于在那个初夏的夜晚，我迂回地问你：“以前有喜欢的人吗？”你说：“有。”“那现在呢？”你沉默了一会儿，牵住我的手说：“现在，喜欢你。”

那时的我还梳着骄傲的马尾，那时的你还没有长出那么多皱纹，那时的我们还是两个天真的冒着傻气的孩子，会为了一块水果硬糖就欢天喜地。

和你晚饭后散步，对着树上的鸟儿说话，杨树叶在路灯暖橘色的光里，在温柔的看不见的夜风里翻飞着，像一群金色的蝴蝶。路过学校里的丝瓜架，正是开花的时节。你说好香，跳起来摘一朵给我。到如今它还躺在我最爱的小说里，你送我的第一朵花儿。

你背着吉他，拖着我躲到学校礼堂的背面。又是恐吓，又是威胁，不给我看谱，不许我录音，甚至不让我笑，然后才给我唱了你生平写的第一首歌。写给十九岁的我的，你送我的第一份生日礼物。

还有我们第一次吵架，起因简单得可笑。你问我，我们现在是什么关系。我有心开个玩笑，便故作严肃说，同学关系呀。而你却当真以为我对感情并不认真，生气地转身就走。那天晚上刮了好大的风，打了好响的雷。我挨教室找你这个当时的中二少年，最后找到你的时候哇哇大哭。而你看着我哭，手足无措，一脸慌张。

后来有一天，我跟你说我忘记带纸巾。你从口袋里摸出一包皱皱巴巴还没开封的纸巾给我。我一直笑你一个平时大大咧咧的男生，居然像小女生一样随身带纸巾。你开始不好意思，后来逼急了才说："还不都是因为你？上次你哭了，我又不会安慰人，不知道怎么办。我就想，下次你要是哭了，起码我要能拿出一张纸巾来吧。这个我买了好几个月了，还没用过一次呢。"

其实后来我还是被你惹哭了好多次，在我常常觉得马上就会分手的磨合期。你那时候是个浑身长刺的小愤青，而我是个古怪又固执的姑娘。吵架的原因千奇百怪又鸡毛蒜皮，每次都相同的是，你从不哄我。我一个人躲在寝室里哭，一边哭一边想你说过的"绝不先说分手"的承诺，因为你说，最看不得我难过的脸。不过，值得我骄傲的是，我们从来不因为同一个缘由吵两次架。不翻旧账，是我们心照不宣的共识。

直到某一天，我突然发现我们好久都没有吵过架了。我知道，那个难熬的磨合期，终于过去了。你和我，在彼此的眼睛里长大了。

日子就这样波澜不惊地一天天滑过。生活里的小细节，因为有爱，也变成了浪漫。

我们在一起五周年的那天，你带我去吃大餐，吃得肚子溜圆，然后牵着手沿着北三环一起散步回学校。

也有一起吃泡面的日子。

大四的时候，我在我四楼的宿舍泡好面，再把你的那份端给你。我还记得自己端着泡面站在你宿舍楼下等你时柔软的心情。后来我问你泡面好不好吃，你说，好吃，我亲手泡的面最好吃了，宿舍的人羡慕死了。

你第一次跟我回家，火车晚点得厉害，我们带的吃的不够，我到半夜的时候快饿死了，又一心想着我妈包的饺子。后来你就在车上买了一个碗装泡面给我，好像是红烧牛肉面。你去帮我接了热水泡好。我说："一起吃吧。"你说："你都吃了吧，我不饿。"于是我就真的全吃了。之后，你说："你还真的全吃了啊？怎么不给我留点儿……"接着很哀怨地把一碗面汤都喝了，然后说："饱了。"

你看，哪怕是泡面这种东西，因为承载了记忆，也变得无比浪漫美好起来，多神奇。

研究生毕业以后，你来日本读博士，再后来，我也来日本读博士。

还记得你第一次跟我求婚吗？是在本科毕业吃散伙饭的那一天。那天我有点醉了，你也有点醉了，我们一群人都有点醉了。走在回学校的路上，一路上咋咋呼呼的。我和你落在队伍的最后边，你牵着我的手说："嫁给我吧，嫁给我吧。"我白你一眼说："求婚是要拿戒指的。"你晕乎乎地说："戒指这玩意儿不重要，重要的是要有感情。我现在没有钱买戒指，可是我有感情。"于是我想了一下，就晕乎乎地答："嗯，那好吧。"那一刻，我想象了一下我们很老很老的样子。如果是你的话，生活一定不会无聊；如果是你的话，我不怕老，也不怕死。

我小学的时候啊，有一天晚上睡觉的时候突然想到，要是我突然死了怎么办？然后就这个问题反复思考，最后害怕得睡不着觉。第二天，我就非常忧郁地问我的同桌李思："你说，要是我死了怎么办？"她抬头看看我，笑着敲着我的脑袋说："小小年纪，说什么死不死的，没出息！"

后来，我就立志要做个有出息的孩子。所以，我从来没想过，生死考验来得这么快。

去年二月末的一个晚上，我突然肚子疼得要死。你和两个同学连夜把我送到医院，折腾了整宿没睡。医生说，可能是卵巢癌，但要手术后才能确诊。

第一次手术结束的时候，医生把我从麻醉中唤醒，只对我说："结束了哦。"我觉得医生的口气听起来并不轻松，独自在重症监护室忐忑了一夜。

第二天，你把我从重症监护室接回普通病房。我急着问你结果，你支吾了好久，才艰难地告诉我，是癌症。

即便是已经做了心理准备，我还是觉得，很失落。

可是我怕你更难过，于是我掩盖住失落的心情，指着自己的肚子笑着对你比画："你看，大意失荆州。"你趴在床边看着我，不说话。

大意失荆州。先失了南阳郡，以后，荆州九郡，也都会尽数失去。

早就明白了的，不是吗？无论多坏的事情，都必须面对它，承认它。只有这样，之后所有的作为才能对改变现实状况有所助益。兵来将挡，水来土掩。这世上的事情不都是这样？

所以，我亲爱的你，不要问为什么。这个世界，有太多的事情没有为什么。

第一次化疗的时候，肚子里像火烧一样，又疼，好像被人插了把刀，还时不时左右拧一下。我浑身是汗，心里又害怕，还以为自己要死了，鬼哭狼嚎得半层楼都能听见。医生不得不把我关到楼层一角最大的单人病房去。护士一直握着我的手轻声安慰我，我一边哭号一边跟护士道歉："对不起，对不起，可是实在是太疼了。"泪眼蒙胧里恍惚看见你站在人群的外围，手足无措，一脸慌张，就像第一次看见我哭的那天一样。

后来我哭累了，就睡着了。第二天醒来的时候，看见你和衣睡在病房里的沙发上。长长的睫毛轻轻颤动着，不知道梦见了什么。

梦见你那次生病了吗？我们在一起的第一年，你有一次生病，拉肚子拉到浑身发软，还发烧。我吓得赶紧送你去医院。之后两天一下课就立马跑去学校门口的粥店买粥给你送去。现在我生病了，换你照顾我了。只是，我这病和你的病不可同日而语，看起来，你很吃亏啊。哈哈。

四月，我的头发和那年的樱花一起落了。终于，我要剪去蓄了十年的长发，曾经你最爱的长发。第一刀剪下的时候，好像剪的不是我的发，而是剪在了我心上，眼泪一下子就喷涌而出。你安慰我说："别哭，剃光了头发也还是很好看呢，你怎么样都美。"

第二次手术的时候是夏天。我手术之后又并发了应激性十二指肠炎，结果硬是在医院住了半个多月。你为了省路费，每天骑一个小时自行车来医院看我，晚上再骑一个小时回家。晒得你手背和手指都不是一个颜色，脚上穿的洞洞鞋，脚背也晒成了波点风格。

接着又是化疗。反应最严重的时候，一整天几乎什么都吃不下。我会恶心，会呕吐，会浑身疼，会手指麻痹，会几天都爬不起床。有时候吃着饭我就突然皱着眉头发起呆来，你问我怎么了，我都说，没什么。其实我是想到下一次的化疗，就觉得好难熬。

不过好在我慢慢地好起来了。结束了六个疗程的化疗，我满心欢喜地开始期待新生活。那个长发的姑娘，那个因为害怕没有未来而独自整夜哭泣的姑娘，我转眼就快要把她忘记。

我也忘记了，命运抽了我一个耳光，它还会抽我第二个。

回到学校还没有六个月，我的病就复发了，还扩散到了肝肺。走出诊室的时候，你的脸色难看得要命。我在朋友圈里发："就好像看见一整个未来的灯全灭了。"

晚上，我絮絮叨叨地跟你说着，我也不知道我到底能不能好，不过人家说告别要趁早。如果我真的不幸红颜薄命英年早逝，我已经想好了要在葬礼上放哪首曲子，你记着，我不要普通的哀乐，难听。遗照要选我长头发时候漂亮的。你叫他们来看我的时候带点啤酒还有下酒菜。不要哭，再陪我说说话。你可以忘了我，但不要太快忘记我。你可以娶别人，但她一定不能比我爱你少。你可以来看我，但不要带别的姑娘来看我，我还是会不高兴的。

你从背后拥住我，滚烫的眼泪落进我的颈窝里。这是我认识你这么多年来，第一次看见你哭。

你说，未来的灯灭了，我们赶快再去点亮一些。

可是，点灯的过程是如此艰难，好几次我都觉得这条遍布荆棘的路走到了尽头。

亲爱的，我说过我永远都不离开你，可是我不知道永远有多长。

“十年，”有个得了白血病的小姑娘对我说，“我不贪心的，只要十年。如果十年后我们还能这样聊聊天，那就足够了。”

我笑了，十年那么漫长，这可真是一个奢侈的愿望。我只希望今天不那么疼，反应不那么大，可以安静地等你从实验室回来，看你笨手笨脚地做饭。炒肉片和豆腐汤，外加一大碗热腾腾的米饭。晚饭后我们窝在床上看一会儿电视，然后关了灯，对你说晚安。

我不知道爱是否可以生生世世，我只在乎这一生一世。有时我想提前了断自己，以一种清醒的有尊严的方式，免得让你看到我插满管子大小便失禁的样子。可我又那么眷恋着你的温暖。我害怕这一觉睡过去，醒来时忘了你的脸。

命运是个不耐烦的监考老师，它一再督促我早点交卷。可我不，我会死皮赖脸地撑到最后一刻。

青埂峰下，一僧一道告诫灵性已通凡心正炽的灵石：“凡间之事，美中不足，好事多磨，乐极悲生，人非物换，到头一梦，万境归空，你还去吗？”顽石说，我要去。

当我来到这个世界，如果有一个声音告诉我：这一辈子你要经历难以想象的病痛，无数焦虑、失望、离别的折磨，你还去吗？

我会如顽石般点头，“我要去。”

我想看看爱情的样子。

七堇年

写作者，黄昏收集者，正在认认真真地浪费生命。@七堇年

维卡，维卡

维卡：

此刻，我开了一瓶白葡萄酒，想起上个冬天你来我家的时候，我们逛完超市，买了酒回到了家里，你先去洗澡。中途你突然打开卫生间的门，探出一个头来，对我说："把酒冷藏一下噢。"我说："好。"后来我把这个细节写进了一篇小说里。从那个时候我便知道，在万千种生活方式中，我们选择的应该是同一种。尽管那一天，我们才相识不足半个月。

这一刻，我做完了一天的工作，一边看《权力的游戏》，一边练了四十分钟Plank，然后洗澡完毕，坐回到书桌前，听着小娟版本的《爱的箴言》，就着冷藏过的白葡萄酒，开始想写一点什么东西。是的，此刻与世无争，我感到安宁。我不由得又一次想起少年时候热爱的作家写过："我说人生哪，如果尝过一回痛哭淋漓的风景，写过一篇杜鹃啼血的文章，与过一个赏心悦目的人错肩，也就够了。"

若是这样，那么人生海海，遇到一个赏心悦目的人，与之并肩同路，并许下诺言……不论实现与否，大概都已是万幸。而在这个喧杂的、现实的、不相信眼泪的世界里，为了找到这样一个赏心悦目的同路人，你愿意等多久，你愿意走多远？

才华横溢的人写过这样一句词:“所爱隔山海,山海不可平。”我读到的那一刻,竟无端动容,几近泪下。

回来之后,照节气来说早已出伏,但我这儿依旧时不时炎热起来。出了家门往东散步,就是一座墓园。墓园建于一八几几年,我忘了,只知道名垂青史的作家Emily Dickinson也埋葬于此。她的墓碑上,后世仰慕者放了许多支笔,沾着湿漉漉的露水,摆在那里,却一支都没有掉下来,堪称奇迹。难道才华的最终意义,就是令风雨在她的墓前也温柔下来?而那个黄昏,就在那座墓园里,你一直远远地走在我前面,背影像涟漪一样涣散开来,消失在湖水般的暮色中,直至月色清凉。我像你在人间的影子,默默跟随。

一生之中有多少次可以度过这样的夏天呢。我们在夜晚的大西洋划船,星空近得好像一张缀满了钻石的魔毯,披在身上。银河横贯夜穹,流星不时坠落。站在山顶上看落日,那色彩像往事一般哀艳,壮丽得让人失语。四下是森林散发出的木香,被晴朗的暮色烤熟了,香气格外浓郁。回小镇的路上,我们停留在无名的湖畔,游了野泳。那是个阴天,我冷得发抖,不敢上岸,就这么浸在湖水里,眺望群山淡蓝色的轮廓。夜里,我们回到帐篷旁,围着熊熊燃烧的篝火取暖,喝着本地黑啤酒,说着些心底的话,竟然醉了。篝火噼里啪啦地燃烧着,热烈得让人舍不得熄灭。

你还记得那个下午，我们去小镇郊外的无人湖畔吗？我们像两个未经世事的幼童一样，躺在大树树荫下，望着苍蓝晴空和朵朵流云，心底空无一念。草丛中冒出一只小野兔，傻傻地停在那儿发呆。树上的松鼠，照旧旁若无人地溜下来玩耍。我为你读了一段荒木经惟的《东京日和》，于是风从身边吹过的时候，你真的哭了。夜里烧烤的时候，你负责刷香料，我负责生火，我们像两个野人一样，守着食物。那一刻我们快乐得除了等待烤熟的食物之外别无他求。那一刻我们都那么年轻，像命运的宠儿，享受岁月宽宏而慷慨的对待。

离开小镇，回到纽约的第二天。宿醉之后的早晨，我头痛欲裂地走出公寓，去找便利店买牙膏。一定是因为情绪的原因，纽约在那一刻变得面目狰狞，像所有的大城市一样让人烦躁：阳光蛮横而生硬地撬开了贝壳般的我，刺眼极了。马路边积着污水，地铁里的闷热从通风口一阵阵涌出地面，奇形怪状的路人面无表情地走着，爬虫一般的汽车堵满了街道，逼仄的楼宇年久失修颜色发黑。那一刻我几乎要恶心得昏过去了。我突然明白，那些清澈的—— 星空、大海、森林、湖泊，都随着这个夏天远离了我，安宁美好的小镇也遗弃了我。我被自然流放，不得不回到城市。

维卡，你也知道我内心一直向往山川湖海，虽然这种遁世倾向听上去实在不太好。在这嘈杂世界里，可曾还有山川湖海，可曾还有人，愿意停下来，读一读你的心事，听一听你的孤独，摸一摸你的疲惫，陪一陪你的眼泪？

即使是有，你又是否足够幸运，能与之相遇?

我怀疑我不会这么幸运，所以你知道的，孤独终老也没有那么可怕。我总是对你说，我多想做一个南太平洋无名岛屿上的渔民，靠打鱼种椰子为生，每天都是朝阳唤醒我出海，落日陪我归来，星星说晚安，因为活得简单，所以也不懂什么遗憾，最后默默死于一个暴风雨造成的意外。或者就让我在山林里住一间屋，养一院竹，种一片地，喂一只狗，聊度时日。与世隔绝是我的梦想。而梦想不像目标，梦想就是那种你只能用来梦一梦、想一想的东西。

纵然能坐拥广厦万间，你我也只能夜卧七尺。纵然能买下良田万顷，你我也只能日食三餐。但人真是一种神奇的生物，明明知道在死亡的那一刻，什么也带不走，却纷纷不由自主地都活得这么用力，想要去创造那么多痛苦的、幸福的、带不走的财富。

很少人会去精心装潢一间从房东那里租来的屋子，但很多人会去拼命粉饰一段从死神那里租来的生命。你可以反驳我说：即便明知自己要在旅途的尽头扔掉所有行李，又有几个人敢两手空空地上路?你敢吗?

我无法回答，维卡。

在某些身不由己的借口下，我也是一个活得过分用力的人。十七岁的时候我熟背《猜火车》的经典台词，而十年后我就像台词里讽刺的那样，选择了生活，选择了一份活儿，选择了一项事业。选择了一个巨他妈大的电视机，选择了洗衣机、汽车、镭射音响，还有电动开罐器。选择小心保养自己的身体、低胆固醇和牙科保险……我并没有真的选择星空、大海、森林、湖泊。

万能青年旅店也不能回答，“是谁来自山川湖海，却囿于昼夜、厨房与爱”？所以维卡，在这一段租来的生命里，就让我们带着困惑，一直叩问下去，一直走向远方，好吗？

就让我们在向死神归还这段生命的时候，轻松得就像向DVD租赁店的老板归还一张影碟那样，顺便可以聊一聊它是一个什么样的故事。聊一聊，作为主演的你和我，多么蹩脚；作为爱与痛的情节，多么平凡。

好吗？

你的，

我。

1.
在餐桌上的麻雀
香港迪士尼（29页）

2.
晾被子
广州美院（上页）

3.
裂荷
四川成都

4.
走远
广东梅州

5.

告别

广东梅州

单纯的看

黄京

摄影师。徕卡评选32年来首位获奖的中国摄影师。2010年独立出版个人摄影集《忆》，2011年获得“徕卡奥斯卡·巴纳克”摄影奖新人奖并受邀参展2011法国阿尔勒摄影节。

朱肖影

青年作者。喜欢烧烤、火锅和蛋炒饭。@朱肖影

孤单合租房

1

在我眼前，窗子对面的居民楼灯火通明，暖气融融。想必每扇窗里，都有相聚在一起的家人、朋友、情侣，对我来说，这就好像一部部温馨的电影，可是声音被关掉了。我在远观别人的快乐，与温暖的气氛格格不入。幸福的生活就应该深入其中，而像现在这样远距离呈现，看的人只会想哭泣。

我关上窗，独自待在黑漆死寂的合租房里，等待墙的那边出现一点动静。只要她回来，操劳、寂寞、枯燥的白天就会被我忘记，日子就会陡然充实了。

没关系，再过一会，我就会重新爱上这个世界。

2

合租房，是一套房被前前后后隔出为数众多的房间。合租房里的人们共享着一个厨房、一个卫生间、一个阳台，大家亲密相处，却互不熟识。

这是我在北京的第一年，没有亲人和朋友，在合租房和公司的来回之间，相隔着无数个在地铁上低着头看手机，却被孤独弄得一模一样的后脑勺。生活和孤独就如游泳和溺水，在我快被淹死的秋冬之间，合租房的隔壁来了新的房客。

挨着我那张床的墙壁很薄，就像硬纸板一样，常可以听到新房客在十一点左右踩着高跟鞋回来，是个姑娘——她工作肯定很辛苦，她把高跟鞋脱掉的时候总听着很累。当时我睡得不好，她用钥匙插进门锁的那一下，会把我弄醒。

接着她会对着我这边的墙壁打电话，是细细的南方口音。在半梦半醒间，这样的声音和我女朋友几乎一模一样。记得和女朋友刚认识的大学期间，我们每天都有讲不完的话，小小的学校被我们来来回回绕过很多遍，偶尔遇到躲在暗处亲热的情侣，她会恶作剧般刻意大声讲话，然后带着细碎的笑声拉着我跑开。

我们的学校靠近武汉火车站，男生寝室在北八，女生寝室在北九。等到宿舍熄灯后，我会拿着手机，穿着拖鞋啪嗒啪嗒地跑到楼顶，等着她从对面寝室楼出现，然后在黑暗中看着各自的轮廓，对着手机漫无边际地聊天。有一次，她说，现在，马上，大声说“我喜欢你”。然后她把手机挂了，夜深人静，我似乎看见她咧开嘴对我傻笑。

那句吵醒熟睡人们的“我喜欢你”，被恰巧驶过的火车，带进了另一片路灯伪装的火树银花中。

3

刚开始我的工作很不顺利，穷酸到把烟戒了，人生第一次深切感受到没钱是多么可怕。心头抑郁地走在陌生的街道，突然发现不知身在何处，好像闯进了别人的生活。想随便找个人聊些什么，可是想说的话往往还没开口，对方早就已经走开。在城市里生活的人们，大家几乎是互不看见的。

在新房客搬进来不久后的上午，我无意间在她房间门口发现了一个粉色的垃圾袋，在强烈好奇心的驱使下，我把它偷偷拿进了我的房间。

带着罪恶感和兴奋感，像解开女人胸罩般，打开了垃圾袋。垃圾袋里有旧杂志、卫生巾、破丝袜和其他令人遐想的女性生活用品。不知为什么，那个垃圾袋就像我搬进合租房里的第一个客人。我对着它发着工作上的牢骚、说着心里的委屈，它只是安安静静地待在那里，一动不动。

记忆中女朋友喜欢以一个人的方式陪伴在我身边。无论是在教学楼的楼道里，还是在宿舍的楼下，她总是站在那个地方等我，下雨天还会特意提前带把伞。有几次不耐烦，我还说过她太粘人，她也只是笑笑。由于是建筑专业的关系，学校里的朋友们都是男孩，一起吃饭或者出去玩时，唯有她是女孩子，热闹中让人常常忘记她的存在，可突然想起来时，她又是乖巧地静静坐在那里的。

记得有一个冬天，我在网吧玩游戏，忘记那天是她生日。她拿着一小块蛋糕在路边等我，刚洗完澡出来，头发上结了冰——那年冬天多么冷啊。见到我，她跺着小皮靴，往后退几步，笑着问，我的衣服好看吗？我点点头，两手空空地感受着冬天的寒冷和温暖。

4

她确实是个好姑娘，在隔壁墙后的通话中，我陆陆续续得知，她在一家商场当前台，还有一个在异地郁郁不得志的男友。虽然听不见那个男人的声音，但可以感受到他无奈又低沉的语气。她常像哄小孩般说：人家不认可你，是因为他们不了解你，只要你认真努力，将来一定可以出人头地，会比我认识的所有人都有出息。

很难形容当时的心情，只觉得她穿过了墙壁，真的躺在我身边，正对着我说话。

女朋友比我早一年毕业去北京工作，“我会在那边等你的”。送她离开的前一夜，我们在火车站旁边的小宾馆里，她喝了点酒，脸颊通红，连眼皮都红了，光着身子抱着我。她说，我没那么贪心，和喜欢的人，整天躺在干净的双人床上讲笑话也可以。

刚分开的那段时间，我们每夜都密集地联系，对话的末尾，她总不忘加上：我会等你的。每当脑子里出现“我会等你的”，我的心就会膨胀，再膨胀，直到日子里所有的失落、所有的寂凉、所有的孤独都统统消失无踪。可事实上，越往后，她越沉默，常常没聊两句，就说忙，接着没了下文。可我自以为是地认为，只要我重新出现，一切都可以和从前一样。

来北京的第一天，是她来接我的。从火车站到市区的路上，她过于善解人意地不停买东西给我吃，在韩国料理店请我吃豆芽汤泡饭，在面包房里给我买栗子面包和牛奶，在某个露台叫我吃牛排……可她自己什么也不吃，只是疲惫不堪地坐在我对面，拨弄着烫成波浪卷的头发，划着最新的手机游戏。每当我试图回忆起过去，她只是说，是吗？浓郁的眼睫毛很少转向我。她的冷淡，让我接下来的任何一句话都显得笨拙。

到了夜晚，她硬是拉着我去买衣服。当我从试衣间走出来时，她原先站着的位置只剩下我的两个黑色行李箱，打电话过去，手机已经关机，微信也需要重新认证。她会回来的，我想。我抱着两个行李箱，呆呆地坐在商场外的长椅上等了一夜。可她终究没有回来。只剩下我在陌生的街道上打量黎明中巨兽般的大厦，清晨时分依然辉煌闪烁的灯光，以及不知匆忙奔向何方的汽车。

合租房的公共阳台上有一双她的黑色高跟鞋，和女朋友离开那天的鞋子很像，还有晾衣架上的条纹高腰裙子，以及那套浅色的内衣裤。在四周无人时，我会把手放在它们上面，想象有风吹来，她身上系紧的棉质裙子迎风摇曳。我发誓，我真的见过她，看见她把时髦的手提包挎在肩上转过路口的背影，看见她从天桥那边走下去的鞋尖儿，还有她匆匆消失在人群里的柔弱身影。

5

到十二月底的时候，圣诞节让人们并没有因为寒冷的天气而畏缩，他们拥上广场，无休无止地走来走去。当马路上的小灯泡亮起，我想领着隔壁姑娘去漂亮的地方吃顿晚餐。对我而言，我们当时就像正在一起熬苦日子的两个人。

一个人在马路上需找合适的餐厅，夜晚的小雪浸湿了我的皮夹克，有股子怪味。后来我看见了一个用实木和玻璃搭起来的火锅店，为了迎合节日，天花板上垂吊着红色天使图案的花环，一棵小的圣诞树上挂着彩色的灯泡。我想隔壁的那位姑娘肯定会喜欢这的。

但我刚上了几个台阶，隔着玻璃，我看到了我的前女友，李子色的口红填满了她的嘴，她的对面坐着一个陌生的男人。他们好像刚来似的，男人脱下帽子、手套、围巾，接着搓女友冻红的双手。我呆呆地注视在玻璃窗里高声欢笑的情侣，站了很久。直到他们离开时，汽车引擎向我喷出带着汽油味的暖风，但很快我就觉得冷了。

那一刻，我深深感觉到我的不重要，我和周围那些拎着塑料袋的人一样对她无关紧要。甚至更无关紧要。我讨厌这个圣诞节，我的眼泪就像是给全世界的一份礼物。

6

失去勇气的冬天，我没能敲开隔壁的大门。

我想，我应该成为另外一种人：能带着隔壁姑娘走出合租房的人；带着她把贫穷、寒冷、孤独都关在门外的人；把餐厅打工、早起地铁、廉价网购的生活丢进垃圾桶的人。

我开始在每个夜晚期盼墙壁那边的声音如期而至，等到隔壁安静后自己才睡觉，早上则赶在清洁阿姨前，拿走她门前的垃圾袋，甚至时常抚摸那些阳台上的衣物。这些举动好像来自我体内深处一个缓缓旋转的引擎，毫不费力，并释放出抚慰人心的力量。我又重新体会到了情侣们煲电话粥的快乐，也了解到明明刚刚说再见，就立马想听到对方声音的心情。情到深处时，我从垃圾袋里找出姑娘擦口红的卫生纸，那红影和湿意，使我几乎看见了她涂了唇膏的嘴唇，不禁对着唇印轻轻地吻了上去。

于是我的世界里，出现了一个可爱的姑娘，她好像一次次走进我的房间接近我，告诉我，我不再完全是一个人。而我不停地对自己说，再变好一点点就接她走出去，再变好一点点就可以毫无保留和不感耻辱地得到爱。在千千万万遍的期待中，我日日夜夜最大的幸福就是，时刻准备着成为她的英雄。即便在孤独的困境里，我也获得了与之对抗的决心。

7

“人家不认可你，是因为他们不了解你，只要你认真努力，将来一定可以出人头地，会比我认识的所有人都有出息。”

终于，我拿到了第一份奖金，虽然不多，但足够有能力离开这里了。我迫不及待地走进合租房，等待她回来。我为穿什么衣服而烦恼，为乱糟糟的头发而烦恼。如果她打开门，我该怎么说？说“你好，我想我们一直都认识的”“谢谢你一直在陪伴我”或者“跟我一起走吧，我是来接你的”？

等待的过程中，我睡了一觉。梦里，我就是那个身披金甲、脚踏七彩祥云的英雄。过了一会，被隔壁的动静弄醒。太好了，是她回来了。不对，还有一个声音，一个男人在细声细语地问着事情，她瓮声瓮气地在解释。两人不时地发出笑声，接着笑声减弱，变成挑逗的情话，随之而来的是娇涩的喘息声……

我脑子里一片空白，那些细微的娇喘声，慢慢放大，像她离开的脚步声，一下又一下，在我心房四周凿出一个又一个空房间，里面住着一个又一个失落的爱和落空的幻想，它们将永远把我隔离起来。

8

这里是一片干旱贫瘠的旷野，没有希望，没有梦想。这里也无所谓未来，而它的过去的全部努力和思恋，只是赴了一场不切实际的约会。

决定搬出合租房，我拖着行李箱下楼。在楼梯间，我遇到了一对牵着手的陌生情侣。女孩礼貌地侧着身子，好让我离开。庞大的行李箱路过他们，发出笨重的闷响。我低头转身，在我的背后，男人小声地问，你认识他?

不认识。一个熟悉的声音回答。

楼顶所有的窗户都透出光亮，仿佛在沉沉暮色中幻化出的炽热气泡，在我离开的马路上，亮得让人晃眼。

张寒寺

重庆人，文字工作者，喜欢吃鸡蛋。@张寒寺

预知症

父母不知道，作为他们孩子的我，天生就有一种难以说清楚的怪病。

我可以预知未来。

第一次听说的人会以为我很幸运，竟然有特异功能，其实不是。严格地说，我只能预知与自己有关的不幸事件，并且无论怎样尝试，都无法阻止。

所以我才说它是一种病。

最开始我只是能猜到大人要说的词，就像跟他们异口同声，所有人都会笑，我也觉得好玩，毕竟这种事正常人也能做，不值得大惊小怪。但是渐渐地，我发现不光能猜到一两个马上就要说出来的应景词语，更能猜到他们几个小时甚至一天之后要说的一长段话。

有一次，我预知到母亲会骂我，因为第二天上学迟到，老师打电话来告状。她骂我的话虽然不重，还是让我觉得难受。

于是我想尽办法阻止事件发生，睡前检查了三遍闹钟，并且换了新电池，书包收拾好，衣裤鞋袜都在床前放好。第二天我按时起床，洗漱早点毫无拖拉，公交车也没有让我多等，进校门的时候把红领巾翻给值日生看，生怕他耽搁我的时间。等进了教室坐好，足足五分钟之后，上课铃才响。我这一天都非常高兴，因为我没有迟到，老师就不会往我家打电话，母亲也就不会骂我，更重要的是，我凭借自己的“特异功能”改变了未来，实在是没法不得意一番。

可惜，我没有注意到当天的异常，班主任全天都没有到校。等我放学回家，母亲果然接到他的电话，说我迟到整整半个小时。母亲放下电话就冲进我房间，边哭边骂，说我如何不珍惜时间，如何贪玩，如何让她伤心失望。

我当时竟然忘了害怕和难过，满脑子都是疑惑：我明明没有迟到啊。又过了一天，我才知道是另一个同学迟到，却在登记簿上写了我的名字，班主任没有核实。虽然他后来跟我道歉，但也没什么用处，毕竟母亲的骂我已经挨了，未来的样子我一点都没有改变。

就是从那个时候起，我意识到，我的预知除了徒增烦恼之外，并无大用，不管我怎么挣扎，该降临的不幸还是会降临。

我知道未来有多么可怕，也知道自己多么无能。

就是在这样的状态下，我继续生活和学习。预知到考试会在最后一道题扣很多分，也不会特地多检查几遍，即便自己做到万无一失，阅卷老师也会让我“得偿所愿”。预知到会肚子痛得死去活来，也不会管住嘴巴不吃，吃到不干净的东西会痛，一直饿着肚皮就不会痛吗？更无奈的是，好几次预知到会受伤，也无法预防，只能任凭“宰割”。

我想，只有假装自己没有预知的能力，才可以让痛苦和压力减小一点。

但是，这样的好日子没能持续多久。在我上初中的第一年，某堂课上，我正望着窗外出神，脑子里突然闪过一道刺耳的警报，又要预知到什么倒霉事了吧——虽然已经习以为常，但我还是害怕这样的事情发生。

我模模糊糊地在意识里看见这样一条讯息：我会失去父亲。

这样可怕的预知以前从来没有出现过，我把这句话写下来，反复看了好几遍，指望能从中解读出别的什么意思来，可无论怎么研究，它都只有字面上的意思。

我在电视上看过，没有爸爸的小孩，会被欺负，然后躲在母亲怀里哭，要是碰上需要花大力气才能解决的事，还得请外人帮忙；如果母亲带着孩子改嫁，那就更惨了，继父就没有一个好人。

那天直到放学，我满脑子都是如果没了父亲，我该怎么办。回到家，作业也没写，就坐在饭桌前，盯着父母在厨房转来转去，等到饭菜上桌，父亲又喝了一口酒，脸上带着笑意，我终于忍不住问：

“爸爸，你会死吗？”
父亲把夹起的豆芽放回碗里，搁下筷子说：“为什么突然问这个？”

父亲是个医生，他很少跟我谈起他的职业，或许他认为我不懂，母亲倒是解释过，说父亲的工作就是治病救人，所以我总以为，医生自己就是永远不会生病的人，更不要说死之类的事情。

“就是问问。”

“会。每个人都会死，几十年之后，我也会死。”
“那现在呢？”
父亲笑了一下，“现在应该不会，你妈妈上个月刚逼我做了体检，挺健康的。”
“哦，是吗？”我扒了口饭，突然弄不明白“失去父亲”的意思。
“你小子，还不高兴吗？”父亲装作生气的样子。
“没有，没有，”我摇摇筷子，“很高兴啊，一家人长命百岁，永远在一起，多好啊。”
“来，我给你添饭。”母亲说着拿过我的碗。
父亲这才又夹起碗里的豆芽，刚咬一口，就叫起来：“我的天，好咸。你放了多少盐？”
我也试着尝了一下：“妈，真的好咸。”
母亲却不以为然：“反正我吃不出来。”
我小声说：“这个牛肉的味道也有点不对……”
“是啊，好多天了，你做饭的水平一直在下降哟。”
母亲将盛好的饭放在我面前，然后拿起大勺子，浇了些牛肉汤汁上去：“那偏要你吃！”

我猜是因为提了“死”的话题，惹母亲生气，所以不再说什么，只好默默吃饭。

饭后，父亲跟往常一样坐在沙发上看书，我则坐在一边看他。他好像老了。真的老了吗？其实我不太知道中年人应该是什么样子，说不定父亲现在的样子很正常，我也不记得他的眼角以前有没有皱纹，小肚子是不是像现在这样。

“你在看什么？”父亲转头问我。
“爸爸，体检报告给我看一下吧。”
父亲大笑一声：“行啊，看你能不能查出什么毛病来。”
报告足有两页纸，表格里各种项目写得密密麻麻，还有很多英文缩写，我几乎一个也不认识，偶尔几个手写的字也格外潦草。“爸爸，这是什么字？”
“正常。”

我暗想真丢人，连“正常”两个字都不认识。硬着头皮又看了一会儿，还是看不出哪里不对劲。

“怎么样，小医生，我有什么毛病？”
我脸上发窘，胡乱指了一下：“这两个数字，怎么不一样？”
“一个舒张压，一个收缩压，当然不一样。放心，都在正常范围内，学校体检不查血压吗？”
我尴尬地笑笑：“检查啊，我没注意。拿去吧，你很健康。”

虽然说得轻松，我心里的疑惑和害怕却一点都没有减少，毕竟我的预知能力从来没有落空过，不管是多遥远多怪异的未来，只要被预知到，就一定会变成现实。所以，回房间写作业的时候，临关上门的那一刻，我忍不住又看了父亲一眼，生怕再开门就见不到他了。

第二天早上醒来，果然出了点状况，不过不是父亲，而是母亲。被闹钟叫醒的我，在沙发上等了好久，直到再次睡着，都没有等到她起来给我做早饭。临到快八点，她才从卧室跑出来，一边把我往门外推，一边解释说她昨晚忘了上闹钟，睡过点了。

这次我是真的迟到了，被班主任一顿臭骂——那当然啦，学生迟到老师会被扣工资的。我在心里不住埋怨母亲，又是把饭做坏，又是睡过头，家庭主妇未免当得太不合格了。

“于冰同学，你有没有听我说？”
我连忙站直：“听着的。”
“你别找些莫名其妙的理由，还把责任推到家长身上。再者说了，隔壁班那个谁，单亲家庭的，从来没见过他迟到，学习还特好，这次又考了，嗯，考了第几名来着？”

他后面说的什么我一个字都没有听，我只听到“单亲家庭”四个字。在那一瞬间，后知后觉，又愚蠢又幼稚的我终于明白“失去父亲”是什么意思了。

父亲和母亲要离婚了。

我告诉自己，必须做点什么，不管预知症有多准，我都要阻止父亲离开我们。

但是我全无头绪，因为我不知道他们两个为什么要离婚，自然也就不知道如何下手。我是该督促母亲认真做家务，并且天天打扮自己，还是去父亲的医院搜寻那个可能存在也可能不存在的第三者？说不定根本就没有什么具体原因，就是突然为了一件小事吵起来，吵着吵着，一个喊“离婚”，另一个喊“离就离”，跟电视里演的一样。

我想破脑袋，终于想到一个说不上有多好的办法，我要弄一个烛光晚餐，让他们两个感受一下三口之家的温暖。说干就干，放了学我就往商店跑—— 我哪里等得起，万一他们今天晚上就签离婚协议怎么办？

商店里的蜡烛倒不少，我一件件看过去，也不知道它们都是用什么材料做的，居然可以卖这么贵，早知道这一周就不吃早饭了。最后我只好问店员，最便宜的蜡烛是哪种。他看了我一眼，然后从抽屉里拿出一大包白色蜡烛：“五毛一根。”

我从口袋里掏出一叠坐公交找的零钱，全是一毛两毛的，放上柜台：“我要五根。”

他也懒得数毛票，直接拨了五根蜡烛过来。

我两手握着蜡烛往店外走，刚到门口，看见一个小孩，被他的父母牵在中间，他走着走着，突然抬起两只脚，两边的大人也跟着把他拎起来，他就这么悬空着，笑得特别开心。

不知道为什么，我的眼泪跟着就流了下来。

回到家，挨到吃晚饭的时间，趁着母亲出门扔垃圾，我赶紧把蜡烛拿出来，一根根点着，在餐桌上摆好。

父亲凑过来问："这是要做什么？"
"爸爸，把灯关了。"
"你要搞花样吗？"
"快关嘛。"

父亲没再追问，把客厅和厨房的灯都关了，屋里只剩桌子这一片还有光亮。

"看起来还挺有情调。"父亲又倒上一杯酒，"你要不要跟我喝一个？"
我正准备回答，门口突然传来母亲的声音："停电了吗？"她说着按动开关，灯自然又亮了起来。
我看着母亲走过来，她瞥了蜡烛一眼："没停电点什么蜡烛？"不等我有反应，她已经把蜡烛一根根拔起来吹灭，提高嗓门说："吃饭还点蜡烛？不怕烧到头发吗？胡闹！"

看她那么生气的样子，想到预知的场面终将来临，而自己绝对无力改变，我胸口一痛，终于哭了出来。

又过了两天，到了周末，该来的总算来了。父亲先找我谈，说是他提出跟母亲离婚，母亲也同意了，一个月前就在商量这个事，一直瞒着我，很对不起。

我心里想，你们哪里瞒得住我，如果我真的一无所知，才好呢。

他接着又问我，希望跟谁一起生活。

选父亲，还是选母亲。

我呆呆地望着他，他大概以为我是被这个消息震傻了，其实我想的是，按照预示，我注定要失去父亲，所以我选谁又有什么意义呢，反正最后是要和母亲在一起的。唉，母亲这段时间对我那么凶，做事情又不上心，她一定很讨厌我。

“如果你选不了，我们会打官司，法官应该会把你判给我，因为我更有经济能力。”父亲的眼神很热切。

可是有什么用啊，法官一定会让我跟母亲去的。

轮到母亲跟我谈的时候，她话很少，似乎没什么好解释的：“话说在前面，你要是跟我，肯定会吃苦，没什么好处。”
肯定会吃你的苦吧，话在嘴边却不敢说出来。我没有看她，既然我注定要和母亲在一起，还是多想想她的好处吧。“妈妈做饭很好吃。”
“算了吧，给你们父女俩做饭，我做够了。”

离婚的流程走得很快，他们应该早就把财产分割好了，唯一要决定归属的是我。我最终没有选谁，我知道选了一个，另一个就会伤心，那还不如让法官去决定。不出所料，法官决定将我判给母亲。我虽然没有出庭，但听大伯说，父亲当庭抗议，他说母亲没有挣钱的能力，这个判决不合理。

而我没想到的是，母亲竟然也提出了抗议，她不想要我，她甚至在法庭上撒泼，在地上打滚，说这个孩子是累赘，要是不改判她就赖在那儿不走。

我不敢想象那个场面，我到底是有多令她讨厌，她才会做出这些事来。

然而，情况急转直下，超出我的经验，法官居然真的将我改判给了父亲。

大伯告诉我这些的时候，我还以为是他骗我，因为预知症没有失灵过，我之前从来没有改变过降临在自己身上的不幸，为什么唯独这次例外？直到母亲回来收拾东西，我才相信这样的事情真的发生了。

她在门口收拾她的鞋，我就坐在沙发上，望着她的背影。我以为她会过来跟我道别，或者抱我一下，但是没有，什么也没有。母亲把鞋装进箱子里，拍拍裤子上的尘土，打开门，将钥匙扔在地板上，走了出去，然后把门带上，一次也没有看我。

“你这故事还挺长。”秃顶的大叔敲了敲烟斗。
“是啊，挺长。”
“也好啊，你跟你爸生活，你爸能干，才能把你培养成现在这个样子。”

我点头承认，确实如此，后来的升学、深造，都要花很多钱，只有做医生的父亲才承担得起。

“你要是跟着你妈妈，啧啧，说不定到现在还在我们这儿混呢，你看我们这儿穷的。”我望了望周围，这里是城市的西南角，城中村，穷人几乎都聚居于此。“是，你说得对。”
“那你现在为啥又回来？”
“大叔，我刚刚说的预知症的事儿，你信吗？”
“我信，你是读书人，说啥我都信。”
“即便提前预知，也改变不了自己的未来，我是这样说的。但是，这并不代表不能改变别人的未来，或者说，别人不能改变你的未来。”

大叔没有说话，只顾抽烟。

我继续说道：“我以前从来没有想过自己的预知症是怎么来的，直到过了这么多年，一边体会更多的人情世故，一边回味当年母亲做的那些事，再加上我本身是学医的，我终于明白过来，我的预知症，是母亲遗传给我的。”

大叔望着路口的方向，若有所思。

“母亲也有预知症，而且早就预知到了同样的情况，她知道她会失去丈夫，所以才强迫我父亲去做体检。当她意识到是离婚的时候，便开始安排我的着落。她不想我和她一起受苦，一起过穷日子，所以故意把饭做得很难吃，早上故意睡过头，就是要让所有人觉得她是个不合格的母亲，没有养育孩子的能力，甚至当法官想强制让我和她一起生活的时候，她连尊严都不要了，也要逼迫我跟着经济条件好很多的父亲。她狠下心肠，不让未来有任何逆转的机会。最后，她达到了目的。她没有改变自己失去丈夫的事实，但是改变了我的人生轨迹。”
“所以呢，你为啥回来？”
我吐出一口气：“大叔，我最近脑子里又冒出一个新的预知，我预知到自己回来参加母亲的葬礼，然后听见她的邻居们说，这个女人好可怜，临到死，身边一个亲人都没有。”

这时，路口出现一个熟悉的身影，如多年前一样，她拎着菜篮，只是身形已经有些佝偻。

“看，你妈妈回来了。”
我站起来，招招手，让母亲看到我，嘴里继续说着没有说完的话：“我一直以为预知症是个没用的东西。不是的，上一次，母亲用它改变了我的未来。”

我朝母亲走过去。

“这一次，我要改变她的。”

凉炘

赵翔宇，笔名凉炘，九四年生于银川。无脚的鸟，笔农。沉思者，顽童。

@凉炘 Nary

兰州莎莎

兰州话唤美女作“莎莎”—— 就是这个发音，至于兰州方言的特殊韵脚，您得到这被黄河贯穿、山丘包围的兰州城区里听。

“莎”在北方几乎通用，是一种口感词。瓜、果、芋、薯，都分个口感，绵软、津甜、划齿回甘的一类就可被称作“莎”，如“这块西瓜‘莎’得很哟！好吃，你尝尝。”

“莎莎”一词用于形容女人，也是美好意义的延伸。

莎莎三岁时父母双亡。上世纪 90 年代初，能买私家车的就没几个，刚买了车的父母也是死于车—— 不，归根结底还是死于酒。一辆桑塔纳撞个稀烂，成吨的原煤穿透了挡风玻璃埋进车里面，车轮子独个滚出百米远，橙色喷漆的重型卡车倒是分毫没有受损。

居民楼下的牛肉拉面师傅何新军抓着娃娃的手，拿纸抹掉眼泪。拉面馆四下静悄悄的。何新军抬头，打量着周围的邻居。熟识何新军的老头老太太们拄着拐，坐在马扎上晒着日光，一排人齐齐地点头，投来某种默许……

“啥？我养？”

“我疯了吧我天天拉着面，再养个她？”

问娃娃叫什么名，她死活也不说，嘴巴像上了闸。过了半晌，一个劲哭着找妈妈，脸蛋绷得通红，扯着心窝子哭，声带都嘶出血来。

“你得再过几十年才能见你妈。行了，叫你莎莎吧。”
“妈妈也叫我莎莎。”

这可好，撞个正着。

何新军的面馆在张掖路和静宁路的交叉口上，离河不远。

骑三轮蹬个两分钟就能看见黄河。胸膛里头卷携泥沙的大河，带来微醺的长风，莎莎站在三轮车厢板上，掐着何新军的脖子，抠出两行红血印子来。哭闹，跺脚，跺得车皮颤抖。还是要找妈妈。

“看见远处这黄河了没有？这就是我妈妈。以后她也是你的妈妈。”
“哭啥呀？咱俩都同辈儿了你还哭。哭啥呀？”

两周之后。

居委会刘婶办了文件，要把莎莎领走，说是死者祖籍浙江，是北上做酒厂的商人，一时联系不上别的亲戚，得送到福利院去。何新军当时正和着面，用白巾头抹一把汗，说：“我养。”
“得了吧，你养个屁呢！整天忙到黑。”
“莎莎，来，跟阿姨走喽！”

面铺子里再也没了音响儿。刘婶来回打量了一圈，学徒两三人，桌椅十来副，面粉几麻袋。再看小孤儿，正抱着何新军的大腿，把头埋在腿弯弯里，只露出半只眼睛，提防特务般地看着自己。

“你是不是看上人家父母留下的遗产了？”
“放屁！”何新军脖子绷得通红，拍案，肘子发抖。

刘婶觉得何新军虽没文化，好歹是个体面人，面馆子里忙前顾后，没啥大心眼，平时也就爱听个广播剧，坏也坏不到哪去。这事搪塞几回就过去了。

程序还是要走一遍的。刘婶弄来一个律师，律师弄来一张遗产清单，两套房产下边还有六位数存款，以及大河湾酒厂的部分股权。并正式告知收养人何新军，所有遗产，唯有在莎莎成年后，方可由她本人进行操作。

何新军揉着一个面坨子，像是感受到某种侮辱：“人家的钱是人家的钱，不关我事。”

牛肉拉面，兰州美食。

得了吧，说美食都是外人说的，对兰州人而言，拉面就是娶回家四十年的媳妇，能给兰州人的，唯有清汤寡水的平凡，唯有那低价实惠的温饱。这面粉味道的平凡里头，存有一点纯熟默契，却是新鲜玩意替代不了的。

改革开放以来，兰州拉面馆子如雨后春笋，入行的太多，能做精做细的太少。

更进一步说，在这些人里头，能把蓬灰拉面做出味道的，简直凤毛麟角。

上世纪70年代，何新军曾师从本地老手艺人，学了一手蓬灰绝活。老先生的坟头就立在白塔山上，何新军作为大徒弟，年年修坟烧纸，从不耽误。

所谓十二扣拉面，是把一根溜过的面头拉成四千零九十六根整，只花去他十几秒，下到锅里头，就叫龙须。

问生日是几号，莎莎也记不清楚。何新军翻了翻日历："得了，就今天吧！来，把这碗龙须面吃了，这辈子你爹你娘死了，你得活久一点。"

日历上是九月九号。

后来何新军也收徒。从前啊，面馆徒弟都是争着干活，巴不得师傅整日安排活干。多干活，就容易得宠，师傅开心了，自己学到的就更多。拉面能炒能烩能焖，少学一个都开不起馆子来。

这下可好，上世纪90年代，人人急着奔小康，上门的徒弟都盼着月底的工资。

莎莎六岁啦，何新军供她上小学，来回接送。清早正午傍晚，都是拉面馆的高峰期，却顾不上。后厨疏于管理，弄得拉面品质下降，蓬灰更是用得烂透了，食客们纷纷埋怨起老何来—— 有些资深拉面客甚至喝一口汤便作罢，筷子拍得乱响，撂下一句："老何，没想到你这杆旗子也垮了。"
何新军就摸着莎莎的头，挨桌地给老主顾、熟面孔道歉。他做出决定，以后来吃面的，都免费送上一盘小菜—— 以弥补做工方面的不足。

以前五点起，这回就得四点。他把新鲜的雪里蕻焯水，拌以白醋、青椒丝，做上一整盆。

唉，徒弟们简直是想骂都不敢骂。

除了大徒弟王斌勤学好琢磨，眼里有活，其他徒弟啊，一个个跟亲爷爷似的！整日叉着腰又像孕妇，全都等于是怀了孕的爷爷。万一被骂急了，跳槽了，后厨就彻底垮了。何况他们跳起槽来异常简单，只要说一句“何新军带出来的”，工资兴许还比这儿拿得高！

他就很想问莎莎一句：“上学路不远，能自己走过去不？”

他把莎莎叫到跟前。女孩站定，眼睛里两汪春水，睫毛忽扇忽扇的，大冬天，冻出半行清鼻涕，险些流到嘴里头。何新军连忙找来纸擦掉，话一出口，就变成了：“那个什么……你……你今天学的啥？”
“锄禾日当午，汗滴禾下土。”

这是1993年的冬日，一场五十年不遇的大雪把一切裹得严实。何新军蹬着那辆三轮，上百货大楼问有没有棉衣。女服务员说：“现在都流行穿羽绒服啦！比棉衣保暖不知多少倍，又轻便。”
“啥？羽什么？我就拿件棉衣。”
“给女儿买就得买羽绒服！时髦！看这花色，就是给女孩穿的嘛。”

何新军穿一身大白厨褂子，身上一股牛骨汤混合烟草的味道，熏得推销员面色尴尬。

他捏了捏羽绒服，抬眉毛，问价格。

“打折八十五。”
“什么东西？分量这么轻！八十五？得了得了，棉衣棉衣棉衣！”

一刻钟后，他一脸恼怒地迈出百货大楼，往雪堆里吐一口痰，嘟囔着：“抢钱嘛这不是……”随手把包装好的羽绒服撂在三轮车后面。

后来莎莎穿着羽绒服坐在教室里，觉得热透了，小脸焐得通红，就把拉链拉开透风。周围同学听见拉链响，擤着鼻涕望过来。

谁知盘中餐，粒粒皆辛苦。

街坊邻居都有一手没一手地帮着何新军。每逢周末，刘婶去大众澡堂洗澡，就顺便把莎莎带上。刘婶手重，拿搓澡巾把女孩脊背搓得通红。莎莎天性腼腆，不善反抗，就咬着牙，胸口贴着浴室大理石，忍受这皮肉之苦。刘婶一边搓，一边问她："何新军让你管他叫什么？"
"何新军。"
"就叫何新军？"
"嗯呀。"

扎马尾、买发卡、梳头发这些事就由隔壁理发馆的沈姑娘完成。莎莎两天一变的漂亮发型也是得益于此。六年级毕业照上面，就属她一个最漂亮，因为沈阿姨偷偷给她扑了点粉底，勾了眉毛，涂了唇彩。

至于给女孩洗袜子、内裤、小肚兜这样的事，何新军一开始是闭着眼做，后来看着电视做，再后来，也就习以为常，有时候洗着洗着，他自己甩着头笑起来。街坊们一边吃面一边劝何新军说："沈淑云是个大闺女，长相也不愁嫁。你都三十了，赶紧花花心思把她娶成媳妇。莎莎好歹也需要个妈。"

何新军的脸红了一片，挠挠头，点点头，继续和上了面。

1998年法国世界杯，何新军半夜爬起来看球。莎莎卷着被子，嘟着嘴："何新军，电视太响了。"

何新军把一面大褥子取来，把自己和电视包成一个粽子，调小了声音，光也透不出去。

足球赛到下半场，齐达内像是中了魔咒，怎么踢怎么丢。意大利一整队也像是吃了安眠药。正在懊恼中，莎莎把褥子掀开，一同包进来，她满裤裆都是血，抓着何新军的胳膊“哇”的一声哭出来。哭得撕心裂肺，血糊了满手，瓷砖上蹭出红的线。

何新军在屋子里忙得团团转，不得不连夜把沈淑云叫过来。沈淑云告诉何新军，以后这方面的事她来管。

后半夜，莎莎睡不着了，捏着一大包卫生巾读上面自己能认得的字。何新军指着电视说：“看这一场，这个人！叫罗纳尔多，你看看这，没人能挡住他！”

正是这一年，面馆大徒弟王斌面色尴尬地跟何新军讲：“何师傅，现在都兴下海，我也想去深圳试试身手。”何新军说：“想走明年再走。老子把蓬灰技巧都教给你了，你走，我不得再教出一个？”
……
“你现在走，面馆彻底垮了。”

王斌只得答应。

何新军再一次把莎莎放在三轮车厢板上，是在一个暖风和煦的早晨，这是每个周末都要进行的活动，看黄河，抓蓬草——后来初中语文老师读了莎莎的作文，赞不绝口，简直要抱起来亲她两口，说这娃娃立意新颖，不落俗套。

那是命题作文，“我的妈妈”。全班五十八号人，五十七个写的是人，唯莎莎写黄河。

她写“每周末都和何新军去看妈妈，其实不只是我俩，它也是兰州的妈妈”。

至于蓬草，那是黄河边上其貌不扬的草，细闻，仔细闻，才有特殊的香气。所谓蓬灰拉面，就是把蓬草烧为灰烬，灰烬入水蒸烧过滤，提炼出蓬灰粉。这粉投入牛骨汤，投入面团和面，能使得拉面根根津润，不纠缠扭捏；又能使面汤发散独特的火烧味、木炭味。吃来独具特色。

若提及蓬灰水的用量多少、投放时的火候，那就是心法了，一言两语无法阐透。

在岸边吹风时，莎莎看着远处的何新军，一个穿大号牛仔裤和皮夹克的男人，手插着兜，拿皮鞋尖碾着脚下的碎石子，对着黄河扔石头。一大堆蓬草，在何新军身旁化为灰烬。他掏出一包兰州烟，刚准备抽，却捂着肚子惨叫一声。莎莎连忙跑起来。

在医院里，医生与何新军坐在桌子两侧。前者扶扶眼镜框，捧着文件；后者把一根烟夹在耳朵上，跷着二郎腿抖动。两人对峙了足足十分钟。

“肝癌。”
“你重说一遍。”
“肝癌。你抽烟喝酒，作息混乱，也许……”
“你给老子重新地，过过脑子，再说一遍。”
“先生，您要控制自己的情绪，我院刚引进的设备，检查效率和准确率都……”
“嘿嘿。”

——何新军舔着舌头，侧头笑了两声，让莎莎出去等他。

两次点头过后，何新军跳起身来，一脚把门踹死。他越过桌子，骑在医生双腿上，抓着医生的领子，一使劲，地板“咔嚓”一声，连人带椅推向了窗边。他的嘴唇死死贴住医生的耳朵：“老子让你过过脑子再说话，旁边站着个小女娃你看不见？肝癌，癌癌癌，癌你妈。她以后知道癌是什么意思的时候，老子提着刀过来砍死你。”

何新军冷静后，拍拍裤子问自己能活多久。医生扶眼镜，一脸恼怒，翻着报告。“得了吧，我能活多久这张纸说了算？”

何新军一把捂住那张即将开口的嘴。

当天下午，何新军提了一箱子瓜果到沈淑云家里。沈淑云正对镜梳妆，穿着一条花裙，腰线美得哟……像极了画中人。阳台上晾晒着秋裤和内衣，两盆君子兰开在一侧，暖气烧到刚好，气氛从未如此暧昧。

何新军突然说不能娶她，要把婚约退了，沈淑云手中镜碎一地。阳光照在瓷砖上，光圈里头，粉饼扬起亮晶晶的灰。

周围老人，说媒的刘婶，以及沈淑云的父母联合上门口诛。都骂何新军不是个东西，白眼狼，亏大家这么捧他的面馆。从清晨批斗到日暮，众人只想知道个原因，可何新军只字不语，只说把自己的存款都给沈淑云。这句狗屁话把沈淑云的父亲气得半死，“呸”的一声，一口老黄痰落在何新军的脚边。

“我给你们说，劝这人没用了！这分明是人品问题！人品问题！”

和从前相比，每一天都显得异常漫长。何新军从前举着扫把把上门乞讨的老者轰出门外，最近却经常拉对方就座，端上两罐啤酒，还吃上了花生瓜子。伙计们看在眼里，都说这老何是得了癔症，怎么爱跟乞丐交朋友，临走前险些都要认成兄弟。

莎莎越长越莎，当年富商父亲迎娶了一个上海模特，莎莎也随了她妈。

明明是江南血统的温婉长相——小鼻梁，尖下巴，巴掌大的脸，却跟着何新军染上一股黄河水味，吃拉面一筷子一口吸进去，把指甲剪得不能更短，剥茶叶蛋时对着桌子乱敲。看足球，偶尔喝两口酒。一口标准的兰州方言，坐在乞丐与何新军的中间，听着一个又一个黄河味道的故事。

数学题不会做，椅子不好好坐，穿个大裤衩，蹲在上面咬铅笔。

何新军望了望，竟说了一句："不然抽根烟找找灵感？"
当火真的点起来的时候，他又作罢，把烟从莎莎嘴里拔掉，说了句："毕竟女娃。"

大徒弟王斌终于可以离开，这小伙离心似箭，年没过完，正月就要走。说是在深圳那边的兄弟早都发了几笔了。当天何新军忙店里重新装修的事，走不开，莎莎闹着要送，说长这么大还没去过兰州火车站。

王斌一路上跟莎莎说，高考后一定得离开兰州，说你看这破地方，山包着，水穿着，天生就只能是个种地的地方，最大的出息也就是酿酿酒。你得去北京、上海、广州、深圳，这些地方才是发财的地方。

莎莎满口答应，除了"嗯"没有别的回答。

她如愿以偿看到了兰州火车站，紧紧靠着一片山峦，山的另一端，不知什么样。

"来！广东广东！上车的走！有座位哦！"字是这些字，按兰州话发音，就是：赖！逛东逛东！赏车滴奏！有左伟哦！——字和音都对齐了，生生读出来，却仍不是兰州方言——这和蓬灰拉面是一个道理，并不仅仅是蓬灰和拉面的组合。

长途客车旁的兰州小哥不要命地呐喊着，这辆车像个吸铁石似的把王斌以及成群的、目光向往着珠三角的男人吸进去。莎莎在远处招手，胸膛里烧起一捧来自远方的火焰——这是1999年。

开家长会，语文教师说要让孩子多读课外书，还问何新军："怎么只见你来，不见何莎莎妈妈来？"

何新军睁大了眼睛："何莎莎？她说她叫何莎莎？"

随即放声笑起来，"啊哈哈哈哈哈，好！"他的脸色越发苍白，手指甲背面都没了粉红色，牙口上的牙龈也愈发萎缩。"哈哈，她妈来学校，那还了得，学校得淹喽。"老师不知其所云，只闻得一股饭馆后厨味。

按老师要求，何新军买了十来本小说，放在莎莎的书桌上，扫见她的数学卷子，刚及格。语文卷子，110分。十本小说里有一本何新军看不惯，当场抽出来扔到箱子底下，嘴里咒骂着"百年孤独，这他妈也太孤独了，不能让娃娃看"。

日历上的年份不停地变，每次去医院开药，医生都以一种"你这人怎么还活着"的眼光看何新军。他开的药都是一些有助于血液代谢的药，一些实验中的临床药，只能从侧面减轻肝脏的压力，并没什么实质性作用。每回劝他住院化疗，并告诉他有一定治愈的可能，何新军都说："老子住院，你们医院安排点儿人去给我拉面头？"

何新军的嘴皮子天天掉皮，牙龈出血，眼睛睁开十分钟就要疼。拉面的时候，动不动就感觉晕厥，想睡觉。

每次走出医院前，他都特意跑到当年那负责诊断的医生办公室去，拍桌子说："怎么着，看见没，还不是活得好好的？"

何新军这个病例后来载入了医院的数据库，他是唯一一个得了肝癌却活了十年的人。他的就诊记录、开药记录甚至被纳入医学论文，发表在癌症方向的国际期刊上。他以何某的身份，被各大医院主治医生当做茶余饭后的传奇谈资，虽然他自己浑然不知。

从前和女孩睡一起，现在她长大了，何新军就睡在面馆最大的长桌上。每天临睡前，都跟自己说一句："老何喂，说啥你都得活着。"然后再自己给自己"嗯"一声，表示认同。

莎莎上高中，放学回面馆的时间却越发晚，他就踩着三轮顺着路去迎。远远地，看见莎莎挽着一个男生的手，莎莎本来就高，早就超过了一米六八的自己，那男生比莎莎还要高一头。

听班主任不止一次讲过，家长要严格控制早恋的发生。何新军听着咋就没感觉，闭上眼睛想起自己十五岁就把嘴亲了。当晚，望着那路灯下你依我依的二人，他只有一个念头，想参加一下莎莎的婚礼，活到那时候再走，也就够了。

只是……

只是这心这魂这五脏，这双眼，这呼吸进肺里的空气，都好像一个个刀片，整日哼唱着某种幽怨的进行曲。

要说到死亡，它来临的那天，是素寡白粥般的一天。何新军曾亲眼目睹过癌症患者们都是怎么死的，一个个人不像人鬼不像鬼，牙发黑，头发掉光，瘦得像麻秆。他不想那样死。

一直以来，何新军都收集着不同医院给出的止痛片，十年来攒下了一整罐。他的死法是：在后厨，就着一碗蓬灰水、一碗牛骨汤，一次性吞下数十片安眠类止痛片，再把莎莎叫到客厅。当时女孩正捧着手机发短信，老公老婆之类的词语满屏皆是。何新军感到眩晕，就靠着电视机，拄着桌子立在那儿。

"莎莎，你十八了，以后有什么打算？"
"去北京上海广东之类的地方。"
"嗯，我告诉你，你有一笔钱，还有两套房子，都在这儿了。"

何新军掏出箱子最底层的《百年孤独》，书的中间夹着一张律师开出的清单。
“我跟你说，我给你写了点东西，是咱家蓬灰拉面的诀窍，其他的没什么可以给你的。”

莎莎发完另一条短信，把手机塞进兜里。

“啥？老何你刚才说的啥？”女孩拿过律师函，大段官方语言繁琐难懂。
“我说你。我说拉面……我……你……”下一秒，何新军的头与墙相撞，一声闷响后，身体滑落。嘴角咧着，笑出两行口水。

在他最后一幕的视野里，除了莎莎没有别人，莎莎把电视机上的光都吸到自己身上。少女刚洗完澡，头发未干，长发及腰。

碧玉之年，亭亭玉立，面孔清秀，像是来自另外的维度。

2015年秋末，王斌下了飞机，从兰州中川机场包了专车，一路来到张掖路。

气温低寒，黄河水宁静之至。

十数年光景过去，一切都换了新模样。面馆已不存在了，这十字路口的黄金地带上，高楼耸立，影院、星巴克、写真馆、美发沙龙，一个个优雅地存在着，比从前老何面馆的门头漂亮多了。

王斌吩咐秘书，二人分头寻找。“我往北边，你往东，名字叫何新军。我师傅你放心，除了面馆他干不了别的。”

整个午后，两辆奔驰寻遍大半个兰州，都不曾找到何新军这个人。

夜里，躺在旅馆，王斌悻悻作罢。隔日的机票已经订好——公司正在筹备上市，他根本清闲不得。躺着躺着，他突然想起一件事，也许何新军已然不干拉面了，但他带出来的徒弟必是有干拉面的。找到徒弟，就能找到老何，兴许还能见见莎莎。

往日，何新军立下的多种规矩里，有一条是这样的：客人点选了拉面的种类，后厨拉面师傅必须把客人的声音乘以十倍，高喊一嗓子，作为一种热情的回应。

这也是上世纪70年代本地面馆里常有的情景，来客哪怕小声说一句“大碗，二细”，就只听后厨扯开嗓子呐喊一声：“大碗的！二细哟！”这个“哟”拉得老长，绕梁多时。

现代的面馆，几乎寻不见这声音了。这声音有个屁用，现在都用机打发票，传票为据。

当年王斌也这么喊过一段时间，起初还抹不开面子，不知道师傅一早晨乱喊乱叫有什么用。何新军就说了，干一行爱一行，做一天拉面就得喊一天。一是让客人觉着，他要的这碗面粗细程度你听清楚了；二是让客人觉着，后厨干劲十足，诚意也够劲儿，不会偷工减料、乱加东西。

你看其他馆子的伙计，做面，屁都不吭一声，整日愁眉苦脸，跟客人欠他五条人命似的。

第二天清早，王斌退了机票独自开车寻找。每路过一家面馆，他就撩开门帘，试探性地喊一嗓子：“大碗，二细的！”

这一嗓子吓得店里吃面的陌生人一阵哆嗦，几个卤蛋似的头颅抬起来，香菜挂在嘴皮子上，瞪王斌。又换一家，他站门口一喊：“大碗！二细的哟喂！”

女收银员不乐意了，朝他招手，说：“喂！喊什么？来这开票。”

车开得疲倦，一上一下得来回折腾了十八次，王斌已然疲倦，他用手扶着门框子，闷头喊了一声。紧接着，面馆深处，墙的另一头，传来一股银铃般、唱词般的声响。

“大碗，二细哟！”是个女孩的声音。

王斌吓得连忙退后三步，仰头一扫，“何莎莎蓬灰拉面”。

往里面走，面馆很大，客人满座，装修别致。枫木雕花栅栏，仿汝瓷质感的落地瓶子，名人字画挂于高处。这是滨河路上，紧靠白塔山旅游区的一处宝地。

远处忙碌着的一群男人中，有一个戴着白袖套，捏着白毛巾，脸颊通红，汗如雨下的女人。一点点焦躁写在脸上，皱着细腻可人的眉头，夺过伙计手里的面头，说了几句话。

挺直了胸膛，双手离散，拉出一缕白。

> 兰州，总是在清晨里出走
> 兰州，夜晚温暖的醉酒
> 兰州，淌不完的黄河水向东流
> 兰州，梦的尽头是海的入口
>
> —— 低苦艾乐队《兰州兰州》

沈大成

女，合著作品《梦的 1/4 旅行》《不拆》。@沈Dozen

几个再见

谢幕。

以前我看演出，不管有多好看，都嫌谢幕时观众们鼓掌时间太长。我总是随便拍拍手，拍着拍着就尴尬了，不知什么时候可以恰到好处地收场，可大家还在很有耐心地拍。有时候，在幕布落下到演员谢幕之间的短暂时间里，我已经身不由己地飞快地从座位上站起，一路打着招呼挤过旁边的人，逃到中间座位和侧边座位之间的过道上，并且马上一直走到剧场门口，急着走出去了。

始终不能很好地享受谢幕，是为什么呢？是不喜欢谢幕这样的再见吗？我也不知道。

有一天，在剧院工作的朋友请我去看外国童声合唱团的表演。演出很可爱。每一支歌唱完，经常在国外看演出的朋友都很大力又很快地鼓掌，啪啪啪啪，意气风发的。好，我也试试看，不要再软绵绵地拍手了。这样想着，我也比平常用力而快速地拍。结果很奇怪地获得了一种乐趣。我从此都这样拍手，感觉自己从其他轻声拍手的观众中脱颖而出，还感觉我的拍手切实地鼓励了台上的演员。

不过，演出中间这样拍手是可以的，谢幕的时候我仍然缺乏持久力，好想快点拍完手回家去。一次散场后，我站在夜晚的好天气中，就在马路上想到了答案。刚毕业看得起演出的那几年，我没有钱住在市中心，住在很远很远的郊区，晚上必须赶上末班车和末班地铁，对于演出几点结束十分在意，因此无法在谢幕时坐定。我一定就是从那时候染上的，想在谢幕时溜走的病。

有些再见是需要排场的，穷人缺少那样的余裕。穷还是一支质量很好的记号笔，只要在身上写一笔，是擦不干净的。

梦。

做梦做到去世的外公，只有一次。

我当时在一辆行驶中的公交车上，不知为什么走到后门站着，一看，已经有一个老人站在那里。起初他是一个普通的老人，我再仔细地看他，他的形象具体起来。我突然认出他是我的外公，他像生前一样瘦瘦小小，眼睛明亮地看着我，神情是很温和的。由于在梦里滤掉了生死的概念，我并没有意识到相见有什么不对。我说："你要下车啊？你不要下车了。"说着，我往车厢前面张望，这时我的造梦工厂又制造出一个人来。我的一个表妹也出现在了梦里，比起我来，她是与外公更亲近的外孙女。随着我的那一望，新出现的表妹坐在了车厢前面两人座的位子上，身边空着。所以我对外公说："妹妹也在那里，你去坐在她旁边。"

那天醒来后我有点难过，我把无法在人间留住的外公，留在了梦里的一辆公交车上。

辞职。

从面试开始，我就不喜欢那家公司，因此一入职我就对朋友宣布：我待不长的，马上就去找新工作！但是说完那话，竟然有八年，一直待在那里没有动。

在一家公司做久了，就好像是和老板结了婚。虽然不怎么喜欢，能走到一起，起初总是相互还能看得上。劳动和报酬，一方能给的，另一方愿意收的，大概相衬。时间长了，我们这一对，越看对方越讨厌。劳资双方的感情破裂了，像一块地壳，受到挤压后一旦在某处断裂，绝对是拼不回去的。

那一年的年初，遇到一份新工作，我打算走了。不过，我心里盘算了一下，没有马上提交辞职信，而是像没事一样参加了公司年会。我冷眼旁观热闹的场面，还眼疾手快地抢到了一个三等奖。接着是团队游，我也参加了，享受着公司出钱订的机票和酒店在外国游玩，怀揣一个同事也没告知的秘密，每次目光触及老板，心里便说“回去就和你分手”。真有一点快意。

结束了团队游，我立刻就辞职去了新的地方上班。

后来我有时候在马路上、地铁上也会想，尽管从外表上看不出来，但肯定有许多人正在对另一些人谋划一次突袭式的告别。他们就包藏着那种心思，若无其事地走在路上。

放学。

你知道什么时候什么地方，人们一起说再见的次数最多？

不是机场或火车站，我认为是每周一至周五下午三点多钟，在学校附近。

一群放学的小孩从学校里走出来，他们吵吵嚷嚷地跑到附近的路上，像血液流到空的血管里，在每一个血管的分叉处，都有小孩和另一些小孩分开，他们就要道别。与此同时，另一个学校附近也正发生一模一样的事情。所有学校附近，状况都差不多。最后，相互道别的小孩们，均匀地流散到了城市的血管里，下午三点以后的城市面貌就不一样了。

上幼儿园的小小孩，许多是非常喜欢说再见的。大概和这是他们最早学会的词语之一有关。他们学习这个词语的时候，往往伴随着挥手的动作，能够听指令在适当的时候说出来，还会得到大人的赞扬。放学的幼儿园门口，气氛真是好，小孩会久久地喊一声好朋友的名字，喊一声再见，再喊一声名字，喊一声再见，做成一个很厚的道别之声的汉堡包。直到实际上他们已经被各自的父母领着分开了一百米，还在热情地道别。

能把再见喊得这么让人欢喜的，世界上也只有小孩了。我最喜欢路过的地方，其中之一就是下午放学的幼儿园门口，路过多少次都不会厌。

张晓晗

傲娇摩羯座超龄少女。凭着长腿瘦胸带领少先队员打天下的银河系少先队大队长。代表作：《女王乔安》《少年博物馆》。@张晓晗 Oliver

我的女神

亲爱的女神，我写过很多东西，长长短短，或深情或调侃，但是从来没写给你过，很抱歉。更抱歉的是，我生来没你千分之一的美，也没你千分之一的好。我想通过不断攀爬，在有一点成绩的时候跟你说：你看，我也是可以不断接近你的；却在每一次把事情搞砸的时候，才想到你。这些时候，我又难免责怪你，如果不是你过分的完美和纵容，我是不会变成这个死样子，至少我应该会一点世故，懂一些人情，会和世界打交道的。

怀我的时候，你是个新鲜医生，抢救病人时没有经验，茫然地给一个送来的病人做人工呼吸，最终没抢救过来，死亡后才确诊是狂犬病人。大家都捏一把冷汗，你还是把手头的工作做完，冷静地去到门诊打阻断针，然后下夜班。清晨的薄雾中，你坐公交车去庙里拜了一下，希望我生下来健康就好。最终愿望成真，你感激命运善待，对我自然没了太多要求。在我十四岁生日的时候，你写一封信给我，才说了这些。你对我唯一的期待一共四个字：健康快乐。

小时候邻居的小孩，个个被严苛要求学一门才艺——钢琴也好，绘画也罢。你也给我报过一水儿的学习班，最后因我天生木讷，兴趣索然，皆无疾而终。在邻居家的小妹因为练琴被妈妈追着打的时候，因你过分温柔，没有逼迫过我做任何事，导致从我说不学琴的那一天起，钢琴在家闲置了几年。后来我想，如果你可以对我严苛一点，我就算学不会一些可以炫耀的本事，也不会是这么容易知难而退的人。

我做事三心二意的习性，也都是因你养成。小时候想干的事多多呀。看《名侦探柯南》时想当侦探，你就身体力行天天午餐锁定《今日说法》；想当服装设计师就给我买芭比；想当导演就允许我在家没日没夜看电影。四年级写了第一篇小说，男男女女爱来爱去那种，你没有瞪大眼睛问我，哪学来这些坏东西。你竟然坚定地脱口而出影响我一生的话：你一定会成为作家的。

几乎整个中学时期，爸爸在国外工作，一直是我们俩共处，你独自经历我难缠的叛逆期。高三下学期我犹豫要不要学戏剧。你一个平时买衣服都要退还几次的人，却在我还举棋不定的时候就给我报名各个学校的校考。这个过程当然有十分痛苦的地方，我也沮丧崩溃过，你却云淡风轻地对我说：考上与否都不能阻止你做想做的事。后来成了，你不意外，不惊喜。不知道你瘦小的身体里，哪里来的这样的怪力，来维持家里的秩序。

从小到大，你未曾说过半句谎言骗我。我问出的所有问题，都冷静告诉我答案，包括家庭的丑闻。只要我问，你就一边切菜，一边娓娓道来。我想，如果不是你的真诚和冷静，也不会成就我偏执和过于追求真实的性格。

还有一件事，你记不记得？小学时候有一次承诺我如果考了满分，就给我买一个全蛋糕店最漂亮的蛋糕。那次鬼使神差我真的考了满分，也是学生生涯里唯一一次数学满分。你却因为医院的事，没有达成诺言。我非常沮丧，无论你如何补偿，我依旧生气。可能是没出息的人在巅峰时期都有种患得患失的预感，知道自己再也不会考满分了。

那次作为赔罪，你送了我三张好利来的过期蛋糕券，你说可以给我三次机会，任何时候无条件地帮助我。我小心存起来，二十岁之前统统用完。一次是刚刚转学到上海，数学考二十分，老师让我降级，你难得请假，卑躬屈膝，带着一堆礼物去向年级组长求情。一次是高中早恋被老师发现。还有一次，当时因为买房债务缠身，你却提光全部存款，带我漂洋过海去看我爸。身上一块欧元都没有，在异国机场时，我焦虑到不行。你说有什么好怕的，下个月发工资我们不就又有钱了嘛。我想如果撒切尔是铁娘子，你应该是金刚钻娘子了吧，穷途末路时都有一种嚣张的自信。反倒是离开时，你在安检入口看着我爸哭了。

我当时催你进去，你犹犹豫豫的，没憋出一句话，就掉眼泪了。这是我唯一一次见你哭。我紧张到不行，觉得你在我成长起来的各种事里，都一笑而过，掉眼泪简直是天塌下来一样重大的事，为此用掉最后一张蛋糕券。

说起来真是很奇怪，你这样一个爱美到拥有两百条丝巾，漂亮独立，生我之前的那天上午还追着公交车跑了一站的家伙，为什么会选择四十岁之前风流顽劣，四十岁之后也不会长大的我爸呢。

十八岁后，三张蛋糕券都落到你的手里。我说出同样的话：当我欠你的，你可以找我帮你三次。你和小时候的我一样，小心珍藏起来，不一样的是，你从未用过。我第一次赚了大钱，请尽所有的朋友。珍馐美馔、酒池肉林过后，夜深人静才想到你都五十岁了。天啊，在我的印象里，你昨天还是那个骑着木兰带我，风吹起碎发，庸脂俗粉从未损你半点空灵，像穿梭在城市里的小龙女似的好。

我拎起外套匆匆忙忙跑回家跟你说：喂，老妈，我赚钱了，你可以拿蛋糕券换点东西。你点点头说好啊。从抽屉里拿出一张券给我，说帮我去超市买一袋砂糖、一瓶老抽、三个番茄。我反复确认，这些就浪费一张？你说：嗯，那样下次你又可以用这张来找我帮忙了。

我每次想到这件事都会躲在被子里哭，特别是长大成人后，无数个觉得自己无用的夜晚。就像今天。

录制节目要写自己的女神，我写的特征都是关于你的，最后被替换掉两个，依赖和内向，却都是属于我的。我很想很想成为那个你可以依赖的人，却还是在一次次把事情搞砸之后，回到你的小木兰上，小小的身躯和你的后背无缝贴合，再用双臂紧紧环绕着你，就这样一直开下去，你不会变老，我也不会长大。
多希望时间为我开个后门，让我们永远在一起。

亲爱的女神，虽然我在心里无数次默默责怪过你，一只坚强的小白兔，供养出脆弱的大灰狼，身为野兽的我，却因为你，在森林里给了自己诸多退缩的理由。但是说到女神，除了你，我再也，再也想不到第二个人选。

毕竟，虽然我崇拜过羡慕过那些厉害到发光的人，但是会尽其所能保护我的才是神。

大冰

野生作家，民谣歌手，主持人。@大冰

一个孩子的心愿

善良是一种天性，善意是一种选择。
善意是人性中永恒的向阳面。

选择善意，即是选择天性，即是选择光明。
或许也是在选择一种永恒吧……
虽然人性在每个人身上的星辉闪光，都只是刹那。

1

他们并排坐在小屋的角落里，神情紧张。
很局促，手都不知道该往哪儿放。

过时的提包，素色的衣裳，廉价的皮鞋……
简朴却整洁，隐隐带着几分普通人的隆重。
一看就知他们并不常出门旅行，衬衫扣得严严实实，头发梳得一丝不乱，出差一样。

坐姿僵硬得很，应该没怎么进过酒吧，两个人只点了一瓶啤酒。

一进门我就看出来了，他们应该来自某个小城，安分守己了一辈子的工薪阶层。
但我纳闷儿的是，他们的反应为何那么奇怪？
我刚一进门他们就死盯着我看，眼神里满是期待和慌张。

孩子的眼睛会发亮，我知道的，却是头一次在中年人眼中见到同样的光亮。

正月的丽江热闹，街上游人熙攘，大冰的小屋里热气腾腾。
人很多，连台阶上都坐满了，听歌喝酒聊天，恣意地享受这假日时光。
那天来的大都是眉飞色舞的年轻旅人，学生、职员、背包客，一个比一个年轻。
中年人只有他们这一对儿。
他们应该是夫妻。

我在他俩对面坐下，点点头，冲他们笑笑。
紧接着我吓了一跳，我的笑容有什么问题吗？为何他们仿佛受惊一样，紧紧攥住了对方的手？
两只手攥在一起，攥得发白，四只眼睛愈发闪亮，依旧死盯着我，好像钩子一样。

我们之前见过吗？
出什么事了，为什么这副神情？
还没等我开口询问，中年女人猛地吸了一口气，猛地吐出来一句话：终于找到你了，大冰。
她声音颤抖着探问：听说，你是个一诺千金的人……

谁造的谣？我慌忙摆手，手刚摆了两下就僵在半空中。
她双手合十面向着我，仿如佛前祈愿一样。

她闭上眼睛对我说：求求你……求求你帮我们一个忙。

2

在他们开口讲述的头半个小时里，我并不知道自己会遭遇一个如此虐心的故事。

这是两个农村中学教师。
他们在浙江省青田县海口镇箪食瓢饮，教书育人，安贫乐道。
此次丽江之行是专程为我而来。
他们说，希望我帮他们一个忙，帮他们的儿子一个忙。

儿子叫越阳，1998年10月13日出生，90后。
他的母亲看着我的眼睛，着重强调说：越阳是个好孩子。
每个父母眼中的孩子都是好孩子，但她执拗地说，他们家的好孩子和别人家的不一样。
她说她的儿子出奇地懂事。

他们都是农村中学教师，陪学生的时间多，陪儿子的时间少，但儿子从小不哭也不闹，早早地学会了一个人吃饭，一个人睡觉。
早上睡醒，自己乖乖地穿好衣服，轻手轻脚地去上学。
问他，他会说：爸爸妈妈上班累，多休息一会儿吧……

她说：我是老师，没时间过3月8日的节日……下课铃一响，就看见儿子站在教室外，一边挥动着节日卡一边喊：妈咪，节日快乐！
节日卡是他自己裁的，自己画的，还有一只小蛋糕——他零花钱少，只买得起拳头大的蛋糕。
女学生们围着他，逗他，他一本正经地叉着腰，挨个儿教育她们：你们这些妇女啊……都要听话，不许惹我妈妈生气！
他说：我妈妈很辛苦的……

这个母亲讲着讲着，声音弱了下来，双眼失神地看着我，不知在想些什么。
我咳嗽了一下，她好像被惊醒了一样，歉意地点了下头，继续开口讲。

她说：别人家是妈妈哄孩子，我们家是孩子哄妈妈，从小就是这样。曾经有一个周末的晚上，我带着越阳去火车站广场玩，那时候他还很小……我太粗心了，边散步边备课，不知不觉就和他走散了。我满广场找他，找遍了整个广场也不见踪影……
我不知所措了好久，等到终于稳下心神想报警时，电话来了。越阳在电话里大声喊：妈妈，我找不到你，我自己先跑回家了。我在家楼下的小店里，很安全的！
越阳气喘吁吁地喊：妈妈你别担心我，你不许哭啊。

那个母亲说到这里，声音明显地沙哑了起来。
看得出来，她在努力地平抑着情绪。
我递给她一杯水，她接过来捧在手里，却不喝。

她认真地看着我说：真的，他从小就知道心疼人。
我说：哦，我知道你儿子是个好孩子了，但是……
她急急地打断我的话，自顾自地重复着说：他真的从小就知道心疼人……

她急切地继续说：我们越阳学习永远名列前茅，我们从来没操心过他的成绩，只担心他的喜好是否太多。学校里他什么活动都乐意参与：广播站、学生会、演讲比赛、朗诵比赛、数学竞赛……光是象棋比赛的证书就有厚厚一沓。象棋教练说越阳是棵好苗，让我们送他去省城好好培养。
但越阳拼命和我说：不要不要，妈妈，我下象棋只是兴趣爱好。
他怕让家里花钱，他怕累着我们，他心疼我们……
越阳还喜欢音乐，学过小提琴，萨克斯考取了十级证书，葫芦丝在浙江省民乐比赛中拿过三等奖。
拿完奖之后他就不肯再学了，老师怎么劝他也不从。

他跟我说，其实乐器里，他最喜欢的是吉他。
他不说我也知道……学吉他最省钱，不像小提琴、萨克斯的课时费那么贵。
我当然不肯让步，哪个父母愿意委屈了自己的孩子？砸锅卖铁也不能耽误！又不是借不到钱……

他搂着我的脖子说悄悄话：妈妈你知道吗？我觉得音乐这东西很神奇，不论用哪种乐器去演奏，里面的道理都是一样的。你就让我学吉他吧，至于其他的乐器，我将来一上大学就自己挣钱……我有大把的时间去学。

我搂紧他：好孩子，爸妈没本事挣钱，委屈你了……
他撇嘴：妈妈这是你说的什么话？谁有咱们家这么厉害——我爸爸妈妈都当老师！

越阳学吉他上手很快，他本就有音乐天赋和功底。
吉他是借的，他总是说自己技术不好，用不着专门买好琴。
别人还在爬格子、练和弦时，他已经开始自己琢磨着写歌了。他看书多，歌词一写就是半个笔记本，只等着将来学全了乐理就自己谱曲。

他志向大得很，当作家，当棋手，当歌手……那么多兴趣爱好，却未曾耽误学习。他后来从青田小镇考到省城中学时，成绩是最优秀的！

……

每个母亲都爱夸自己的儿子，一夸起来就刹不住车，这个母亲也不例外。
这个朴素的母亲告诉我说，她的儿子越阳考上的是赫赫有名的杭州市文晖中学。
很奇怪，讲这段话时，她的表情不是骄傲的，声音却开始哽咽。
沙哑的哽咽。

据说去学校报到时，越阳手里的行李是最简朴的，肩上的行李也是最特殊的，是一把吉他——为了庆祝考到省城，父母送他的礼物。
从小到大，他收到的最昂贵的礼物。

他弹着那把珍贵的吉他，从初一弹到初二。
从 2012年弹到 2013年。

3

2013年发生了许多事。
厦门BRT快线（厦门市快速公交系统）起火，47人殒命。
上海和安徽两地率先发现H7N9型禽流感，后续是江浙皖鲁闽，以及台湾。
大范围的雾霾笼罩中国中东部，从北京到上海，人们惶恐地抬头看天……
这些公众领域的大事件被人关注、关心、铭记。
或者他奶奶的无情遗忘。

2013年的杭州也发生了一件事：
一个孩子毫无征兆地病倒，一对父母一夜之间忽然苍老。

没有几个人会去特别关注这件小事。
如无特殊原因，没有几个人会关心一个陌生的、普通的孩子的病症。
大部分事不关己的人懒得去追问熟人社会以外的事情。
大部分身体尚且健康的人，并不关心这种病的致病原因到底是什么。
也并不关心，为何在城市儿童中，这种病的发病率已上升了13%。

2013年，越阳15岁，白血病。

4

好似耗尽了全身的力气。
那个母亲虚脱地靠在了丈夫的肩头。
她流着泪说：大冰，在来找你之前，我们俩读了你的书。我记得你在书里写过，命运善嫉，总吝啬赋予世人恒久的平静，总猝不及防地把人一下子塞进过山车，任你怎么恐惧挣扎也不肯轻易停下来。非要把圆满的颠簸成支离破碎的，再命你耗尽半生去拼补……

她靠在丈夫的肩头流泪，反复念叨着“命运善嫉”这四个字。
她说：到底嫉妒我们什么？我们到底做错了什么，非要惩罚这么好的一个孩子……

最触目惊心的，莫过于中年人的伤心。
一对中年夫妻摊开手掌，彼此给对方拭泪，边叹气边拭，越拭越多。
这一幕看得我有些难受，但更多的，是一种难言的尴尬。

犹豫再三，我说：大姐，你们的遭遇我很同情，我知道治白血病要花很多钱，也大略知道你们的收入水平，但是实话实说……不是我见死不救，这个忙，我或许很难去帮。

我说：对不起，越阳是个好孩子，但我并不是个有钱人。

他们俩用力地在我面前摆手，连声说：不不不……
那个父亲苦笑着说：大冰你误会了，我们不是来找你要钱的，我们当了一辈子教书匠，穷归穷，骨气还是有的……
况且，他轻声说，我们越阳，现在不需要钱。

大过年的，你们不在医院陪孩子，反而千里迢迢跑来找我？
不需要钱，那需要什么？

5

那位父亲揽住妻子的肩膀，再次帮她擦了擦眼睛。
他抬头看我一眼，又低下头，慢慢地说：儿子很乐观，他妈妈都要崩溃了，他还反过来安慰她，变着法子逗她开心。他从小就这么懂事，生病了还这么懂事，他越这样，越让人心疼……

这是个遭罪的病，生病的这两年，越阳尝尽了各种化疗的苦，每天吃药打针抽血……但化疗间隙病情较轻时，他总不忘学习。我们给他请了家教，文化课与吉他，两不耽误。

医院里的人都喜欢他，护士喊他小鲜肉、小粉团，他给大家弹吉他，大家都给他打气，他自己也坚信自己能好起来，经常和我们说，等我病好了怎样怎样……

2014年5、6月份，越阳的病情确实好转了，还重返了教室，上午上半天课，下午在家休息，期末考试竟然还考出了个非常好的成绩！我儿子是最棒的，从小就是这样，不管生不生病都是这么棒！

听到那个父亲说到这里，我松了口气，一句“恭喜”还没来得及出口，又生生咽了回去。

那个父亲低着头，愈发佝偻了，鼻尖上清清楚楚悬着一滴泪。

……我们以为他几乎痊愈了的时候，7月份的骨穿报告也出来了。

骨髓里的坏细胞有点儿反跳，医生建议要连续加打4－6次化疗才行，于是我儿子又开始了连续化疗的历程。很痛苦，不是人遭的罪，那么小的孩子……

前四次化疗进展很顺利，每次都完全缓解。

第五次化疗后，他妈妈拿到骨穿报告，哭得肝肠寸断！我也被这个晴天霹雳轰得差点儿晕倒。

天大的玩笑！这次骨髓里的坏细胞比7月份那次要高得多，是真正意义上的复发！

瞒不住了。

我把这个复发的坏消息告诉儿子，他竟然出奇地平静。

他对我说：爸爸，没关系的，咱们再接着化疗。
我憋着眼泪躲到门外去哭。
孩子，你和我说话的口气像个成年人一样，你为什么要这么懂事？你难过你失望你哭你叫你喊出来啊，爸爸不怪你啊，为什么反倒要你一个孩子来安慰爸爸……

化疗越多，对人体的伤害越大，恢复起来也越难。
他其实已经对化疗很恐惧了，每一次都是上刑啊……我不明白他一个小孩子到底是靠什么才忍下来的。

儿子再次住进浙一医院。
而我则跑北京、跑河北，联系骨髓移植事宜。必须骨髓移植了，没有别的办法了。医院联系好后，我把我们一家人的衣服和被子都托运到了河北那边……

一切准备就绪，只等儿子这次做完化疗，细胞数涨上来，就去道培医院移植了……
我们一家三口也都抽血进行了骨髓配型，结果都是五个点半相合，还是有希望的。

结果希望没了。
医生下达了病危通知书，说我们的儿子很快就要没了，让我们准备后事。

我们不懂呀，什么叫快没了？
准备什么后事？不是还好好的吗？刚刚还说晚饭要吃大馄饨呢！我不信！
他养病期间不是还在好好地继续写歌唱歌弹吉他吗？他将来还要上初中、上高中、上最好的大学……
他还要继续玩吉他，在大学里组乐队、谈恋爱、结婚……
……
是我们当爸爸妈妈的无能啊！

你走了，我们也不想活了。

儿子的身体越来越难受，可他一直说：妈妈，我不难受，过两天细胞涨上来就好了，你不许哭。他想给妈妈擦眼泪，手都抬不起来了……

儿子在他妈妈怀里睡着了。
我们等着他醒过来。
这么懂事的好孩子，我们等着他醒过来……

我看着那个父亲，等着他继续往下说，但他久久没有开口。
喧嚣的丽江正月，街上的嬉闹声声声入耳，小屋里却一片沉默。

6

2015年2月11日，奇迹没有发生。
越阳没有醒过来。

15天后，越阳的父母来到云南丽江，带着他的遗愿，坐在我身旁。
越阳的遗愿，和我有关。
这是一个任性的遗愿。

他的母亲对我说，儿子弥留之际，曾留下几句话。
他说：好遗憾哦，这么快就离开这个世界了，还没来得及留下点儿什么，就要走了。
真的好遗憾，还有那么多没来得及实现的心愿……

他说他写了好多歌词，但看来没有机会谱上曲子了，如果有人能把这些音乐给做出来，该多好哦……
他说：妈妈，能让我任性一次吗？
他说：妈妈，有一个人，他既是作家也是歌手，我读过他的书也听过他的歌。

这个人神出鬼没，很难找到，但是妈妈，你去帮我找到他吧，一年不行就找两年……把我的歌词交给他，他会懂的。

他说：我看过他的书，我猜他会答应的。

他说：妈妈，我的好妈妈，我从没求过你什么，我一辈子就任性这一次，你们一定要帮我去完成这个心愿，好吗？
……

7
正月里的丽江，人群早已散去的小屋。
越阳的父母忐忑地看着我，沉默地看着我，双手合十，泪眼婆娑。
可怜拳拳父母心，他们应该是一料理完后事，就赶来云南找我的。
捧着两颗碎了的心，带着一个任性的遗愿。

他们下定决心要完成这个任务，云南找不到我就去山东，山东找不到就去北京，北京找不到就去西藏……
上天安排他们在我启程回北方闭关前的最后一天找到我。

越阳一定没有想到，他唯一的一次任性，留给他伤痛中的父母多少折腾。
我可以拒绝一个16岁的孩子最后的任性，哪怕他真的是个罕有的好孩子。
但哀莫大于中年丧子，我没有任何理由去拒绝这样一对父母的请求。
我接过了一个U盘。
我说：好的。

8
我以为U盘里只是歌词。
不承想，歌词文件夹里，还夹带着几段话，是16岁的越阳在得知病情复发时，悄悄写下的，大意如下：

如果我真的运气不太好，挂了，我愿意无偿捐献我的眼角膜和器官给需要的人。
我生病后，很多人给我捐款，把剩下的钱给其他白血病孩子用吧。
……
爸爸妈妈去领养一个妹妹吧，我从小就想有个妹妹，你们知道的。
还有，我从小还想养只猫或狗，请妈妈帮我养一只吧。
……
这个也是我的遗愿，我有好多歌词，其实我是可以用吉他弹唱出来的，但是貌似目前还不怎么会写谱。希望这些歌能被做成音乐，然后任何人都可以拿去使用（算是版权授权吧）。
我只是想留下些什么，爸爸妈妈一定要帮我实现啊，这毕竟是我最后的心愿了。

孩子，不管你最后的心愿有多么任性，他们都会帮你去实现的。
谁让他们是你的爸爸妈妈……

9
一开始，我以为这就是越阳“最后的心愿”。
直到几个月后的一天，我才发现自己错了。
U盘歌词文件里还有一个隐藏文件。
里面藏着另外一段话。
越阳的父母，我想，或许到了让你们看一下这段话的时间了。

冰叔，如果你发现了这些话，请在我走后半年，再给我爸爸妈妈看。

……
爸爸妈妈，你们好一点了吗？
真希望你们能早点好起来，一定不要陪我去了。
因为妈妈说过的，如果我死了，她也不活了……

原谅我的任性。

原谅我留下的那些心愿。

我只是想，如果用“让你们帮忙完成我的遗愿”为理由的话，或许可以拖住你们一段时间吧。
就算是我自私吧，让我一个人走吧，让爸爸妈妈留下。

把歌词变成音乐，应该能够拖住你们一段时间吧，一定要帮我实现啊。
我走了，就让我的歌陪着你们吧。

还有一个拖住你们时间的办法。我从小就想有个妹妹，爸爸妈妈领养一个妹妹吧，把我剩下的一切都给她，这样你们就都能有个完整的家了。

我从小还想养只猫或者狗，请妈妈养一只吧，也许我会投胎成了一只小猫或者小狗，再多陪伴你们几年。

爸爸妈妈，来生咱们还是一家人，好吗？
不管有多难，我都会找到你们，继续当你们的好孩子。
……

请允许我解读一下这段文字。
他确实很任性。
他处心积虑，其实心愿只有一句：希望爸爸妈妈好好活着。

10
我技术一般，不是一个多么好的歌手。
我胆量不大，也不是一个多么好的作家，甚至一度也不是一个好孩子。
但是我知道这样一句话：
善良是一种天性，善意是一种选择。
善意是人性永恒的向阳面。

我从未想到过，这句话会在一个 16 岁临终少年的身上得到印证。
他如流星般划过，却用善意短暂点亮了夜空。

是的，人性在每一个人身上的星辉闪光都只是刹那。
但正因为有了那一刹那，有些人才变得永恒或伟大。
命运善嫉，这个 16 岁的少年来不及伟大。
但他所选择的善意却是永恒的。

11

越阳的音乐做好了。
遵从越阳的意愿，歌词版权开放，谁都可以谱曲，谁都可以演唱。
我履行承诺，找到了越阳所钟爱的民谣歌手们（成方圆、水木年华卢庚戌、好妹妹乐队、麻油叶马頔、游牧民谣王继阳、赵雷）把他的部分歌词编曲谱曲，演唱录音，并合并成专辑，上传网络，供诸君免费下载。

专辑名为《一个孩子的心愿》。
这也是越阳留给这个娑婆世间的礼物，送给每一个人的。

光阴如潮，大浪淘沙，未来未知的年月里这篇文章一定会湮灭。
但我祈愿这些歌能被传唱。

若有一天末法时代来临，人性扭变，风急雨骤，天昏地暗，愿这几颗普普通通的种子，能被按图索骥的人们发现。

愿人们知晓，这个世界，曾经来过一个普普通通的好孩子。

顾颖

媒体从业者。年轻时写现实，年老时写童话。@锦衣游顾颖

婚礼

贾宝玉说：“女孩儿未出嫁，是颗无价之宝珠；出了嫁，不知怎么就变出许多的不好的毛病来，虽是颗珠子，却没有光彩宝色，是颗死珠了。”

谢宁以为程静打电话给她，是想通知她即将从宝珠变死珠，之前已有几个同学听到风声，说程静正在筹备婚礼，万万没想到，程静在电话里跟她说的第一句话却是：“我和齐立分手了。”谢宁脱口道：“开什么玩笑。”

程静和谢宁在大学是同寝室的，至于关系，怎么说呢，距离太近难免磕绊，倒是工作后反而亲近了不少，算得上好友。

程静的男友齐立是大学时代谈的，谢宁也认识。两人的感情故事，一言以概之，分分合合，终成正果。每回分手，程静都哭得死去活来，控诉齐立的诸般不是，但齐立一伸手，程静又乖乖回头。这种戏码，他俩演了十年，谢宁也看了十年，早腻了。只是没想到临到结婚了又再次上演。这次程静没哭，她在电话里平静地说：“我想清楚了，与其将来痛苦，不如现在断了。还好没领证，不算离婚。”

她换了戏路，谢宁有些跟不上，照着以前的有效方式不痛不痒地安慰了几句。大意就是你们都好这么久了，有什么事想想对方的好处，有什么过不去的；再说都快结婚了，也要考虑双方父母的感情。但她错误估计了形势。在重大事件前平静的人，往往内心戏正演得波澜壮阔。尤其是女人，一个女人来倾诉的时候，不是希望你告诉她什么是对错，而是希望你跟她一起发泄。

程静的平静只是个引子，谢宁劝合不劝离的论调把她的一腔怨气勾了起来。她开始详细论述齐立的诸般不好，以证明这次的分手完全是齐立的错。这个男人是如何对不起她，她又为他付出了多少，她放弃了其他好男人选择了齐立的平凡，而热恋时那些让她流泪的誓言如今却凉薄如水。谢宁不是傻子，她终于明白程静现在想要什么，于是跟上了她的步调，时不时地插几句：“他怎么可以这样！”“太过分了！”“没想到他是这样的人！”“嗯嗯，我完全可以理解你的心情。”

谢宁的方法是对的，只是她忘了女人在得到认同的时候只会更有倾诉欲。程静在她的鼓舞下越说越多，内容包罗万象。说齐立年近三十一事无成，年轻时仅有的一点姿色也变成肚腩里的一包油；家境又不好，房子首付她还出了一半，未来的婆婆居然还挑剔她不会做家务，恨不得拆散了他们；齐立在床上的水准也每况愈下，当然原先也不高，如今更低。

白墙上挂钟的指针走了一圈又一圈，窗外的野猫叫得三长两短，凄凄切切。谢宁打了个哈欠，“嗯”了一下，过五分钟补一声“是吗”“这样啊”。

她渐渐冷却的态度终于引起了程静的注意，她突然问：“你是不是吃过饭了？”
谢宁看着手中的饭碗，所剩的半碗饭早已凉了。
“吃到一半。”顿了下，又安慰地补了句，“没事。”
程静“哦”了一声，没有再追问，继续说齐立的事。

手机的电池热得像暖宝宝，谢宁看了看电格，还有65%，也是，刚充过。再说人在家，也不存在手机没电的事。

“谢宁。”程静在那头叫了她一声。

她回过神，赶紧道：“嗯，的确是他不对。”

程静沉默了一会儿，幽幽道：“你说，他会不会在外面有了女人？不然怎么会这么对我。”

男人提分手，女人的第一反应是他在外面有了女人。女人提分手，男人只肯相信一个理由：你不就是嫌我穷吗？当然，对于程静的问题，谢宁答不上来。饥饿和疲劳的双重轰炸使她烦躁而思绪混沌。

“应该不会吧，齐立又不是什么抢手货，他还能找什么样的啊。虽然说这年头小姑娘倒贴的多，但人家也看人的呀，不是说是个男人就上的。钱和长相总得有一样吧。我觉得你是想多了。你刚才也说了，他身上那么多臭毛病，别指望结了婚就会变好。恋爱时都改不了，结了婚更别想了。这样，我觉得你先冷静一下，看看他那边有什么反应。他要是态度好，再给他个机会；要是态度不好，反正也没领证，分就分了吧，总比将来离婚强。”

程静突然没了声音，谢宁还以为是手机信号不好，对着那头“喂”了几声。程静应了声，淡淡道：“也是。行，不打扰你吃饭了，晚点聊。”

手机屏显示通话结束。谢宁有些愣，隐约觉得哪里不对劲，回想了下自己也没说错什么。程静花了整整两小时说齐立没钱，没貌，没性能力。她不过是小小配合了一下。应该，没事吧。

以往程静失恋，第一周几乎每天要来说上一通，这回倒连着安静了两天。谢宁白天忙着工作，心里却总挂着她的事，也不知道程静怎么样了。主动打电话问吧，有点三八，也怕被她逮着说个不停影响工作。想了半天，找出年底送客户的礼品，填上程静的地址寄给她，算是份关怀吧。快递小哥来取件。谢宁想到另一个同学李悦玲，又补了一份，顺手给她发了条微信：“寄了张购物卡给你，当天快递，注意查收。”

李悦玲坐在早教班客厅的沙发上，这是今天她第一次坐下来。本来想好生完孩子就回去上班，哪想到都两年了，还在家带孩子。双方父母的身体都不太好，不舍得他们太辛苦，再则自己也放不了手，干脆就一直不上班专心带娃了。

蔡倩的儿子和她家的差不多大，两人住得又近，就一起给小孩报了个班。孩子学习时，她们这对老同学也能聊聊。不过蔡倩不上班的原因是老公赚得多，就干脆当全职太太了。

手机亮的时候她没看到，还是蔡倩提醒她，手机响了。李悦玲拿起看了眼，笑道：“是谢宁。”她没说谢宁送卡给她的事，大家都是同学，万一蔡倩听了不舒服倒不好。

蔡倩倒是好奇，问她：“你跟谢宁倒挺好的。我和她联系不多，也就加个微信，从不聊天。她现在怎么样？还没男朋友？”

“据我所知是没有。你有什么好货哦？介绍给她。”

“我一个已婚妇女能有什么好货。而且，介绍对象这种事，我不做的。吃力不讨好。越是大龄女青年越是难搞，像谢宁这样，长得不难看，工作也不差，没有男朋友总归是有原因的，要么要求高，要么性格脾气跟别人不一样。否则怎么会找不到。”

“那倒不是，有些事情是缘分吧，碰到了就碰到了。其实我有时候倒蛮羡慕她的，想干嘛就干嘛，想去哪里就去哪里，生活比我们自由多了。而且她收入不低，又没有家庭负担。想想我和她一个年纪，也就蜜月的时候去过马尔代夫，然后就生了孩子，哪里也去不成了。就算以后小孩大一点，也只能去吃吃逛逛的城市。年轻时候还说要环游世界呢，现在想想根本不可能。要么将来退休后去环游，不过那时候也没体力了。”

蔡倩抬眼看看李悦玲，哭笑不得。

“你哦，还这么天真。你以为微信上晒晒，就真的自由幸福啦。这种嘛，都是给人看的呀。你说换了是你你会幸福吗？年纪和我们一样，同学都结婚了，人家有老公有孩子，还能有谁陪她一起玩？平时晒吃喝玩乐、国外旅游，为什么啊？不就是孤家寡人生活空虚嘛。要是谈个男朋友，你看她还往外跑哇，肯定也就买房子结婚了呀。反正我是不羡慕的，旅游什么时候不能去，你真要舍得把孩子扔给公婆，不也就去了嘛。你这是身在福中不知福，现在婚姻市场这么夸张，全是剩女，你还真以为她们开心呢。不过要面子罢了。”

门开了，孩子从早教班里颠颠地扑来。

“妈妈妈妈，你看！”小手里举了个亮闪闪的五角星。

李悦玲忍不住抱起她亲了一口。

“哇！好漂亮的星星哦！真了不起！”

也许，蔡倩说得也不无道理，如果真让她选，她还是要现在的生活。有女万事足。两个小朋友分别的时候万般不舍，从投入程度来看，人的初恋早在幼儿园前就有了，孩童时期每一个“我”都是宇宙的中心，肯把喜欢的东西分享给对方就已经突破了天然的本性，比结婚肯在房产证上加名字还伟大。儿子牵着蔡倩的手，天真烂漫地表达对小小玲的喜爱，才刚分开，就在问妈妈什么时候能再见面。蔡倩给他寄好安全带，哄了几句，不一会儿他就睡得小脸红扑扑。

老公明天一早要去欧洲出差，晚上回家很准时。蔡倩给他做了几道他爱吃的菜。

入睡前，趁着他心情好，她摩挲着他的胸膛柔声道：“再过两个礼拜就是程静结婚，朱芸芸也要去的。所以……上次提的卡地亚手表帮我带回来好不好？比国内要便宜一万五，我小心点戴，好好保存，将来还能升值。今年的结婚周年礼物我就不要了。”

老公的胸膛深陷了下，又缓缓弹起。

“刚买了新车，别墅每个月还贷要两万多，辰辰今年要上幼儿园，赞助费起码十万。进去后还有别的开销。到处都是用钱的地方。我做的这一行，收入和经济形势挂钩，今年不比去年。不是说买不起，但是为了一块手表，把日子过得紧巴巴的有意思吗？要不，下半年吧，下半年有了闲钱，我再给你买。”

蔡倩的手停止了游走，落在他的肩膀处，指尖有点凉。

“我和同学也就一年聚一次。下半年买，我戴着自己看？我又不是朱芸芸，老公送个包也要发微信秀，做得那么难看，巴不得人人嫉妒。同学聚会说白了不就是看谁混得好，谁混得差。我想体面一点也不是为了我自己，是不想丢你的脸。当初我嫁给你时，人人都说你不好，就我知道你有志气，我相信你，也相信自己的眼光。人都是捧高踩低的，人家觉得你有本事，才会把更多的机会给你。你要是混得不好，狗都不会理你。同学聚会也是种社交投资，是种机会。”

床头灯温暖的光线在沉默中影影绰绰。蔡倩的手从丈夫的身上落下，翻了个身，把温暖搅出一阵波纹。老公的叹息声响起：“好啦好啦，我会带回来的。早点睡觉，别不开心了。”

老公如期而归，带着她期待中的礼物。那晚，蔡倩自是极尽热情与温柔，不必言表。次日，又是辰辰早教班的课程。蔡倩将手表戴起，她可不想到了婚礼那天才戴出来，搞得像新年穿新衣一样。至少要有人能证明一块卡地亚的手表对她来说不过就是个家常物，平时随便戴。那个见证人自然就是李悦玲。

李悦玲果然注意到了她的手表，连连夸赞。蔡倩随意地笑笑，她不喜欢说“老公非要送给我”这样的恶心话，只轻描淡写地说了句：“比中国便宜，所以才买的。”

“那也要老公舍得啊。”

李悦玲又仔细看了看她的表，疑惑道：“但这指针怎么不走了？”

蔡倩抬腕。真的没走。她摇了摇手臂，指针还是没走。她从座位上站了起来，用力甩了几下，依旧老样子。她拿出手机想打给老公，看了李悦玲一眼，又收了回去。分别的时候，辰辰甜甜地和小小玲道别。李悦玲也笑着和她说再见，那笑容有点刺眼。

小小玲今天又拿了两个五角星，李悦玲回到家照常给五角星拍了照，又给女儿照了好多张可爱的照片，录了一段她跳小苹果的视频。心满意足地发到微信上，看到红圈圈的“1”跳出来，就快速点开，回评。

想到刚刚蔡倩离开时的脸色不禁又有点担心，应该不会吧，这么金贵的表怎么可能买来就是坏的。她点开谢宁的名字，发了一条：“dear，我今天和蔡倩碰头，我好像说错话了。”

谢宁刚到家，正躺在沙发上翻微信朋友圈。李悦玲又在晒娃了，每周至少三晒。现在她的朋友圈，结婚生子的，都把头像换成了孩子，每天朋友圈里跟刷屏似的，全是孩子的照片、视频。俗话说，一孕傻三年，她觉得，傻倒还好，瞎才是真的。一旦升级为父母，立即丧失美丑辨别能力。不管自己孩子长啥样，都是最漂亮最聪明的，非得要全天下人都看到，也不管别人想不想看，要不要看。那一张张小脸，仿佛都在说“来夸我呀”。谢宁跷着脚，手指违心地移到丑孩子的下方，一按，点了个赞！

李悦玲的头像像有感应般跳到前排，她吓了一跳，这反应也太快了。

“怎么了？”她快速键入。
“她今天戴了块卡地亚的手表，但我看着指针没走，就问她了。结果，她脸色变得好难看呢！”
“……算了，别多想了。你也是好意，万一表有问题，早点提醒也是好的。”
“话是这么说没错，不过这是她老公从欧洲带回来的，要是坏了，国内还不知道能不能修呢，这还不心疼死。”
“你操这份心干吗？她又不缺这个钱。”
“也是。对了，程静礼拜天结婚，你怎么过去？”
谢宁一愣。婚礼？难道程静到现在还没通知大家分手的事，再拖下去事情就难办了。但这事又不能从她嘴里传出去。
“我还没收到请柬，等正式通知再说吧。”
“哦。”

李悦玲拿起茶几上的结婚请柬。今天刚收到的，可能谢宁那里慢一些吧。

朋友圈上不断跳出红色的数字，好多人夸小小玲聪明可爱。她扬着嘴角一一回复。结婚前不懂当妈的心，现在才觉得，孩子才是自己最大的骄傲。

但每次都给她评论的蔡倩却静悄悄的，直到第二天还是没有动静。李悦玲倒真有些担心得罪她了，只是不好开口，就找了个由头：“程静的请柬收到了吗？你带孩子一起去吗？”

蔡倩看了眼手机，又放回口袋。在卡地亚的专柜指着一枚戒指道：“就它吧。”
售货小姐亲切礼貌地道谢，开票。仔仔细细地把戒指盒盖上，包装。
蔡倩不经意地拿出手表，问她：“我老公刚给我在欧洲买了块你们家的表，但是指针不走，是怎么回事？”
那小姐接过手表看了下，微笑解释：“这个型号不是自动的，是要上发条的。可能旅途时间长，您先生忘了上发条吧。”

蔡倩松了口气，又有些懊恼。就为了这么一个答案，她还买了一枚基础款的戒指。算了，收起来，下半年小姑结婚，就当新婚礼物。不管怎么说，虽然有波折，总算都办好了。一切准备就绪，就等礼拜天参加婚礼。

星期天是个黄道吉日，一早小区里就爆竹声阵阵，结婚的人不少。蔡倩做了个头发，出发得有点晚。不过婚礼嘛，没人会准时到的，而且这就跟走红毯差不多，宁晚勿早。

她到达的时候，新娘新郎没在门口迎宾，估计去做入场准备了。李悦玲半小时前发微信说是第五桌。她走进礼堂，远远地就看到朱芸芸笑意盈盈地在聊天，边上是她的丈夫。几年不见，她胖了不少，不过倒不难看，她原本瘦，有发胖的余地。但肥胖依旧是时尚的天敌，朱芸芸原先的女神气质所存无几，整个人流露出一种妇人的即视感。

李悦玲眼尖，第一个看到她，站起来对她招手。
“你怎么来这么晚？都快开始了。”
“抱歉啊，路上有点堵。”
丈夫礼貌地和同桌的人打招呼，一桌人纷纷起立寒暄又坐下。

朱芸芸隔着桌面，温柔地说:“好久没见了，你真是越来越年轻。孩子怎么没来？”
“他很皮的，又人来疯。还是在家吧。哪像你们家的这么乖。”
“男孩子嘛，不皮不好玩啊。女孩子总是安静一点。”
同桌的一个男同学倒了一杯饮料递给她。蔡倩伸手接过，手腕上的卡地亚划出一道完美的光弧。
另一个女同学附和：“是啊，我们还想看看呢。悦玲说是个小帅哥，她一直说要订娃娃亲，我说不行，这要公平竞争的。我家女儿一岁，正缺个欧巴。”
满座欢笑。一人道：“现在男人这么抢手啊，那一定要我老婆生个儿子。”
“去去。你儿子像你，我们才不要。蔡倩的儿子才是标准高富帅好不好！”
蔡倩抿嘴而笑，不紧不慢道：“我们算什么高富帅，就普通人家而已。要我说，芸芸的女儿才是白富美，长得随她，家境又好。”
“对了，”她抬起头微笑，“芸芸，你上次微信上发的那个包是在法国买的吗？下个月我老公去出差，我想买个不同颜色的。”
“包？什么包？”
“就是你微信上发的，爱马仕的。”
“哦，那个啊，那不是我的啊，那天和朋友喝茶，拍的是蛋糕。你好厉害啊，这包才露了一个小角你就认出来了。我哪会买这么贵的包？女儿马上要上幼儿园了，赞助费好贵。而且我现在也不喜欢打扮，留着给小姑娘打扮吧。”

有同学起哄。
“朱芸芸，一代女神啊，现在又有小女神了，升级到国民岳母了。”
“芸芸啊，女神也是要保养的哦，就算不为了自己，也要为了我们的青春记忆。拜托，千万不要残掉。”
朱芸芸手捂着脸笑，长发垂落，丈夫抬手帮她挽起。她娇羞地与他交换了个眼色。

“真是对不住大家，胖成这样。其实，我怀孕四个月了。我们家要有第二个宝宝了。”
“哇！”“怪不得啊，我说你上次生完孩子跟没生一样，怎么现在反而胖了。”“恭喜恭喜。”“男孩女孩？”

“B超显示是男孩，我们是无所谓的。我喜欢女儿，两姐妹也很好。”
“芸芸才是人生赢家啊，有儿有女。”

蔡倩的杯子已经半空了，所剩不多的晶亮液体微微摇晃，卡地亚的光芒断断续续。李悦玲拿过饮料，帮她添了一杯。她侧头道谢，问道：“谢宁呢？不跟我们一桌？”
李悦玲神色有些复杂。
“好像……程静没有邀请她。”
“啊？怎么会？她们不是很好吗？是没邀请还是她不肯来？”
“这我倒也不清楚，但谢宁不会不肯来的，上次我问的时候，她还没收到请柬。”
“这可难说，她又没男友，看到闺蜜结婚，说不定心里难受，就借口不来了。”

左侧的女同学凑过来，压低声音。
“我觉得你说出真相了。我听说，之前程静和齐立闹矛盾，谢宁一个劲儿说齐立不好，还劝她分手。哎，心情是可以理解的，不过做人还是要厚道。所以啦……你们懂的。”
蔡倩了然地点点头。李悦玲拿着饮料瓶嘴唇嚅动了下，却不知道说什么好。

礼堂的灯光逐渐暗下来，一束白炽的追光打在礼堂门口。程静穿着洁白无瑕的婚纱站在世界的中央。

她在强光中缓缓抬起头。整个礼堂，一半是白昼，一半是黑夜。那个熟悉又陌生的身影在红毯的尽头等着她。

《婚礼进行曲》庄重圣洁的前奏响起，司仪深情地朗诵：“又一对新人走到了一起。从此，永沐爱河。从此，恩爱白头。从此，幸福美满，直到永远。”

李诞

脱口秀节目策划，谐星，一米八三大诗人。@自扯自蛋

我们说了
沉默就沉默到底

她有一段长达七年的混乱感情，18岁到25岁，作为一个中年男人的附庸，或者说作为一种男性魅力的附庸。金钱、智识、体力全面占优，他走过来，她就靠过去。他叫她小公主，她就哭。他说我没说过你是我女朋友，她就难受，就点头。七年后在一个夜场，小姐脱光了上衣用见惯世面的胸埋掉他的脑袋，音乐俗闹，冲胸口来，动次大次动次大次。七年就这么过去，她看着他从中年男人变成中年男人，终于罢休，从此断了联系。她写：七年也不过是几个秋。

丁戈发现她，就是因为看她在微博上写了这个故事。一个相熟的朋友转过来，她叫吴能。

还没认识，相貌不知，已经见识了这段奠定她人生基调的感情，丁戈在朋友微博下留言："写得真好，关注了作者，并决定永不搭讪。"
朋友回："得了吧，怎么还学会装逼了？哦，你一直都会，哈哈哈哈哈。"
丁戈回："我是怕让人家失望。"

丁戈翻了吴能的相册，好看。中年男人既然腾出了七年的时间，那必然是好看的。丁戈信赖中年人的功利心。

"你好啊。"吴能回。
"你好。写得很酷，喜欢你。说了永不搭讪就永不搭讪，这是我们最后一次说话。"丁戈回。

丁戈说话轻浮人所共知，为人是否轻浮尚存争议。说“喜欢你”是借着社交礼仪向前了一步，说“怕让人家失望”倒是真情实感：不搭讪可能是一种技术选择，人家什么没见过呢，她的世界有过一位设计师。

再说，“永不搭讪”作为一个故事的开头多么别致。

吴能没有再回复评论，一个新粉丝，吴能加了丁戈。

那天对话的收尾是朋友回复丁戈：“越来越能装啊你！”

丁戈对这种礼貌性攻击十分受用。他又看了会儿微博，打开一个电影，又回来看看微博，起身喝水，躺下，回了两封工作邮件，给猫加水，把电影看完，分享到微博上，打了四星，写了两句评论，改了三次，发布，刷新首页，看到吴能发了微博，分享了同一部电影，标记了“想看”。

然后吴能又发了一条，分享了另一部电影，打了五星，丁戈跑去标记了“想看”，分享到微博。其实这电影丁戈看过。从看完她的七年到现在大概过了一部电影的时间，他们就已经拥有了第一个彼此间的秘密，丁戈感到满意，感到自己适合做一个轻浮的人。

丁戈的工作也是这么要求的。他做医药代表，工作内容就是开着车去拜访医生、药店，后备厢里有时装着U盘、笔、皮套笔记本，有时装着月饼，反正都是最后会被丢掉的东西。不会被丢掉的是丁戈承诺的返利，和辛苦维护的交情。

有多辛苦呢？丁戈喝醉了会对人说："李医生，像您这么好的医生真是不多了。说句难听的，我真得了病，死也得死你手里。"
李医生："小丁骂人是不是，我能让你死吗？真死了那也是你们这个扩张球囊有问题啊，哈哈哈哈。"
丁戈："怎么可能，我们是正规的外企，李医生你真是……"
李医生："那就还是我有问题，什么意思嘛，行行行……"
丁戈："哈哈哈，我有问题我有问题，我保证不死行了吧。哈哈哈，我干了啊。"

丁戈酒醒了会自我安慰地想，今时今日，不可能只有我一个人如此轻浮，我是替时代轻浮。

丁戈摸过手机，看到吴能发："外面下雪了，其实我也没看见下雪，就是你们都说下雪了，那就下雪了吧。"

丁戈拍了家里的白墙，发布微博："下雪了，大地一片银白。喜欢白色，喜欢下雪，喜欢踩雪的声音，就是不太好踩。"

丁戈早就想开了，抓着李医生互诉衷肠这种事儿没什么恶心的，但就剩自己一个人的时候，要换一种活法，这叫明确自己的社会角色，叫业精于专。说说这些无聊的笑话，是种自我保护——虽然丁戈并没想清楚自己有什么可保护的。

两人的秘密就以这样的形式持续展开，对对联，互相填空，永不搭讪，保持沉默，在自己的生活范围内配合对方。

丁戈发："我不喜欢抱怨的人，钱难挣，屎难吃，爱吃不吃，没人求你吃，反正我特爱吃。"

吴能发："钱难挣，屎难吃，道理是没错，只是不明白，屎为什么越来越难吃。"确实是越来越难吃，环境不好了，明面上根本没有规则，现在潜规则也不让守了，丁戈过一天算一天，抱怨起来也很含蓄。

丁戈发："今天在街边看到一条狗，在猛甩，就是狗那种浑身起范儿的猛甩。好羡慕啊，我也想这样甩一甩。"
吴能发："人类不能像狗那样甩，所以才发明了跳舞吧，今晚很开心！"

配图是光怪陆离中一个很美的吴能，拿着一杯酒。

吴能很少有灰心丧气的时候，或者说是不愿意说，吴能发："跟陌生人分享痛苦未免太娘炮了。跟熟人也是。"
丁戈发："有时候真的觉得自己蛮娘炮的呢。"

两人拽一根绳子，互相猜劲儿，作为一种暧昧，十分好玩儿，谁要是想再进一步，可能就要冒着失去绳子的风险。

失去绳子的机会来得很突然。这天丁戈路过静安寺，拍了照片，发了出去："一直觉得静安寺像家泰国菜馆，还是不正宗的那种。"
就看见吴能发了微博，很简单："到上海了。"

她到上海了，她在我路过静安寺的时候说她到上海了。丁戈点开了那条微博，评论里有人说欢迎美女啊，有人说来找我玩儿啊，有人说晚上一起吃饭好不好。丁戈转发自己刚才的微博，说："嗯，被一个寺庙勾起了食欲，晚上去进贤路吃泰国菜吧。"

丁戈出了全力，绳子绷直了。

吴能没再发消息，丁戈一遍一遍刷新她那条微博的评论，终于看见吴能回复那个约饭的人："晚上有约啦，改天。"
进贤路只有一家泰国菜馆。丁戈站定在路边，打电话，订到了晚上八点的位。

丁戈发："我靠，周三要不要这么多人啊，要八点才能吃上。"

时间地点人物。只缺最后一个了，丁戈转身看到一面大玻璃，行人往来，丁戈顾不得那许多了。他自拍了几张，选了能看清衣服的那个。

丁戈发："第一次在这种地方自拍，紧跟潮流。"

就绪了。吴能再也没发过任何消息，但是丁戈认为就绪了——他只能这么认为，顾不上焦虑了。在快八点的时候他坐在了订好的位子上，能看见餐厅的门口。悬念因为吴能的守时揭晓得很快，她走了进来，穿了一身白色。她坐到他对面，像长久思考后落下棋子，定了大局。丁戈喘口气，终于就绪了。

服务员走过来："二位先看下菜单，有需要叫我。"
丁戈："有什么推荐吗。"
服务员："我们家特色是泰北菜，像猪颈肉、柠檬清蒸鱼都是比较有特色的……"
丁戈："你问问她爱不爱吃鱼。"
服务员一愣，吴能笑出来，冲服务员说："我爱吃鱼。"
服务员稀里糊涂继续说："我们家的咖喱蟹也不错，是用……"
吴能："你问问他爱不爱吃蟹。"
丁戈也笑，冲服务员："好，就点这三个，炒个空心菜，再拿一个椰青。"
服务员冲吴能说："女士呢？"
吴能："我要啤酒。"
丁戈赶紧追着说："我也要一个啤酒。"
服务员："好的，二位稍等。"
丁戈："哎姑娘。"
服务员看丁戈。

丁戈："你觉得我女朋友好看吗？"
服务员和吴能都笑，服务员："好看。"

两人都决定把那个前提坚持下去。啤酒上来，各自喝一口，定定看着对方，碰了杯，再喝一口。菜上来，就吃菜。沉默笼罩大地，丁戈感觉比跟李医生喝酒还紧张，就又要了啤酒，吴能也要了。吴能拿起手机，丁戈就也拿起手机。

吴能发："上海真好，菜好吃，人好玩儿。累了，回酒店了。"

配图是手中的啤酒。

丁戈喊买单，吴能已经起身往外走，没有等丁戈的意思。丁戈看了看，终究没有喊出来。他刷了卡，慢慢穿上衣服，然后看见吴能的手机放在桌上。

丁戈加快了速度，拿起手机追出去，看见路边一辆出租车，吴能坐在后座。吴能开了门，丁戈坐进去。

吴能拿回手机。

丁戈也拿出手机，丁戈发："不知该去哪儿。"
吴能转发了自己上一条微博："我们说了沉默就沉默到底。"

阿缺

电影从业者，青年科幻作者。写作近三年，发表五十余万字，银河奖和华语科幻星云奖得主。@阿缺SF

逆流者

1

这场病来得猝不及防。

他一觉醒来，发现自己回到了前一天。

刚开始他以为是手机显示出了问题，但接下来发生的每一件事都在昨天发生过。他没完成报表，被上司痛骂，骂人的句子都一模一样。晚上他回到空空荡荡的家里，满心疑惑，睡意袭来，沉沉睡去。再醒过来时，发现时间又往前退了一天。这一天他有大量的报表要完成，但依然完不成。

他终于明白，在所有人都顺着时间之河往前走的时候，他独自转身，逆流而行，一天天回到从前。

刚开始他很难适应。

一切都经历过，况且他的生活多由痛苦组成，再来一遍并不愉悦。他试图改变，熬夜不睡觉，可敌不过汹涌的困意，每次都在天色将明时屈服于睡眠。他还故意打乱时间线，甚至在某一天突然冲进办公室把上司揍得满脸是血。但即使被关进监狱，他次日依旧在家中醒来，上司依旧在办公室冷着脸等他——被揍得头破血流的事，已经扔在明天了。

2

他是个顺从的人，后来就习惯了这种日子，照常生活，照常上班。这期间，小薇离开他，跟了另一个男人。他以为会像上次一样痛苦，但其实还好。反正经历过一次，麻木一点，顺着记忆来，再深的伤都会在醒来之后愈合。

半年之后—— 或者说半年之前，家里多了一个人。“我们离婚吧。”他听到自己对妻子这么说。那时妻子三十二岁，但脸上已经有了皱纹，腰微微佝偻着。她愣了一下，如以往一般听他的话，点点头说：“嗯。”

妻子收拾行李的时候，他在一旁看着。半年没见，他对她更加陌生了，这个女人在他眼中不像是妻子，倒像是某个故人。本以为不能再见，却沿着时间逆流，再度相会在分别的时刻。

后来妻子拖着箱子离开。他站在阳台上，看到她的背影渐渐远去，黄昏的光斜照，街上无数人影湮没了她。当初他也是这么看着她离开，以为这就是永别，但现在，他知道还会再见。

果然，第二天他一醒过来，就闻到了早餐的香味。

“我出去买菜，”她站在门口，背对着他，“你先吃，吃完了就去上班吧。”

他点点头，然后越想越不对—— 上一次妻子也是这时出去，但过了很久才空手回来，他问她去哪里了也不说。这次重来，他多了个心眼，悄悄趴在猫眼后面看，发现妻子并没有下去买菜，而是向楼道上走去。

他等妻子上去后，蹑手蹑脚地跟上，一直到天台门口才停下。

他听到轻轻的抽泣。多么熟悉，是出自陪伴他漫长岁月的妻。

哦，他心想，原来她早就发现小薇了。

3

整个白天，他上班都很恍惚，想着妻子是怎么发现的。快下班时小薇发来了短信："别急着走，留下来。"他看着手机屏幕，恍然大悟：太多的秘密都藏在这个小方块里，像炙热的炸弹，昨晚不小心被点燃。

他下意识地想删掉那些短信、视频和照片，但转念一想：今天过去后，又回到前一天，妻子会忘了这个危险的秘密。一切被埋葬在时间里。于是他耸耸肩，把手机揣回兜里。

同事们陆续走了，偌大的办公室只剩他和小薇。

灯光次第熄灭，黑暗中，小薇走了过来。她俯身在他耳边说了一句令人脸红的话。

小薇就是这样，妩媚又大胆，即使在幽暗的环境里也放着光。当初他是如此轻易地被吸引，沉浸在欲望里，一度以为那是爱情—— 第二次爱情。

但现在，他看着小薇满是诱惑的脸，脑中想起的却不是肉欲欢好，而是半年多以后她决然抛弃自己转投他人怀抱的身影。他站起来，定定地看着小薇，窗外不时有车驶过，他的眼镜片偶尔闪着光。

“你怎么了？”小薇皱起眉头，“昨天还好好的。”
“昨天也不会好好的了。”

小薇更加纳闷，不知道他说的话是什么意思。这时他已经转身离开了。

4

黑夜的城市有一种隐忍的热闹。他独自走着，许多车从他身侧掠过，车灯划出一道道流光。这像是旧时代电影里的场景。他有种预感，在这种场景里，肯定会发生些什么。

正这么想着，他突然听到右侧巷子里传来呼喝之声。是一群年轻人在围殴一个醉汉。他高声制止，年轻人看了他一眼，骂骂咧咧地退入巷子深处。

他走过去。路灯照下来，醉汉脸上满是血迹，还有一道白肉外翻的陈年刀疤，从右眼至嘴角，蚯蚓一样伏在脸颊上，分外可怖。

他有些心悸，还是扶起他，说：“你受伤了， 我给你叫救护车吧。”
醉汉吭哧吭哧地笑了起来，声音如同呓语：“没关系，再重的伤，到了明天就会好起来的。”
他的血液似乎刹那间被冻结，良久，才说：“你说的明天，是昨天吧？”

醉汉也愣住了，表情被灯光照亮，有些狰狞，又有些诡异，明亮的光线投进他的眼中，没有一点反射，像两汪沉郁的潭水。醉汉看着看着，突然对着他笑了起来：“你也是逆流症病人？”

那一刹那，他竟然有要哭泣的冲动。

醉汉挣扎着坐起来，说：“这是一种病，很罕见，要理解起来也很困难。时间是一种属性，跟空间一样，大多数情况下，这两者是伴随的。比如你花十分钟从街头走到街尾，时间和空间都在移动，向前移动。但有时候，它们又分开了，时间会朝着相反的方向流动。陷进这种时间紊乱困境的人，就是逆流症患者。”

他沉默了。

醉汉继续说：“这也是令人悲伤的病。就像一群人在夜里赶路，你突然折返，而其他人继续前行。你们会离得越来越远。路上只有你一个人，孤单地向原点走去。”

5

你生命中有没有出现过这样的人——你觉得他会永远陪伴着你，一直走下去，但前一天他还在你身侧，下一秒就蒸发在时间里，再不出现？

你并不知道，他已经转身，在你的背影里，在你察觉不到的时间中，独自走向白发苍苍的另一端。

他坐在逐渐幽暗的街道旁，哀伤地想着。

6

“其实我说的也没有科学根据，相对论和量子力学都不能解释我们的病症。”

年轻人从酒醉中解脱出来，说，“我已经花了很长时间来研究它，但至今收效甚微。”

“这种病会持续多长时间？”

“我不知道，”醉汉摇摇头，“但我是在七十五岁时得了这种病，一直回到现在，已经整整五十年了。”

7

回家以后，妻子已经睡了。他站在卧室里，第一次认真看着她的睡姿：她睡得很沉，身子蜷缩着，像个婴儿一样侧躺在床边，把大部分的位置留给他。但她眼角的皱纹在提醒他，她并不是婴儿。她体质差，又不会保养，每天三顿在厨房里被烟熏，这些都在加速她的衰老。

结婚十年来，他是看着她变老的。他说过好多次让她注意保养，她只是“嗯嗯”点头，却手脚笨拙，永远学不会摆弄护肤化妆品。

而现在，他要看着她一步步重回青春了。

这个过程难以言说。他和妻子相伴十余年，自认为早已熟悉，但生活倒带一遍，他竟然发现了许多不曾了解的东西。

比如原来妻子喜欢吃糖醋鱼，喜欢看韩国电影——是电影，而不是连续剧。好几次他看到妻子一边看电影一边垂泪。

他经常想，自己是什么时候开始对妻子失去了初心呢？是日复一日的油盐酱醋磨掉了爱情，还是逐渐老去的容颜滋生了厌恶？

日子就这么一天又一天地过，妻子的脸逐渐恢复年轻，身躯也不再因为常年蜷缩睡觉而变得佝偻。他把一切看在眼里，觉得愧疚，于是在十周年纪念日那天做了糖醋鱼庆祝。

那是他第一次看到妻子因喜悦而泫然。她捂住嘴，眼圈红红的，好半天才说：
“你怎么知道我喜欢糖醋鱼？”
“我是你的丈夫嘛。”
这句话更令她不知所措。
他上前揽住她的肩，说：“以前都是我不好，放心，我以后会改的。”

妻子使劲点点头。他却在心里叹息——哪里还有以后？一切都在向前，无论怎么悔改，都没有意义。

妻子在恢复容貌的同时，也在恢复着活泼，她的话越来越多。以前他听到这种絮絮叨叨，总会不耐烦地打断，要求她安静。可能正是这种要求换来了沉默，让家里的气氛成了一潭死水，让她一天比一天少言寡语，一夜比一夜蜷缩得厉害。

但现在，他觉得亲切。他放下手头的事情，耐心地听着妻子诉说。那些丢掉的工作自不必担心，乱套的一切都会被时间抹平。

他越来越适应这种生活，甚至开始享受。他想，自己怎么会不喜欢这个女人呢？在她面前，多少个小薇都不够入眼。

十多年过去了。这一个晚上，他向妻子求婚。其实虽然时间在倒流，但记忆没有跟上，甚至越发模糊了。但他依然记得那个晚上的事情：

他租了三十架遥控直升机，每架都挂着彩灯。这些飞机在半空中组成心形，并且缓缓移动，指引她来到他身前。他拿着玫瑰和戒指，单膝跪在地上，向她求婚。当时，半空中满是华彩，仿佛整个夜空的星星都落了下来，围绕在她周围。

她流下了泪，泪珠被灯光撕碎，也成了星星点点。

8

那天晚些时候，他们牵着手回租房。那时他们还没有自己的家，在这个繁华城市的最底层挣扎着，却比多年以后有房有车要快乐许多。

路过一个巷子时，突然有人叫他的名字。他诧异地看向巷子深处，只见一个人影藏在幽暗中，面目不清。

妻子一下子紧张起来，握紧他的手臂。

“别怕，是我。”巷子里的人说，“你以后见过我。”
这句话让妻子迷惑，他却再懂不过。
“是我的朋友，你先等我一会儿，我和他说会儿话。”说完他走进巷子里，黑暗也淹没了他。他走近那个人影，发现是个少年，十四五岁的样子。

“我找到了治我们的病的法子。”

他浑身一震。这么多年逆着时间过日子，他都习以为常了，现在被少年提醒，才明白自己其实一直是个病人。

“得这种病的人远远不止我们两个。这十年来，我游历世界，在麻省理工的实验室里找到了一位博士，他也是病人。我们做过无数次实验，终于有了成果。”少年的声音透着惊喜，“只要在影响自己人生轨迹最剧烈的点，做与之前同样的事情，让一切按部就班，就会陷入沉睡，回到开始逆流的那一天。时间和空间再次重合。你会回到岔路口，再向前走，一切就像没有发生过一样，连自己都不会察觉到曾经做了逆流者。”
“这法子管用吗？”
“管用，因为我已经试了。”少年看着他说，“对我人生影响最大的事情就发生在今天。我被我爸爸家暴，砍伤了脸，在今天离家出走。”

他这才看到少年脸上正沁出浓郁的血，像滋生的阴翳。难怪他要躲在巷子里。

“我现在看到的一切都跟以前不同了，世界正在融化，很难跟你形容。而且我很困，随时会睡着。你是个善良的人，曾经救过我，所以我挣扎着过来告诉你，希望你没有错过改变你人生轨迹的点。一旦错过，你将不可避免地逆流到时间尽头，不会有人记得你，因为你从来没有来过这个世……”少年的声音逐渐疲惫，闭上眼睛，身体向后仰倒，“我要回去了，逆流了六十年，我终于要……”

他摔下去，却没有倒地的声音。少年的身体在触地的前一刻凭空消失了。他知道，少年已经回到逆流的起点，回到了白发苍苍的年纪。

他踉跄地走出来。妻子正等着他。“咦，你的朋友呢？”他没有说话，带着妻子回家，心事重重地睡下。

他知道对自己人生影响最大的事情是什么—— 与妻子的初遇。他在学校里向她问路，被她的美丽和热情吸引，从此锲而不舍地追求她，为了她来到这座陌生的城市。

在问路的那一刻，他和她的命运就绑在了一起。

9

他早早起床，出了宿舍，就在校道上等着。樱花开得正灿烂，一眼望去，整条校道都是粉红一片。她就在这樱花掩映中出现了。

他忍住心头狂跳，迎面走过去。问路的话已经练习了千百遍，随时可以说出口。表情也得体。一切都跟以前相同。

越走越近，她的样子逐渐清晰。这时的她十九岁，穿着碎花棉裙，乌黑头发垂下，明媚的脸胜过所有樱花。看着她的美丽面孔，他突然想起了十几年后她蜷缩在床侧的衰老模样。

他马上就要回到患病的那一天了。他不会记得这十年逆流里发生的事情，他仍会出轨，逼她离开，看着她的身影湮没在人海……时间照常逝去，眼前的这张脸依然会过早凋零。

他的脚步突然一阵浮乱。

这是一个春天的上午。在他的妻子最美丽的时刻，他与她错身而过，没有问路。只有几片樱花在他们头顶飘落。

颜茹玉

90后写作者。信仰天主教和美少女战士。@silver是水果味儿的

一个标准的童话故事

冰箱：安娘哈塞哟，这里这里，喂！（拼命挥手）我叫电冰箱，离开工厂的时候老板叮嘱我们要说自己是韩国的，是来自星星的大冰柜，能卖个好价钱。其实我四地地道道的天津银哪（天津两字轻声）。

刚才穿裤衩晃过去的男的叫宋向阳，广告公司的，我们家老板。失恋一个星期了，也没听他说起是为什么。只知道女朋友好几天没回来了，她喜欢的巧克力、汽水啊都被扔了，换成了一打一打的啤酒。他每天窝在家里像小姑娘一样，暴饮暴食。但怎么说呢，我还挺高兴的，（傻笑）他很久没有这么常来看我了。

当然高兴也不全是为这个，我爱上了一棵西兰花，我感觉我是为了她才来到这个世上的。就是保鲜层第二格那个，绿绿的一个人在角落刷微博那个。每天嘿嘿嘿、哈哈哈的，也不知道在笑什么玩意。

嘿，说来有些怪不好意思，（搓手）我没怎么谈过恋爱。在工厂的时候一心只想着学好机械化去了，一不留神就成了剩男。你知道我们做电冰箱这一行的，每天太多东西进进出出啦，大家都是点头之交，很难交心的。而且我看起来比较高冷，所以家电圈里的朋友也不多。大概就是微波炉啦，电视机啦。（扳着手指认真数）我们关系很亲的，像我和微波炉，都是共用一个插座的好兄弟。

朋友里大概就剩我还是单身了，所以他们经常给我介绍对象。我没有电视机那么灵光，脑子里的想法一套套的。最近是很流行网恋，但也很少能成的。上次消毒碗柜约了一个漏勺见面，结果远远看到网球拍子过来了，咳，他说那大脸，怀疑她之前自拍都是用的全景。也相过几次亲，（挠头）但对方都觉得我太冷了，哈哈哈哈。（哈出一团冷气）而且我这个人，怎么说呢，还是挺传统的，不像洗衣机，和谁都搅在一块。（洗衣机扯着嗓子：要死啦侬！）

我还是觉得爱情是一辈子的事。（因不好意思而压低声音）

西兰花：什么？大块头喜欢我？不可能不可能啦！（连忙摆头）
前两天我是收到他关注我的消息了。我们有个居住群组，是按厨房、客厅、卧室这么分的。我们群里人更换得很快，像鸡蛋它们家，五分钟前还喊三差一约人打麻将的，刚才宋向阳嘀咕了一句想要喝蛋酒，全给吓趴下了。我们的寿命都是按天算的，这里从来不谈明天。我是上次家里做西餐，切了一点作为摆盘，就一直剩到现在。

没有，没有啊。才不会因为觉得自己是欧洲来的就更尊贵一些呢。大家都是蔬菜，差不多的呀，反倒是害怕自己没有那么好吃，有点不好意思。（扯衣角）在大棚里的时候，妈妈就说，身为一个蔬菜，人生的意义，就是找到自己的CP，一起被热腾腾地端到饭桌上。我们西兰花因为血统的缘故，没有自己天生的配搭，如果能嫁入豪门，配上虾仁当然是最好的。但虾仁本来就是海鲜中的金城武，大家都基本只有在过年的火锅里，才能看到他英俊的侧脸。

感觉自己要嫁不出去啦。莎士比亚说过："每一个西红柿都有一个属于她的鸡蛋，每一个鸡蛋都有一个在等他的黄瓜，而黄瓜更是蔬菜中的哈姆雷特，跟一百种菜在一起，就有一百种吃法。"而我们西兰花天生就是看客，摆在盘子的边边上，浸上一点点幸福的汤汁。最后被潦草地一口咬掉头，或者就这么直接倒进垃圾桶了。

得到真爱的几率就像番茄炖到牛腩那么小，（顿了一下）还是有点不甘心啊。

微波炉：电冰箱啊，可是个好人。我跟他是一年来的，2009届节能家电的冠亚军，看到我那个绿色小标签了没，一级节能！当时他个头太大了不好搬，我先进的这个门，放在架子上也比他高半个头，所以他叫我一声大哥。（点烟）

抽油烟机：咳咳咳，呛死个人！

微波炉：不好意思，不好意思！（连忙关掉加热灯）
（小声）就这事儿，换了我上世纪 90 年代初的脾气，早就把它微波了，（微波两字念二声）。嗓子不好还当个什么油烟机！

洗碗精：人家不是那个抽啦！
微波炉：好你个妖精，学会帮腔了！
洗碗精：（扶额）我也不是那个精……

微波炉：我跟冰箱一进商场的时候就是明星产品，摆在最前面的展台上，还给我们取了艺名，叫冰与火之歌，洋气。它思想包袱重，感情里总放不下。一开始喜欢上那个店员小姐，每天人家小姑娘一路过，他就流着口水，把冰箱门敞着张开怀抱，可这姿势太难看了，像下雨天的猥琐大叔。2011 年冰箱大屠杀，差点没给砸了，幸好我飞起一脚帮他关上了门，这之后我们就拜上把子了。新年特卖会，我俩在一起特价打八八折。宋向阳那时也刚来这个城市，租了个什么也没有的简装房，准备在这里扎根。小伙子一进商场意气风发，点了门口的几个大件，说这个、这个我都要了。我们就这么打包卖给了宋向阳，见不到店员小姐了。冰箱一路嗷嗷哭，到家全都给冻住。就又请售后来给他除霜呗，也是那个时候留下的后遗症，容易结冻，又不记事啦，一断电就失忆。

也好，有些人哪，（偷偷又吸了一口烟）感情太重了，自己又放不下。健忘是福气。

冰箱：怎么会喜欢上西兰花的啊。觉得她漂亮呗，你看你看，她还有小皇冠嘞。（羞）失恋后的宋向阳胖得不可开交，上次来连吃了三个冰淇淋之后，厨房里都在说他最近走火入魔，八块腹肌现在九九归一了。然后就听她小声在唱“后来，终于在眼泪中明白，有些人一旦胖了就再也瘦不回来”，真的很萌啊。

但要说到最开始，是因为第一天来这里碰上停电的时候吧，所有的食物都闷在一起，气温一点点上升，大家都耐不住啦。白菜蔫蔫的，牛奶都膨胀了，鸡蛋说快爆了啊我。西兰花就很文静啊，都不说话，好好待在第二格。

西兰花：哦，原来是因为停电那次啊，我带了充电宝啊。那天微博上爆出王菲和谢霆锋复合了，我的小心肝，一直在关注动向啊。也不知道柏芝一个人带孩子苦不苦，现在单亲妈妈很不容易的。（酸奶：你一个西兰花管恁多干哈？）

（温柔地笑）因为我相信这个世界还有真爱啊，我也想找到这么一个人，像奇妙的罗马烟火那样不停地喷发火球，在星空中拖下长长的八条腿，中心点闪着蓝光，砰的一声爆裂，让人们发出“啊”的惊叹声。

酸奶：那你不就是得意煤气灶吗？
西兰花：人家是在引用《在路上》里的句子啦。
酸奶：我知道煤气一炸不就上路了嘛！
西兰花：……

柚子皮：（摆摆手）我不是食物啊，我是工作人员，负责除异味的。基本上算是有冰箱就有我了。这份工作挺好的，很轻松，适合养老。（喂，大蒜你把袜子穿好啦）在冰箱里待久了，家长里短的都会来找我，不是每个菜都天生就有福气，能找到别的菜和自己配成一对儿。像梅干菜，那么干巴巴的，跟小老太太似的，但总能和五花肉扣在一块。你看上个星期茄子答应和土豆一起炖煲，结果下锅时才发现青椒也在锅里。好嘛，茄子突然成了地三鲜，那小脸刷地就紫了。

你说西兰花？没什么味道，保质期也久，我跟她没什么交集。宋向阳不喜欢吃蔬菜，是他前女友上次做烛光晚宴配牛排用的，估计很难用到第二次了。

怎么看这一对儿啊？不太看好哎，毕竟不是一个世界的人。不过我们说了也不算，冰箱不是已经准备好要跟她表白了吗？（推了推眼镜）所以说奇迹这东西嘛，美就美在它的偶然和不可预见性，就像你只是出门去倒个垃圾，却捡回了一辈子的爱人。

或者就说我吧，本来只是块垃圾啊，却找到了一份全世界最好的工作。（低头笑）

冰箱："你今天愿意做我女朋友吗？"（完成，发送至西兰花。）
……
她已经四分三十秒没有回复我的消息了。我很焦虑。明明是"已读"了，为什么还不回复我？为什么，为什么，为什么！
微波炉：往好处想想，她可能已经死了呢！
冰箱：你才死了，你全家都死了！你爸炸成天边一道彩霞，你妈二号树麻烦取一下！
微波炉：我好歹是你的救命恩人，你为了那个非主流就这样说我？
冰箱：你才非主流，你全家非主流。你妈黑丝袜，你爸锡纸头！
微波炉：……咋还押韵呢。

西兰花："真的吗……"（删了重写）

“为什么是我……”（删了重写）
“那明天你还爱我……”（删了重写）

“好。”

要是一生只有这一次机会呢，我不想再错过了。

（接下来是一段漫长的不要脸的热恋。）

西兰花：你会爱我一辈子吗？
冰箱：会啊，我已经爱你快三天啦。

冰箱：我觉得你是全国最好看的西兰花，你也觉得我是最好看的冰箱吗？
西兰花：别做梦了，哪有这么巧的事啊。

冰箱：媳妇媳妇！你怎么脸色苍白成这样？谁欺负你了？还是睡得不好吗？需要我给你换到下铺去吗？你可千万不要有事啊！
花菜：（冷）认错人了大块头。

西兰花：今天人家腰好酸，想蒸个桑拿！
冰箱：（自动升高四度）
奶昔：（拍拍他的肩膀）大哥，真的有点扛不住了。
冰箱：你是哪来的？没见过你啊！
奶昔：我是冰激凌。
冰箱：跟我在一起，你幸福吗？
西兰花：无论未来怎样，我永远姓西。
……

西兰花：你说，作为一个没有CP的蔬菜，我是不是特别没有用？

冰箱：（一个壁咚）开什么玩笑？你没有用？你好好读读我人生的第三自然段！

宋向阳：我女朋友甩了我。

分手的理由也很奇怪，香蕉梨子什么的，说她喜欢梨子，我买了一车香蕉。关键是我也没买啊，我对香蕉过敏。她还说我从来不认真听她说话。无稽之谈。

她四个月前拿到了里昂美术学院的offer，在法国。我知道她想去，我绝不会拦着啊，我已经做好了等她回来的准备，你看我手机里都下好了skype，还设了双闹钟。但她还是甩了我。有没有搞错，要特么拍拍屁股一走一万两千多公里的又不是我！

（捏紧的拳头又松开）但爱一个人就是哪怕你有再多不理解，也想去做让她高兴的事。于是第二天我就拎了一个全是鸭梨的水果篮子去找她，整整二十个梨，代表“爱你”。她开门看到我和一篮梨子，砰的一声把门摔到我鼻子上。这小妞太虎了简直！凭什么啊！

已经过去十三天了，我觉得每天胃里都是空的。我想吃，看到什么都想吃。
心里也是空的，想她，看到什么都想她。

梨：（长舒一口气）（踩灭烟头）
那句话是：“我想要一个苹果，你却给我一车香蕉。”

冰箱：每天都好开心呀。
恋爱万岁。
女朋友万岁。
也许你还不知道吧，她来自地中海，营养成分位居同类蔬菜之首，含33千卡热量、4.1克蛋白质，还有1.6克的膳食纤维，简直太完美了呀。（脸红）

柠檬：哟，又在秀恩爱了呀。
冰箱：你不要这么酸啦。
柠檬：我……

说真的，我就是想保护她——以前从来没有这种感觉。宋向阳几次半夜起来找东西吃，我怕吵醒她，都没有开灯。他以为是坏了，我挨了几脚踹，心里却觉得很甜。看到她早上香香地醒来，小胳膊伸着懒腰，（笑）就感觉值了。

说到宋向阳，哈——啾（打了一个喷嚏），我真不明白他为什么不陪女朋友去法国，他公司在法国也有分部，申请一下应该不难的。分手前他们一直在吵架，这有什么好吵的啊。
（语气温柔起来）如果我们家西兰花有天想去法国，我就给她当船。穿过太平洋，马六甲海峡，印度洋，红海，苏伊士运河，在直布罗陀海峡歇一歇，然后一口气漂过大西洋，把她平安送到法兰西共和国的土地上。

西兰花：啊，爱情。（哈出一口雾气）

最近宋向阳开始学法语，也很少来这里找东西吃了，只是每次打开冰箱前都会默念一句：瑞夫里杰阿德（Réfrigérateur），就像芝麻开门的咒语。学得很努力的样子，还是离不开嘛，“我愿意，天涯海角都随你去”。（哼唱）
微波炉他们是直男思维，都觉得是女孩子太能作，其实我还是很能理解宋向阳女朋友的，说到底就是没有安全感吧。怕被丢下，所以总走在别人前面。就是那种虎虎生风的人，像身后有千军万马。等到暮色降临，路边的人家升起炊烟，昏暗里亮起一盏盏路灯。她不敢回头看。因为她身后空无一人。
但我是绝对不会这样扔下冰箱的，就算有一天命运告诫我不得再靠近他，我也绝不会在三步远的地方就停下。我要直直撞上去，要他看到我眼里的泪水，才甘心踉踉跄跄地退开两步。

嘿，我感觉爱情俨然要让我成为一位诗人。笔名我都取好了，就叫慕容。西慕容。

速冻饺子：最近天气越来越冷了。（搓手）
大块头是老毛病了，温控器经常不能自动断开，导致压缩机长时间工作，冷冻室就很容易结冰，所以这里每个月都要大扫除一次。可一断电它又失忆，上次保修来家里时落下的问题，一重启就恢复到出厂设置。嗯，对的，他之前说喜欢上西兰花是第一天来的时候停电，其实那时候他已经来这里半年了。

这几天因为冻得太厉害，电路都有些接触不良了。如果冰箱现在拔掉电源，霜冻就会慢慢融化，可楼上的东西八成都得长毛。如果他坚持下去，就会彻底烧坏压缩机。这事上面那层的都不知道——不想让群众们陷入恐慌。他们人多嘴杂，不像我们都封得严严实实的。前两天虾仁上去解冻，好像就说漏嘴了。（摇头叹气）长得帅有什么用，还不是只能下饭吃？但我现在也没心思管他们，眼看着宋向阳把女朋友弄丢了，没人来打扫，我这儿都快被冻成丸子了。

冰棒：（牙齿直哆嗦）是啊是啊……
冻饺：哎，你是？以前没见过你啊！
冰棒：冰激凌……
冻饺：哟，哥们，出镜率挺高呀你。

冰箱：我知道了。（有些不耐烦）现在不提这些可以吗？我不会断电的，你别再劝了。

我看到宋向阳把房子的信息挂在网上要转租了。连那个臭小子都能为了爱的人放弃安稳日子，我不可能办不到的。只要再忍一忍，等到新的房客来，就能帮我把冰除掉了，然后我就可以和西兰花过上幸福的生活。童话里都是这么写的啊，（傻笑）你看连电冰箱都会说话，这没道理不是一个童话故事啊。
西兰花：虾仁昨天上来说，冷冻库已经像南极一样了。我不明白冰箱为什么不断电，做英雄就那么重要吗，需要把自己的命赌上？我们本来就是朝生暮死的一顿晚餐，哪里值得他这样做呢？（不安地捏着手指）
可每次提到这件事我们就吵架。（手指关节扯得有些泛白了）他说这就是他存在的意义。他的意义是什么？拯救世界吗？虽然他大义凛然地跟大家保证一定会渡过这次难关，可眼里有些飘忽的犹豫。他夜里叹的气，和忽明忽暗的照明灯，让我都能感到我快要失去他了。

这个超级无敌大白痴。

可乐：我没事！反正我是一定能活下来的！西兰花、柚子皮，我们其实问题不大！断上个三五天电也没太大关系的！！就是水果啊青菜啊这些,就很难说了，楼下速冻的那些就更不必提了。
平时也看不出来大块头是这么讲义气的人，硬撑着保护大家！很够兄弟！！我们已经安排了胡萝卜去刻一个“最佳冰箱”的勋章给他！应该马上就刻好了！！我去看看啊！（迅速卧倒，滚走）

冰箱：我根本无意要做所有人的英雄，我只是不愿意忘记她。
等我再醒过来，她应该已经老了吧，一个人守着那些回忆一定会难过死的。而我甚至不知道要去安慰她，我真的没办法放下，没办法忍受自己会像陌生人一样看着她。

哪，说点高兴的吧：我打算向西兰花求婚了。
场面我都想好了。等晚上宋向阳吃完宵夜睡下，我就串通好了消毒碗柜先在外面大声叫：西兰花。然后我就打开门，跟她说：外面有人找你。等她往外面张望，就会看到洗洁精吹出的满天泡泡，电视机会开始放一首含情脉脉的老歌，是我亲自选的呢。（眯眼笑）

这个时候我会猛地关掉灯。紧接着微波炉就转起一盏加热灯投向她；可乐迅速助跑一段，然后猛地打开拉环，喷出香槟的泡沫；鸡蛋开始分三个声部，合唱她最爱的莎士比亚戏剧《仲夏夜之梦》版本的婚礼进行曲。然后灯光突然亮起来，我会拿着大白菜向她求婚，可乐的拉环就藏在菜心的最里面。

等她说出“我愿意”的那一刻，抽油烟机和洗衣机就会同时工作起来，洗衣机会模仿海浪的声响，抽烟机会刮起呼呼的风。她来自地中海，我没有去过那么远的地方（我最远去过四环），但我猜大海应该就是这样了。我希望她往后每当想起这一刻，都能有家的感觉。

西兰花：我已经拜托网球了，等明晚宋向阳来找宵夜的时候就滚过去把他绊倒。那个角度应该刚好会把电源线扯下来。管不了那么多了，他能活下来最重要。（捏紧小拳头）

婚礼群众：

大白菜：如果不出意外的话，今天应该是星期五，是大块头求婚的日子。

消毒碗柜：整个过程都是演练过好多次的。宋向阳在客厅趴着睡着了，我们就开始了。我负责先叫西兰花。我扯开嗓子喊了三声，冰箱那小子才反应过来。门一打开，嚯，这冷气，我一个喷嚏差点没让盘子飞出去。

洗洁精：泡沫我早就准备好了啦。说来也巧，消毒碗柜突如其来的一个喷嚏，把透明的泡泡吹得满天都是，夕阳从窗台照进来，每一个小球里都有一道彩虹，太美了。说真的，感觉这辈子都值了。

电视机：嗯，然后该我放歌。歌是大块头早就选好的，选的是《诺丁山》里的 *I do cherish you*。这电影还是我放给他看的，电影里响起这首歌的时候，休·格兰特刚好被记者撞到从茱莉亚家里走出来。冰箱当时很感动地跟我说，这样窘迫的时候，却配了这么深情的音乐，是因为那时候他心里只有他的小女孩。当你心里只有一个人了，这个世界上就会只剩下你们。说这话的时候，他一脸的幸福，像四格漫画的第一格。

可乐：我摇摆！我助跑！我加速！拉开拉环！我泡沫四溅！我把拉环戒指扔给冰箱！他没接住！我只好回头冲他喊：戒指掉在地上了！可大家都燃起来了！

太吵了，根本听不见！我就说我是带动气氛的高手！（啤酒你听见没有！）

啊！谁把灯关了？！哎哟！

（五天后）

西兰花：人很奇怪，不是吗？总会在千钧一发的时刻想到一些无关紧要的事。灯灭的那一刻，我突然想到一件很小的事情，是有一次看电影的时候，我问他，作为一个没有CP的蔬菜，我是不是特别没有用？
他说，开什么玩笑？你没有用？你好好读读我人生的第三自然段！

我当做一句玩笑便没有放在心上，但黑暗里记忆像幻灯片一般往回翻翻翻，翻到一切开始的时候，终于找到了他说的那一段里，他存在的意义：

“我爱上了一颗西兰花，我感觉我是为了她才来到这个世上的。”

微波炉：当时太紧张了，就在最热闹的时候，宋向阳突然醒了，我赶紧关上加热灯。他伸着懒腰，顺手关掉电视机走了过来，准备拿瓶可乐，却不小心踩到冰箱门前的网球滑倒了。他伸手想抓住什么，又带掉了冰箱的电源线。最后膝盖重重地磕在了旁边的大理石洗菜台上。可能是熬夜加上不按时吃饭，身体透支得厉害，这一摔便晕了过去。

按照之前商量好的，远处的洗衣机看不到这边的情况，只能按自己的时间掐算，已经发出了放水的声音。黑暗中抽油烟机也只好配合着开始抽风，声音尖尖的，听上去像是有人在哭。
后来是宋向阳的女朋友来把他送去医院的，小两口应该和好了吧现在。
房子这两天已经在退租了，我们都留了下来。

西兰花也终于知道了冰箱会失忆的事情，但她说：没关系啊，人一生这样爱过一次，早就足够了。

冰箱：安娘哈塞哟，这里这里，喂！（拼命挥手）我叫电冰箱，这是我第一天来到这里。我感觉我爱上了一棵绿色的菜，我还不好意思问她的名字。喏，（努嘴）就是留了个爆炸头在角落里玩手机的那个，很摇滚嘛。刚才保洁阿姨来打扫卫生的时候，她看了我一眼。是很快很快的一眼。

不知怎么的，我感觉我上辈子就已经爱过她了。

童年时

关于童年，我的记忆里存有如此相似的画面：昏黄的街灯下，两个人抱着电线杆，有一圈没一圈地绕着，有一句没一句地说着白天别人和自己身边的事，那些无关紧要的事，直到倦意渐渐袭来。

1.

南宁 衡秀里（上页）

2.

南宁 马山

3.

南宁 衡秀里

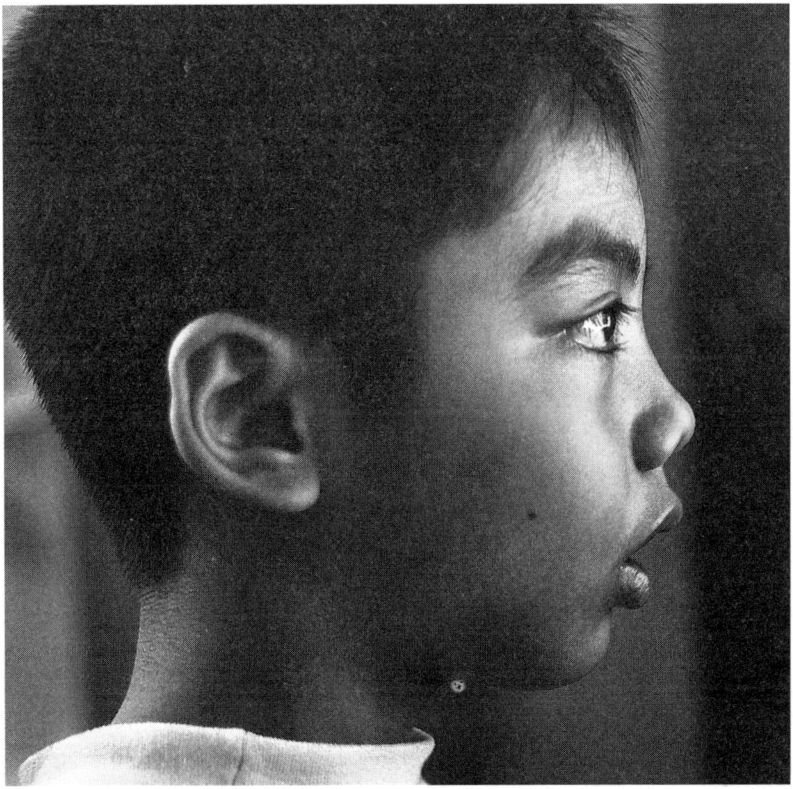

4.

南宁 蒲庙

5.

马山 永州

6.

南宁 青川大桥（下页）

肉腾腾

本名滕健。豆瓣、LOFTER 知名摄影师。寡言。喜欢用镜头记录生活。有作品集《一个人》《多多，爸爸一直在这儿》。豆瓣@肉腾腾

于夕

任职外企市场部，喜爱跑马拉松、旅行、写作及其他一切形式的冒险。@于年糕

七十一先生

每次在酒吧里有女孩问我名字时，我都会喝一小口酒，微微停顿，然后说："叫我Mr. Seven–Eleven（7–11先生）。"她们似乎都觉得这样的神态和名字很有吸引力，多半会扑扇着沾了闪粉的假睫毛继续问："为什么？"

其实世界上哪来这么多为什么。

如果她长得还行，通常我会负责任地回答："因为我只抽mild seven，喜欢搭11路车。"这时她会适时地笑上几声，然后转移到最关心的问题上："你经常走路？不开车吗？"我会再喝一小口酒，漫不经心地说："车子撞了送修，最近走走路。"

Mr. Seven–Eleven的魅力瞬间液化氧化汽化，她们转身消失得无影无踪。而我只是喜欢在酒吧里看这些年轻女孩，她们的浓妆、高声的粗话和嬉笑、缭绕的果味烟雾、不同色泽的美瞳、带着体味的香水气，和她们的青春一同生猛地扑面而来。她们天真又世故，像是虚张声势的红翅膀小鸟，扑棱棱地在物质与欲望里飞来飞去。

不过，我不常去酒吧，因为我常常要上夜班。是的，你猜对了。我不抽贵价的mild seven，买不起车，我只是一个7–11便利店的店员。

我每天最大的乐趣是给顾客取不同的名字，猜测他们身上发生的不同故事。我的工作和我的人生差不多一样无聊，除此以外我简直不知道要怎样打发时间才好。

1 思乐冰小姐

她第一次来，什么也没买，径直走过来说：“我要最大杯的思乐冰。”那时正是湿冷的春天，我一边想，她不冷吗，一边把二十六安士的纸杯递给她。

当我回过神来，她已经走了。我想，她肯定家境不错，不然也不会喜欢填不饱肚子的冰沙。

思乐冰小姐第二次来时，天气已经回暖了些，买思乐冰的人多了起来，不过始终只有她会买二十六安士的超大杯装。

第三次，她还是装了满满一大杯。我想她应该还是个学生，周末就回家喝妈妈煲的汤水，无忧无虑。我看着她专心地犹豫着要选哪种颜色的吸管，简直要嫉妒她了。

“我要……”“最大杯的思乐冰？”又听见她的声音，我条件反射地取出二十六安士的纸杯递给她。她朝我笑，夏初亮烈的太阳光从落地玻璃窗外投到她脸上，非常灿烂。我一下子想起刘红以前念叨的某句诗：“她自身就像是那光彩夺目的苹果花瓣。”以前刘红反复跟我强调她觉得这个句子有多么美，我说我只吃过苹果没见过苹果花。我敢肯定她也没有见过，但这正是我最怀念刘红的地方：她一直是个用审美来生活的人。

思乐冰小姐来得越来越频繁，我想她一定常常逃课。她有种漫不经心的表情，好像对什么都不在乎，对自己也不在乎。她总是穿着人字拖和宽松的T恤短裤，笑容像那种棉花糖形状的云朵，洁白蓬松，没有半分阴影。我认定她还是个女孩。女孩与女人的差别，不在于性，不在于年纪。这差别是女孩对自身的美无知无觉，像山花一样兀自烂漫；而女人懂得如何利用她的美丽，她们是捕猎者。不过死党乔马说，这是个狗屁理论，他说，女孩和女人的差别，就是“一日之间的事”。

乔马是我念大专时的室友，我读了一年就退了学，而他一直待到毕业。现在他在网游里打装备卖钱，手气不顺的时候就做点兼职，手气顺的时候差不多隔天就要来买点卡。这天他又过来。“连续打了十三个小时都没打出什么好装备，× 他妈。”他点起一支烟，指了指收银台玻璃下压着的三十元点卡。但是我没理他，因为思乐冰小姐在这个时候走了进来。她竟然化了妆，踩着高跟鞋。我第一次看见她这个样子，她像戴上了和别的女人没什么差别的面具，让我觉得很陌生。她的高跟鞋还不是踩得很稳，但那微微的晃荡流露出一种初次成型的风情。乔马盯着她的背影，挤眉弄眼地笑：“正啊，如果穿黑丝就更好了。”

我有点沮丧地自我安慰着，她本质上还是个女孩子，会穿短裤、人字拖，露齿大笑的女孩子。不过我想，她大概恋爱了。

她再来的时候，依然化着妆。“我要最大杯的思乐冰。”“小姐，最近在做活动，二十二安士的思乐冰原价五元，现在七元两杯，要不要试试呢？”她买了两杯，脸上还带着一点活泼的神气，但是眼妆有点晕开了，像倦怠的黑眼圈。我想，恋爱真是一件让人面目全非的事情。

晚上我在家里看《本能》，我妈走过来。“今天我碰到刘红她妈，她女儿保送了北大研究生。她妈说刘红想暑假回来和你见个面，你定个时间。”我目不转睛地盯着荧屏：“你帮我找个借口推掉吧，我不想见她。”她嘲讽地笑了一声：“想你也没脸见人家！”

我妈从来就没明白，我不想见刘红，是怕我再也见不到刘红了。人总是要变的，这我知道，但我始终无法想象刘红变成了另外一个人。她开始化妆、穿高跟鞋和咄咄逼人的职业套装了吗？她被潜规则了吗？她也开始喜欢LV、CHANEL和BMW了吗？她还读那些不知所云的诗歌和什么新小说吗？这些鬼问题我一个也不想知道。对我来说，刘红永远是那个圆脸、戴一副有点掉漆的黑框眼镜的十七岁女孩，她永远那么不切实际。

如果那天我没有值夜班，那么思乐冰小姐也将永远是一个像苹果花瓣一样简单好看的女孩子。那时已经接近凌晨一点，这个时分通常只有在旁边医院门前等客的的士司机会来买包烟抽。但是，思乐冰小姐来了。她的妆还完好，只是唇上的颜色褪了，一张脸显得很苍白。她没有买思乐冰，拿了一盒安全套，匆匆付了钱然后离开。我突然觉得有点失望。

第二天补完觉以后，又在家看《本能》。看着莎朗·斯通美丽的香槟色肉体在床上与男人纠缠时，我忽然想，思乐冰小姐是不是也有着这样漂亮的身体，在家里无人时偷偷把年轻的男友带回家，拉上睡房里的粉红色窗帘，生涩地诱惑他？不过无论如何，她驾轻就熟地买了安全套，她必然早就不是乔马所定义的女孩子了。

再一次见到思乐冰小姐时，我已经很淡然了，埋头点算着零钞。她还在打着电话：“你不乖，不乖妈妈不买糖给你吃，不送你去幼儿园，晚上不给你讲故事了。”她一口气地恫吓着，脸上仍然是微笑的，最后买了一大包牛奶软糖和她的最大杯思乐冰。各种各样的想象不断涌上来，搅得我头皮发麻。

思乐冰小姐是个重返大学进修的未婚妈妈，还是说年纪轻轻已经辍学结婚，抑或是个为富商生下私生子的小情人？不得不承认，当我发现她和大部分人，和我并没有什么不同，都热衷于沉浸在世俗的快乐当中时，我有些失望。而现在我简直有些恨她了，这就像是有朝一日我在街上撞见了刘红，她右手提着个菜篮子，左手牵着个胖儿子，还蹲下来给他擦脏兮兮的鼻涕。我无法接受这些事实：人都是要结婚生子、买菜做饭、交水电费、变老变丑、躺在病房里死去的。

谜底逐渐逼近。这天思乐冰小姐挽了一个男人进来。那个男人高大，皮肤白净，一副温和的表情。她一直热烈地和他说着什么，像只叽叽喳喳的小鸟。她还是拿了大杯的思乐冰，他买了包湿纸巾，轻声说："看你说得满头大汗的。"我想他大概是个年轻的富二代。但是他们看起来并不像一对寻常夫妻，他们为什么不结婚?

不过也许像我常常说的，很多事情本就没有为什么。

而夏天也差不多完全过去了。

初秋一个格外干爽的早晨，思乐冰小姐背着一个巨大的登山包出现了。她看起来和以往任何一次都不同，脸上泛着晒伤的红斑，眼睛里有种灼灼的神采，非常美。她以前是好看、漂亮，这些都和美不一样。美是凛冽的、伤人的，不折中也没有任何妥协。我呆在那里，直到她重复了一遍："我要最大杯的思乐冰。"我才把二十二安士的纸杯递过去，"多谢，五元。"她有些错愕："我要最大杯的，六元那种。"我解释："小姐，二十六安士那种纸杯没有再生产了。"她追问原因，我耸耸肩："不太清楚，这是公司的决定。听说是因为买的人不多，和生产厂家的合同又到了期。"她似乎有些出神，低低地重复："合同到了期……"过了一阵，她说："谢谢，我不要了。"表情十分坚定。

那天以后，我再也没有见到思乐冰小姐。

2 EC2先生

EC2先生每次来只做一件事：买EC2牌子的西柚味湿纸巾。在思乐冰小姐消失以后，我开始留意他。我想从他身上找到我一直想不通的答案——事实上，他就是那次思乐冰小姐挽着的男人。

他常常和不同的女人来，神色亲密。这次，女人站在外面等他，隐约看着有几分像我们从前的级花沈雨桐，那个几乎全班男生都递过情书给她的漂亮女孩。不过不可能了，沈雨桐早早就嫁了人。我这么想着，一边找钱给他。第一次注意到他的皮肤好得出奇，像女人一样细致得看不见毛孔。

我想他大概是要继承家业的，明知无法逃避，只能年纪轻轻便游戏花丛。不过这也不关我的事，我一直觉得世界不是圆的，而是狭长如同榄核，他在离我非常遥远的另一个顶端。

这天他又过来，一个人，拿了包柠檬味的湿纸巾，犹疑了一下，说："我要这种游戏点卡。"我记起乔马的嘱咐，扮作一副他乡遇故知的样子："你也玩这个网游吗？不如加入我们的QQ群，一群朋友有个照应。"他迟疑了一下："我才刚……好吧。"

当晚我极力向乔马鼓吹发掘了一个大买主，为此他请我到海珠饭店吃了一顿。这名字听起来排场十足，实际上是间破破烂烂的大排档。就像乔马这个名字听起来挺气派，其实只不过因为他爸姓乔，他妈姓马，随便凑到了一块。我和他说起我觉得世界像榄核一样，他皱了皱眉："果肉还不是他妈的叫这些人吃光啃净的。"

没过几天乔马又眉开眼笑地来找我，说要请吃饭。"来半打啤酒。我跟你说，那人出手好大方，买多贵的装备，眼都不眨。”一副志得意满的样子。不过看着乔马的兴奋劲，我什么也没说。

最近没有排夜班的晚上我多了个消遣：留意常常挂在线上的EC2先生。我想从他身上找到一些关于思乐冰小姐的讯息。可惜他的空间、博客都是加密的，什么也看不到。我这才发现原来我对思乐冰小姐一无所知。她就像呼出来的一口烟一样，彻底从我的生活里蒸发了。

我很少抽烟。不过有时候还是会坐下来陪乔马抽，拿他的烟——这多半是我去他家拷贝小电影，带着几瓶啤酒的时候。以前有个什么词来着，围炉夜话？差不多就这意思，我们管这叫“煲烟”。

这晚我俩在他家阳台上有一口没一口地吞吐着烟雾。他又开始兴致勃勃地讲起他的买卖。我装作在听，想起小时候父亲逼我和他一起去教堂听布道，牧师连续几小时不间断的话差点没把我弄疯掉。出来以后我问父亲他是怎么熬过去的，他说，你想自己的事情就好了。从那时起我就知道，绝大多数人的绝大多数话语，都是没有意义的。

大约是见我没有反应，乔马又加重语气重复了一遍：“告诉你，你介绍那个大买主，原来是个gay佬。”“什么？！”一口烟卡在喉咙里，我猛地咳了好一阵。乔马对我的反应很满意，得意洋洋地继续说：“我就说，这种天气哪有男人天天来买湿纸巾的。我本来只想看看他空间里有什么好加密的，你知道，那种密码对我来说是小意思。结果一看，不得了，都是跟个男生的合影，看得我起了一身鸡皮疙瘩。”我想起思乐冰小姐和她的孩子，抽了口烟，说：“说不定是和他弟弟。”

话虽这样说，我开始格外留意起EC2先生来，其实只要稍加注意，就能看出许多不寻常的地方——比如藏在他发角下的钻石耳钉；牛仔裤脚反卷起来是一圈红色的格子边，露出一小段脚链；球鞋是突兀的大红色，衬着荧光黄的袜子。

比如他说话的声音总是很温柔，简直是阴柔，一副慢吞吞的腔调，似乎极有耐心。种种女性化的特征令我不得不开始相信乔马。

回想起来，思乐冰小姐似乎并没有和EC2先生有过什么特别亲密的动作。也许他们只是普通朋友？也许他们是姐弟？我猛然想起思乐冰小姐说过的最后一句话，“合同到了期”。也许他已经向家里坦白，而他富有的家庭逼迫他找一个代孕妈妈，以合同的方式来保证香火有继？

我顿时觉得这想法无比荒唐。

3 杜蕾斯太太

一盒大包装的杜蕾斯放在收银台上面。

我没有想过和沈雨桐的重遇会是这样的情景。但她并没有认出我，从包里摸出一支女士烟点上，等我找零。早几年她派过请帖给我，听说是嫁了个富商，我没去。这么算来我们应该是从高中毕业后就再没见过，也难怪她认不出我。我没说什么，她像任何一个来去匆匆的顾客一样离开了，烟雾里有淡淡的柠檬味道。

我不可能忘记沈雨桐，她看起来比以前更漂亮了。她属于那种皮肤白皙，眉毛睫毛颜色很浓，五官像画出来一样好看的女孩子。高中时候的她虽然整天只扎个马尾，穿样式难看的校服，没有发育良好的胸部，但依然是全年级男生的梦想。重遇她的那天我去乔马家拷了几部新的小电影。

让我始料未及的是，没过几天她又来了。这次买的仍然是十二只装的大盒杜蕾斯。她付钱的时候我注意到她的指甲，修得很美。我想，也许有钱人就是没别的事可干了，胃口大些也不足为奇。

但是当我第三次看见她的时候，我终于没能沉住气，叫住了她："等等，你是不是沈雨桐？"其实我更希望她面无表情地说，你认错人了。那样的话我可能还会偶然地想起她，顺带追忆一下我那看姑娘只看脸蛋的纯真年代。她僵住了，马上把杜蕾斯塞进包里，然后仔细地端详我。想了好一阵，说："啊！是你！好久不见。"她的表情放松下来，有点兴奋。"是啊，好久不见。"我一边欣赏着她的美貌，一边又感到淡淡的失望，好似看着一个七彩的肥皂泡"噗"的一声破灭掉。

"你的戒指真漂亮。"她又露出她一贯甜美的笑容："嗯，他知道我特别喜欢粉色的玫瑰花，就定做了这只粉钻的求婚戒指。"那花团锦簇的戒指好似把光投到她的脸上，稳当地打出"幸福美满"四个大字。我不知道怎么回应她。

一种必然却又难堪的沉默隔在我们之间。我突然又找到了话题："对了，有天我在店里上班的时候好像看见你了，在外面等人，那个是你先生吧？他常常来买湿纸巾。"她一下子神色很尴尬，含糊地说："啊……不是……只是个朋友……"此时此刻我不禁觉得刘红当初的判断无比正确，美貌确实会影响智力。其实我也没说那就一定是她，她怎么搪塞我都不为过。

我忍不住推测起来。也许EC2先生根本不是什么富二代，而是一个被阔太太包养的双性恋美男子。也许他只是沈雨桐众多情人中的一个，毕竟她来买过三大盒的杜蕾斯。也许还有她的牙医，也许还将有我……

之后我没有再继续想这件事，毕竟临近圣诞，店里有很多布置和促销要做，而杜蕾斯太太也没再来过了。

平安夜那天我上下午两点到晚上十点的班，和乔马说定了下班就到酒吧去。差不多十点钟，乔马就来了店里，说是等我一起过去。我们都很愉快，毕竟今天是平安夜，节日总是欢乐的借口——虽然交班的大婶还没有来，虽然我加薪的圣诞愿望应该也不会实现。

自动门铃响起来，推门而入的并不是大婶，是沈雨桐。我几乎认不出她来——她化了个浓妆，反而显得老了。暗淡的眼影和烟熏妆并没有多少节日的兴味，却让她看起来很疲惫。她走过来说："陪陪我可以吗？"有一点恳求的神色。

"啊？"事出突然，我有些意外，犹疑着。乔马一脸"有好事竟然不和我说"的表情，却迅速地装成和我毫无关系的普通顾客往外走，临出门前他转身给了我一个意味深长的笑容。

大约是街上的风太大，她不怎么愿意说话。我只好先问："想去倒数吗？还是想去酒吧？"她却摇了摇头。戴着毛线帽子、围着厚厚围巾的她，侧面轮廓看起来和当年一样明净。错杂着飞蛾影子的路灯光线投到她脸上，她确实是老了。浓妆显然只适合青春，放在她的脸上却只因为那不甘老去的艳丽而显得更沧桑。

"你不化妆也挺好看。"我终于还是没忍心说出后面的话。"我不化妆没办法见人了，这几天。"这一般都是女人假惺惺的自谦，但她的话语听来却没有丝毫得意的口吻。"怎么了？"问她她也不开口，只是漫无目的地在夜晚的街上走着。我感到很烦躁，一个常来买杜蕾斯的有夫之妇在平安夜把我拉出来陪她在街上乱晃荡，是要谈情还是做爱，女人难道就不能直截了当些吗？

于是在马路中央，高架桥下的安全岛里等绿灯的时候，我忍不住又问了她一遍："你究竟怎么了？""他一定在别的女人那里。"她低声说，嘴唇抿得很紧。"什么？"我一下子没明白过来。"平安夜，他和鬼佬客户谈生意？他真的以为我不知道？"她像在自言自语，嘴唇却颤动着，眼泪已经掉了下来。我才反应过来，大概是她丈夫有了外遇，只好说些谁都会的安慰话："可能有什么误会，他可能真去谈生意了。"心里想着能随便找个什么借口脱身，我不想把平安夜浪费在一个怨妇身上。

但她愈发哭得失控起来。绿灯亮了，来来往往的路人谴责地看了我许多眼，我只好陪着她停在那里。"我买杜蕾斯回去……他看都不看，无动于衷……我以为是他年龄大了……我继续买，塞在柜子里……有一天发现少了一盒……后来，又少了……他以为我不知道？”她在哭声里挣扎着断断续续地讲述着，我装作同情地点着头，瞥见她肩上相当于我几年薪水的LV包，感到一丝卑鄙的快意：这世上本来就没什么没有代价的事情。

“上两个月我找过他前妻的儿子——就是你看见的那个男人，才知道他是向我求婚以后才离婚的。他向来是这样的人……但是……但是我以为我是不一样的……”她说到后面却又开始抽泣。我顾不上理她，只是默默地想着，原来杜蕾斯只是她测试丈夫的道具，而EC2先生也不过是她的继子，并没有什么杜蕾斯太太和她的情人的故事。我有些闷闷不乐，平淡无奇的现实严重地剥夺了我猜想中的故事带给我的乐趣。

“我们走吧，去倒数？”大概是发现了我的无动于衷，而哭诉又全湮没在来往车流的呼啸声中，她终于平静下来。买了几罐啤酒以后，我们一直走到中华广场，满眼都是黑压压的人群。广场中央无比巨大的圣诞树不断闪烁着，却依然明亮非凡。前面似乎有接吻比赛，上空的大屏幕里放着《圣诞歌》，到处都是被呼出来的和暖空气、热烈的情话。我们被挤在人群里寸步难移，喝着闷酒，等待着可有可无的倒数。

这个平安夜似乎有些不同。临近倒数的时候，大屏幕上放出一段求婚的视频。广场上的人群沸腾起来，声嘶力竭地喊着：“嫁给他，嫁给他！”虽然人们由始至终也没有看见那个他和她。情侣们乘机在接吻，而我和她在一片难熬的缠绵气氛里终于等到了圣诞。大束的气球涌向天空，一切都毫无疑问地洋溢着节日的欢乐，而唯一不合时宜的是我身边的杜蕾斯太太，她看着那些飘飞的气球，说：“两年前的现在，我在这里答应他的求婚。那时候的心形气球把天空塞成了粉红色。这算得了什么。”不得不说，命运总是惊人地相似，无声无息地不断重演。

她大概也察觉到了这当中一些悲哀的东西，轻声说：“我的圣诞愿望是一个吻。”

她闭起眼睛，眼泪流了下来。她的嘴唇还是饱满的，但是里面某种有生命的东西已经泯灭了，也许是她的爱情，或者是青春。我不知道。我没法同情她，她答应了那场奢华的求婚，就早该预料到今天的结果。

于是我笑着说："圣诞愿望说出来就不会实现的了。"她睁开眼，有种遭到打击之后的错愕。但沈雨桐终归是沈雨桐，她淡淡地微笑道："我也是说笑的。刚刚喝了酒，嘴里的溃疡又疼得厉害，哪里有什么接吻的心思。明天我大概还得去找一下牙医。"

"然后呢？"乔马迫切地追问，要印证一下他的牺牲是否有价值。"然后，就没有然后了。她说让她的司机来接她。"临走前我问她打算怎么办，她轻笑说："我还能怎么办？我什么也没有。"

"唉！吻她一下会死啊！我跟你说，你要是吻了，一切就不一样了。"乔马最后一拍大腿，一脸懊悔，遗憾他没有留下来进行指导。

也许乔马的话是对的，谁知道那是一个纯粹的吻，还是另一个故事的开始呢？谁知道她会不会在圣诞节的晚上，和她的牙医说同样的话，做同样的事呢？

无论如何，这些假设再没有得到证实，因为杜蕾斯太太再也没有来过。

4 叉烧包先生

他第一次来是买叉烧包，午夜十二点，我记得很清楚。我想他大概只是个来买宵夜的夜班的士司机。生活的平庸乏味常常让我感到非常沮丧，有时我希望它能像蹩脚的连续剧一样发展，哪怕是让我遇上银行劫案、绑架之类的事情，当然最好的剧情是我那消失多年的老爹能突然开着保时捷回来接我。总之，我只想有什么能打破我无比规律的生活，不论是好事还是坏事。

然而什么事也没有发生，我依然往来于便利店和家之间，依然每隔三天值一次夜班，而几乎每次夜班我都能看见和我一样规律的叉烧包先生。我逐渐发现他总是一脸困倦的表情，而这和时值深夜没什么关系。他的眼角有点下垂，看起来很温和，又很容易显得睡意沉沉，没有精神。他总是穿衬衣，却又不是的士司机的浅蓝色制服。他大约是个朝九晚五的公司职员，夜里过来陪护住院的亲属。说不定是来陪待产的太太，他看起来正是这个年纪。

隆冬的夜里实在没几个顾客，风从门口灌进来，发出又冷又硬的声音。看见忠实顾客叉烧包先生又在深夜时分过来光顾，我满怀感激，他实在是这静寂的漫长夜晚里我为数不多的乐趣。这次他却没有径直走过来买叉烧包，我很有兴致地看着他在店里晃荡，先是拿了一瓶婴儿润肤乳，又拿了两盒热奶茶。自动门铃不合时宜地响了起来，真是活见鬼了，大冬天的三更半夜，竟然又来了个顾客。

—— 竟然是思乐冰小姐。

如果我没记错的话——事实上也不可能记错——她看起来和三四个月前刚见到她的时候没什么变化，只微微胖了些，没有任何脂粉的脸冻得有点发红。我想，她终于找回了自己。天寒地冻，她大概不是来买思乐冰的。我这么想着，叉烧包先生却走了过来，一副爱怜又责备的口吻：“那么冷，叫你不要来了。”她一脸无辜地把手从口袋里伸出来，说：“手好冷。”他把她的手拉过来，放到自己的脖子上，表情既痛苦又享受，是一种热恋中特有的傻子似的表情。他只和她差不多高，但这一幕实在是很温情。事情看来再简单不过—— 思乐冰小姐大概和EC2先生并没有什么特别的关系，她也许根本不是学生了，只是早早地结婚生子，过着寻常的小日子。她的牙齿真白，笑起来还是那么好看，像光彩夺目的苹果花瓣一样。只是和我再也不会有什么关系了。

不知为什么，从那以后我却更常想起刘红了。以前我以为我把思乐冰小姐当成刘红，现在我有时觉得我是用刘红来代替思乐冰小姐，有时我觉得分不清她们俩。我想搞清楚谁才是代替品，乔马却说，这没什么不同。我想也是，她们也只是我的想象的替代品。毕竟我有很多年不曾见过刘红了，更从来没有了解过思乐冰小姐。最后乔马拍拍我的肩膀，不无同情地说："看得到吃不到的东西总是比较难以忘记。"

我想刘红，想她有点掉漆的黑框眼镜，想她的番薯干和辉柏嘉牌圆珠笔，想她的摘抄本，想她寄给我的明信片。我没有牵过她的手，甚至不知道她的皮肤有什么样的触感。但我还是想着她，像疯子想着脑袋里的幻觉一样地想着她。这要命的想念一发不可收拾，像牙痛一样持续而剧烈。而更要命的是，我真的牙痛起来。

我的智齿常常发炎，但这次痛得格外厉害。在因为牙痛而无法入睡的夜晚，我把刘红寄给我的唯一一张明信片翻了出来。上面只有很简单的几句话，说她寒假的时候要和我见个面。明信片的背面是冬天的未名湖，黑白色里依稀能分清结冰的湖面、雪和泥土。她应该是记得我说我从未见过雪，而选了这样的明信片。她好似那湖畔的雪一样纯粹，美丽而遥不可及，但却是一团模糊不清的影子。

第二天上完一个早班以后，我终于去了便利店旁边的医院。我一边等着护士叫号，一边隔着门玻璃盯着诊室里面。我简直觉得头也痛了，世界好似在眼前不断地肿胀起来。从这个角度看过去，医生戴着口罩，面目模糊；病人躺在牙椅上，一只手垂落下来。一切都没什么值得描述的，除了—— 那手上戴着一枚花团锦簇的戒指，远看好似一朵粉色的玫瑰。

那个难堪的平安夜令我并不想和她再重遇，她的故事对我来说已经没有意义。于是我下楼走走。这天下午并没有广州冬日惯常的阴沉，难得地满地都是耀眼的阳光。穿着病号服的人零零星星地坐着晒太阳，大多是老人，脸上有几分喜气洋洋，大约是临近新年，准备出院回家过年。我发着呆，想着几十年后的某个新年，我和刘红都已经老态龙钟，穿着病号服孤独地在空荡荡的医院里晒太阳，到那个时候我是否能够牵一下她的手，触到那已经枯干、爬满皱纹的皮肤。我突然发现，所有人的故事对我都已经没有意义。但是刘红和我的故事，我想得到开头和结尾，却没有办法加上过程。她离我那么远，远远地飘浮在我的幻觉里。

当我回到诊室门口时，她已经走了。护士把我带到她刚才的位置上，医生正要戴上口罩，看见我，怔了怔——是叉烧包先生。整洁又本分的叉烧包先生，原来并不是什么朝九晚五的小职员，他是个牙医，而且是杜蕾斯太太的牙医。

世上许多看似毫不相干的人每天都在不断发生微妙的联系，而一些曾以为会发生什么的人，却再也没有了联系。

虽然今天是年初一。虽然在我临出门看烟花前，我妈似乎按捺很久又装作漫不经心地说："你知道了没，刘红死了。"她偷眼看了看我，又接着说："听说是两三个月前的事了，大概念书念坏了脑子，跳了湖。"我"哦"了一声，推门出去。

每次在酒吧里有女孩问起我的名字时，我都会喝一小口酒，稍微停顿一下以后说："叫我Mr. Seven-Eleven。"这次也不例外。

今晚当这个女孩来问我的名字时，我还是说："叫我Mr. Seven-Eleven。"不同的是，她没有问为什么，却轻笑了一声，说："是因为你在便利店上班吗？"我抬起头，面前的竟然是思乐冰小姐。没有浓妆和假眼睫毛，脸上干干净净的她看起来并不属于这里。我忽然觉得我也不属于这里，这大概只是个梦。

"我认得你，我常去那家便利店。"她坐下来。我心灰意冷地又喝了口啤酒，这很难说得上是悲伤，刘红的死这件事本身太不真实了，七年未见的爱慕也极不真实，而我喝得头昏脑涨，根本不知道什么才是真实。我只好随便找个借口来解释此刻我趴在桌上，旁边放着半打酒瓶的窘况："我失恋了。"

"我也是。"虽然舌头有点重，我还是相当清醒，忍不住问她："失恋？不是结婚……有孩子了吗？”“什么？！”她有点惊奇地看着我，然后又自言自语道：“算了，你肯定醉了，本来你也不认得我。”“没……没醉，你结婚……和牙医……有孩子……”越说没醉，别人越一口咬定你醉了，她也不例外，自顾自地说了起来：“你还知道他是牙医？嗯，有几晚我陪他值班的时候去过你的店里。”

她漫不经心地喝了口酒，似乎沉浸到回忆里。“其实他对我很好，你也看见的……我忘了带润肤乳过去，大冬天的半夜他非要去买——我的手很容易冻裂……他很温情，虽然大我七岁，但还是很孩子气的……但是我们还是分手了。”“为什么？”虽然世上哪来这么多的为什么，但我还是想听她那个版本的故事。

“他二十八了，想我毕业后就和他安定下来。我曾经很迷惑，也想停下来做个专心恋爱的小女人。后来我自己去旅行了一趟，觉得生命里还有太多的路没走过，我不想停。”她又喝了口酒，“毕业以后我想一个人去别的地方，让自己一直在路上。我想知道自己的人生可以有多少种可能性。”这么说的时候，她眼里又有了从前我见过的那种灼灼的神采，凛冽逼人，非常美。“你知道吗，那时起我就觉得，以前和我的人生签下的循规蹈矩的合同，算是到了期，我要过我自己的生活。”她微笑着，表情十分坚定。

“你呢？又是为什么？”她似乎说得兴起，忘记我已经醉了。“烟花……给不了她……什么也给不了她……”我想告诉她，大一的寒假刘红来学校找我了，我记得她没有见过真正的烟花，想偷偷到小树林里给她放烟花，半路却被逮住了。那晚她以为我不肯见她，而我待在教导处。我什么也给不了刘红，她离我那么远，现在更远了。我想告诉思乐冰小姐，但不知道她有没有明白我的话。

之后的事我记不起来了，似乎是思乐冰小姐扶着半醉半醒的我回去。也许我把头埋在她的怀里哭了，也许并没有。

第二天我在自己的床上醒过来，躺了很久。我想着思乐冰小姐，她那些结婚生子的话大概只是和叉烧包先生说的情话，想来她和EC2先生也不过是寻常朋友，从一开始我就猜错了整个故事。而从思乐冰小姐到杜蕾斯太太，原来我猜想中的故事没有一个是真实的。但生活本身又有什么真实可言呢?

窗外下起细雨来，又是一个湿冷的春天了。上一个春天我遇见了陌生的思乐冰小姐，这一个春天我发现了一个全然不同，但依然陌生的思乐冰小姐。

人生犹如一场首尾相接的大梦，循环往复。

荞麦

写作者，严肃脸，少女心。以写字抵抗时间和失去。已出版《这个世界上的一切都是瘦子的》《最大的一场大火》等。@荞麦chen

根本就没有人是幸福的

海律听说女友要去参加高中同学聚会，这令他感到了一点焦虑，虽然这焦虑毫无来由。毕竟在女友口中，她的高中生活主要是由令人崩溃的考试以及几个女生之间极其脆弱又令人怀念的友谊组成。没有什么关于男生的故事，个别对她产生过好感的男生最终都被她的心不在焉伤害了。但他还是感觉到了一种她要与过去产生联系的不安，而这种过去他丝毫没有参与，甚至还有可能对现在产生一点微妙的震动。然而，令他没有想到的是：先去参加同学聚会的竟然是他自己。

先是晓波联系了他，但据说出主意的是史筠，最后万惠也参加了。两男两女，同一所高中同一个班级毕业，那所高中离这个城市两小时车程，三年前已经被拆除。

这天下午，海律开车载着女友从郊区的房子出发进城，女友去看一个展览。在路上他打开电台，这样可以放心地沉浸在回忆之中，想起四个人的高中时代，算是一个松散的小圈子：在食堂吃饭的时候，他们有40%的几率会坐在一起。但说是朋友，倒也谈不上。所以大学毕业之后，虽然在一个城市，互相之间并无联系，而是各自扎进了自己的生活。

如今，根据只言片语，海律知道晓波、史筠、万惠均已结婚生子。只有海律没有结婚，女友是个插画师，他从建筑事务所辞职之后靠着一些可靠的客户，收入并没有减少，只是时间更自由了。

自由职业者生活相对封闭，能够出门见见老朋友，海律尽量保持着愉快的心情，还特地打扮了一番，车子也洗得干干净净。总的说来，他看上去很不错，而且时髦——要做到这一点，不花点时间根本没法找到正确的方式。

送完女友，他开车前往约好的饭店，其他三个人都已经到了，一直催促他。但莫名其妙地，中途他在一个咖啡馆停下来，漫不经心地喝了杯咖啡才再次出发。这段时间内他觉得迷迷糊糊的，不知道自己在做什么，心头充满了疑问和不安。等他真的推开包间的门，冷菜都已经上完了。那三个人呈扇形坐着，中间那个位子是留给他的。

他本能地把目光首先投向了史筠，但随即又移开了。十几年之后，即使每个人的模样都变形了，他们还是毫不费力地认出了对方身上那些根深蒂固的、在少年时就已经展现出来的微妙特质。

他先跟晓波拥抱了，晓波没有胖，仅仅是浮肿了。接着是万惠，万惠以前男孩子式的标志性短发已经变成了长卷发。最后是史筠，史筠货真价实地胖了，最起码胖了二十斤。他们异口同声问海律："你怎么一点儿都没有变？"确实，他看上去年轻一些，但当然不至于"一点儿都没变"。

也不过花了十分钟用来互相熟悉吧，之后就是吃菜、闲聊，其他三个人都喝了酒然后"呼"的一声，没有任何的犹豫，海律感到其他三个人已经以加速度远离了现实，他们的表情都开始渐渐变得幼稚、缓慢，而且过分地坦诚。接着不受控制地大吐苦水。

先是万惠，在海律的印象里，她一直是个大大咧咧男孩子气的女孩，现在却牢骚满腹。开始她只是谨慎地说了自己跟丈夫的貌合神离：两个人每天一起出门，在离家三百米的车站等各自的公交车，其间几乎一言不发，没有任何交谈。丈夫看手机，没完没了地看手机。谁的车先来，另一个头也不抬地说一声“晚上见”。而这已经是两个人最亲密的时刻。

接着，就像是所有的自制力都崩塌了，她开始讲述婆婆各种不可理喻、蛮横自私的事情，讲述她如何以莫名其妙的恶意摧毁那个家庭中所有人之间的感情。这些控诉里面充斥着海律所厌恶的一切要素却没有引起他的厌恶，大概是源于万惠的真诚，她好像变成了一个烦恼的十六岁女孩，正在跟想象中的控制欲强烈的母亲搏斗。

晓波在高中时叛逆得令所有人头疼，现在却是一个非常安静温和的公务员，比任何公务员能呈现的形象要好得多，没什么陈腐的习气，真诚、友好、大度，令海律感到惊讶。

晓波的烦恼是他不再有任何转机的工作：不可能有升迁，只会变得更差。因为整个国家政策的调整，他们的薪水和福利都在缩水，而工作内容本身无趣到了令人麻木的程度。前段时间有个同事大概是发了疯，闹了一阵子辞职，后来又乖乖回来上班了，只是眼神有点不对头。后来又闹了一次，最后还是没有勇气真的离开，却莫名其妙离了婚。晓波很担心自己某一天也会不知不觉变成那样，变成一个已经有点不正常但自己却意识不到的人。

史筠也差不多：烦恼不断又热气腾腾的生活。丈夫已经开始谢顶了。她拿出小孩的照片，照片上的小女孩谈不上有任何可爱的地方。海律竟然连一句哪怕虚伪的夸奖都没能说出来。

他们似乎都很羡慕海律，因为他过着一种毫无负担的生活。没有结婚，没有父母参与日常生活，没有孩子。他们不进行任何短途旅行，偶尔会去远一点的地方。其他三人却整天在城市周边转悠，带着小孩摘草莓什么的，吵吵闹闹，没有一次是真正顺心的。老人们也跟小孩一样吵成一团。

这些话题无聊地继续着，而海律越来越焦躁。他之前隐隐期待的事情，一件都没有发生：他希望谈谈过去，而不是现在。谈谈旧学校，谈谈学校拆除之后不久就上吊自杀的历史老师，谈谈那个学习成绩一直很好却高考失利的沉默男生，他后来怎么样了？当然，还有最重要的，谈谈他跟史筠。

从一开始，海律就希望史筠自己揭开秘密，哪怕以开玩笑的方式："你们没想到吧，其实……"他们俩从高三一直谈恋爱到大三才结束。那个高中时他俩拼命守护的秘密，现在他却希望史筠能够不经意地说出来，或者给他说出来的机会，这样他们就可以在另外两个人的见证下，把当年的很多事情说个清楚：他们如何互相依靠着度过了饱受煎熬的高三。

而最后是她背叛了他，抛弃了他。她对他各种不切实际的想法过于抵触，以至于急着投身一种普通的生活。而为了抵抗这种普通，他做了多大的努力啊。

他想起最后一次见到史筠，是大三那年的圣诞节，他冒着大雪跑到大学宿舍楼下给她送礼物。她下来了，穿着一件米色的羽绒服，崭新的，神色极其冷淡。既不肯收礼物，也不肯多说。后来僵持不下，她终于吐出了"分手"两个字。

那天他一个人在雪里面毫无意义地徘徊了一晚上，仅仅为了让肉体感受能够匹配内心的伤痛。从那以后，他关于未来的日常生活的想象都消失了。

然而此时此刻，就好像这一切都没有发生过。好像那几年各种撕心裂肺的情感都是出于幻想，好像他身体中的某一部分，包括此时看着史筠而产生的一种温热感，都根本不存在。其他三个人已经开始聚精会神地讨论起了学区房。

海律本来答应九点前就去接女友，但到了九点半，女友也没有一点消息。菜吃完了，酒也喝完了。晓波买了单，建议大家再换个地方，比如去吃烧烤。

万惠接到了丈夫的电话，问她什么时候回家，她大声地嘲笑他，说自己在外面快活，根本不想回去。接着史筠也打了个电话，海律侧耳倾听，听见她说："你那边也没结束？那正好，我们要继续第二场了。"史筠挂了电话之后建议吃完烧烤打麻将，打通宵。

"我不会打麻将。"海律说。
晓波说："那可就三缺一了啊。"
史筠瞥了海律一眼："没关系，我老公会来陪我们打。"

四个人从包间里走出来，就像是几个晚上聚餐的同事，而海律则跟他们不是一个公司的。海律带着他们到停车场找到了自己的车。车亮闪闪的，史筠低声跟万惠说了一句："不是A6，最多是A4。"仿佛放心了。海律装作没有听见，打开了车门。

就在他们全部上了车，正要启动的时候，海律的手机响了。是女友，压抑着不满的平静声音。

"果然把我给忘记了？"
"我还以为你没结束呢。"
"早结束了。我在美术馆的咖啡馆等了你一个小时了。现在连咖啡馆都要关门了。还不愿意走？"
"怎么可能？我马上过来。"
"别过来了。我自己打车走我已经打到车了。"
但海律听到了咖啡馆的音乐声。他说："从车上下来吧，我马上就过来接你。"
"马上是什么时候？"
"我把他们送去吃烧烤，然后就过来。"

“那你一起去吧，不用管我，我自己走。”

海律想象了一下女友的表情，绝对不是什么值得乐观的表情。

“五分钟。”他终于说，“我五分钟就到。”

其他三个人不等他开口，都自觉地下了车。

史筠关上车门，说：“你还是去接你女朋友吧。”她镇定地看着他，就像很多年前，她也这么镇定地看着他，说：“我要跟别人去逛街了。”就这样撇下他，一去不返。

海律就是在这个时候意识到的：她甚至从来都没有后悔过。即使她现在长胖了二十斤，身上穿着廉价的旧衣服，即使他走在路上根本就不可能把她认出来，这个女人还是再次轻而易举地伤害了他。

他坐上车，跟他们挥了挥手，看着他们说说笑笑走远了。

等他开到那家咖啡馆时，咖啡馆里还坐着不少人，女友正坐在靠窗的位子上。海律把车停在马路对面，在车里坐着，远远看着她跟朋友们谈笑风生，他忽然觉得自己已经没有力气跟她或者跟任何人计较这些事情了。

他给她打电话，她说：“你等会儿。”接着又跟朋友们磨蹭了快十分钟，才慢慢走了出来。

路上两个人像比赛一样沉默着。过了好一会儿，女朋友问：“见到初恋女友了？”
“胖了很多。”他说。
“看上去幸福吗？她不是为了现在的丈夫才离开你的吗？”

女友轻轻笑了一声。

“根本就没有人是幸福的。”他想这么说，但最终什么也没有说。

回到家，女友换上鞋，把包挂在衣架上，打开灯，顺手打开音响，放钢琴曲。她就像每天要做的那样，换上白色睡袍，用发带箍好头发，走到水池边细致地洗脸。

海律看了看手机，时间是23点25分。他坐在沙发上，即使闭上眼，也能够清楚地看到她的每个动作，这些动作被不断重复，显得那么不真实。

“多么美好的生活啊。”他想。就在这时，他忽然觉得天旋地转，胃里翻江倒海。

他努力睁开眼睛辨识，然而眼前的一切都看不分明了：木质家具、垂下来的吊灯、墙上的黑白摄影、干净得没有一丝尘埃的地板都搅在了一起，变成了混沌的、没有意义的一切。

他冲进洗手间，抱着马桶猛烈地呕吐起来，他仿佛要把积攒了一晚上的什么东西，全部都吐出来。

咸贵人

90后写作爱好者，热爱生活喜欢做饭，不爱出门没有来电显示。@咸贵人

心太软

我爸有病，“神经衰弱癫狂症”，别人家孩子对比综合效应，习惯性打击少年儿童心理诱因，总之就是一句话都说不到点子上。

当年高考前夜最关键的时候跟我说：算了，你也别瞎费劲了，估计也考不上啥好大学，明年复读算了。

大学毕业后学车，临考前一天，我比高考还紧张。练了一冬天，右手都冻伤了。想跟他这个老司机讨教一下，人家缓缓丢出一句：现在电子考，严！反正大不了你再重学一轮，又不用另外交钱。弄得人好不容易鼓起的勇气全部丧失殆尽。

是的，我爸就是这么一个让人泄气的父亲。

去年难得几天小假，我带着男朋友千里迢迢回了趟家。本着新女婿第一次上门的张扬态度，浮夸地给他买了三条上千的烟，提了两瓶好酒。提前一星期就通知了他。结果一进门，我爸居然不见踪影了。

忙忙碌碌地做好饭菜，我爸才晃晃悠悠地回来。我白了他一眼，没说话，饭吃得闷闷不乐。

吃完饭我跟我妈收拾桌子，不知道我爸跟男朋友聊了些啥，看起来挺开心。聊完我爸上班去了。我俩坐了一夜火车，累毙了，倒头就睡。睡了一半我爸回来拿东西，一推门，我一个激灵就醒了，坐在床上脑袋发蒙，心里直打鼓，想的全是：完了，我爸看到我和他睡一张床了。

虽然我初中就开始早恋的种种劣迹我爸心知肚明，但如此明目张胆还是第一次。我受到了惊吓，想起我爸从几年前就开始辣手摧花般毁掉我的爱情美梦，有些忐忑。一发现我早恋，我爸就会暗暗嘟囔一句：你这没戏。也怪我不争气，每次都被他说中。不过想想，我这男朋友北京人，家里二环有房，他和他妈都待我特好，够可以了吧？

他拿完东西就匆匆出去了。我跟男朋友醒来洗洗脸，出门溜达。我爸坐在院门口的门房里，看得一清二楚。

是的，他躲过了当年下岗的大浪潮，却没能逃过他们厂破产的危机。他们厂被别的集团并购后，给了他一个闲职——看大门。我爸也不老，为了要不要这个工作纠结了好久，但恰逢当时奶奶爷爷双双病倒，如果看门，还能时常回家照顾着，想了想，就当上了门卫。那时候他总是一副忍辱负重的样子跟我说：你看，人老了就是这样，你以为我还能蹦跶几年？等我老了你不得照顾我？弄得我年纪轻轻，压力很大。

我跟男朋友甜甜蜜蜜地走在街上，他笑着说：“你爸挺逗的，中午还一直问我，要是咱俩以后没钱了怎么办。”我说：“那能怎么办？”他说：“是啊，哪能呢，咱吃房租也能吃一辈子啊。”我竟无言以对。

我爸晚上住门房不回来，我索性跟他一直睡在我爸的房间。

哦，对了，今年二月我跟这男的分手了。尽管当时我刚刚过完年从家里回来，身上根本没有一分钱，我还是大半夜收拾东西从他家出来，用身上仅有的几百块钱开了一间特价房，满脑子想的都是如何跟我爸解释。

谁家女儿的爸不是一个封建派？在如此约炮成狂、世风日下的现代社会，我爸看到男生给我送花依然会变成黑脸包公，然后碎碎念一阵“不靠谱”“没戏”“耍你的”之类的话。当时我是真奔着要结婚的目的去的，可谁知道人家突然就中途变卦，把我给甩了呢？这事儿不提了，过程也不复杂，大概就是厌倦了。

我一直瞒到四月，才跟我爸坦白。没想到他居然特别开心，说：挺好的，那男的不靠谱，我本来也不同意。我问他为什么，他告诉我说：一个小伙子居然能说没钱了吃房租，你知道这是一个怎样的生活态度吗？

说起生活态度，我还真是要笑话一下我爸。他以前是干销售的，喝酒应酬就是家常便饭，否则也不会把年轻时一米八几的大帅哥吃成一个正方体。我爸从小教育我，欠别人的一定要还，对你好过的人，你一定要记住。是的，我记住了，我记到要跟人家定终身了，结果还不是被甩了。

以前上大学的时候，我爸就托他的朋友在学校照顾我，我也是百般不领情，左右搪塞。我爸每次都跟我反反复复念叨这些理念，说一定要懂事啊，感恩啊，报答人家啊。弄得我烦死了这些强加在我身上的照顾，认为还不如没有的好。但我爸严肃地跟我说：你这种白眼狼以后走到社会上一定要吃大亏，自己不付出就想收获，全世界哪有那么多人无缘无故对你好？你看看你那些朋友，现在还剩几个了？

我最烦他污蔑我的朋友，我说还多着呢。他说：谁？是谁你说给我听听。你说，你初中一起逃课的小兄弟呢？高中一起打架的小姐妹呢？跟人家一起离家出走的结拜哥们呢？我气死了，觉得他总是翻旧账，想方设法地羞辱我。

他喝多了就会跟我啰唆，话长到我到最后都蒙了，完全不知道他在说什么。我来北京的时候他就炸了，打电话要和我断绝父女关系。因为我毕业后他给我安排好的工作让我给搅了。他一直在强调：你去北京能干啥？你那破学历，连块敲门砖都没有，你以为你能猛龙过江？最后还不是得被淹死！你要是在我身边，你肯定淹不死，但你跑那么远，我真是伸手也没法救你啊！你要是最后混得不行了还是得回来，你要是回来了我还得花钱再给你重新找工作！你这折腾来折腾去不是折腾我吗？

每次听到这样的话我都觉得自己瞬间从梦境跌回了现实。是啊，未来的路那么长，怎么走下去呢？万一走不好，那岂不是完蛋了。我一直一直往前冲的时候，从来不考虑摔倒在半路怎么办，可我爸满脑子都在想如何接住我这一跤，我也是累了。这人怎么这么悲观呢？

我想这种悲观是能追溯到婚姻这个人生必经之坎上的，我爸就没能跨过这道坎。

他虽然看起来屌丝，但娶了个美女。到现在也没人敢说我妈不漂亮，她时常穿着我的衣服出门参加活动，除了有点大，毫无违和感。美女都傲气，怎能忍受自己丈夫在自己小区门口看门？所以时常窝着一口气，说话难听不算，其他的一切我爸作为家庭男主人应该享受到的，都没有。而且我妈是个特别收放自如的美女，她从来不管家里的事，该干啥干啥，认为顺其自然的放养就是最好的生活方式，在婚姻上已经栽了跟头，剩下一切开心就好。我不觉得她有错，反而一度认为她洒脱，很酷。

我妈时常指着她婚礼现场的照片跟我说：你看看，我那时候眼睛都是肿的，就是因为前一晚在宿舍哭了一夜。至于他们为什么结婚，不过就是男大当婚女大当嫁的结果；至于他们为什么不离婚，表面是为了我的幸福，实质是无法分割财产，再实质一点是因为没有财产。

他们俩举着一面大旗，上面写着“为了宝贝女儿的幸福”。每次旗帜的飘扬都在我脸上重重来了一个耳光。这有多疼，相信全天下父母不和的孩子都能感同身受。

我爸不愿意给我妈钱。一个原因是“凭啥”，另一个原因大概就是赚钱太难——这钱不到关键时候谁都别想使。

去年年底，我爷爷病逝。我爸忙里忙外斥巨资操办丧事。第一次有亲人离开，再也不回来。我甚至感受到了世界末日的味道，一会儿泪崩得难以自持，一会儿一滴眼泪都掉不出来。我爸笑着一直安慰我，说没事儿，谁都有这么一天。

丧事过去的第二天，我爸就去给人家修车了。半夜里回家，满手油，指甲缝里全是黑色的。我妈又是一顿骂，嫌他弄脏了家里的东西。我爸洗洗手，回门房去睡了。

小区的门房特别小，除了一块白天是椅子，晚上铺成床的地方，几乎容不下第二个人转身。我看着门口黄色的灯光，和门后我爸若隐若现的蓝色工作服，突然就想大哭一场。

你说这世界，人逃避一个问题，能逃避多久呢？时间多长，你都要回来面对不是吗？你说你跟爷爷再亲，相处的时间再长，能比得上你跟你爸吗？那你爷爷难道不是你爸的爸吗？

这么多年来，他又当爹又当妈。每当我不听话的时候，他就跟我讲一个老段子，说我小时候系鞋带系不上，一个人坐在门口哭了一下午，就是不伸手去系，最后还是他蹲下给我系的。我笑着说从小就得看出来自己是个智障，我爸说我就是倔，谁的话都不听，长大一定要吃大亏。是啊，那些年那么叛逆，能听进去谁的话？

不久前我回家看他，发现他的花儿都死了，鱼缸里的鱼也没剩下几条，他洗个衣服还弄得家里一团乱糟糟。我妈出去聚会了，不在家，不然肯定又是一顿骂。我摸了摸碗，感觉也没洗干净，油腻腻的。转头一看我爸，发现他满头白发。

你是什么时候发现父母老了的？这话题说起来太苍凉。我就是伸手摸到碗边的油腻时，觉得我爸老了。

大概我爸的手总是油的，因为他出去给人家修车，时常躺在车下就是一整天。所以我几乎从来没见他买过一件新衣裳。我去年过年回家觉得没什么负担，给自己买鞋的时候心血来潮给他也买了一双，不贵，七百多，回家的时候他看到价钱简直要站起来骂我。我也急了，我说："你活一辈子，连双七百的鞋都没穿过，你在这世界上活个什么劲！"

他坐下，半天没说话。我突然有些害怕，觉得自己口无遮拦了。他慢慢说："你还要结婚啊，你结婚的时候我能不给你拿点钱？"我最烦他这一套论调，我说："我这辈子真的不要你的钱，我要是要你的钱我就去死。"他笑笑，说："那你把这些年上学的钱都还给我啊。"我说："我还，你给我等着。"

我自己默默算了一笔账，这些年上学的钱，上大学的开销，出门工作时的钱，加起来七七八八，还真是要还好久。我爸说："你个傻丫头，我就跟你开开玩笑，还能真让你还钱？"我没吭声，但心里暗暗决定要还他。

谁容易呢？他一个男人，这么多年，有家不能回。他反而说自己自从当上了门卫，生活幸福多了。在外面吃香喝辣，回来就睡，有活儿了去给人家修修车，再也不用回家和我妈吵架。我想起他那些死了的花儿，心里说不出的难过。

我们都曾在成长的路上受过伤，别以为父母年纪大了就不在乎了，其实他们也在一路成长。前些天他给我打电话，说整理东西的时候看到我的一张纸条，上面不知道谁给我写的，“反正这钱包你也用不着，就送给别人吧，你也没钱”。觉得这些年是亏欠了我，不该不给我钱花，工作第一年还让我往家拿钱，其实是怕我存不住都浪费了啊。他说：“姑娘你别怕，你爸还有十几万闲钱，你没钱了就打声招呼啊，你爸给你汇。”

我终于意识到自己错了。虽然他老是说话打击我，但我才明白，这是为了让我不要骄傲。我是一个太容易骄傲的人了：初中时候学习太好被老师叫神童，下个学期考试就一塌糊涂；高三的时候一直逃学，也能在第一次全市模拟考试中进市前一百名，第二次第三次就掉出前一千名。现在想想，谁是最了解你的人，转头看看，只能是陪你生活了二十多年的爸啊。

这回我的一篇长文突然爆红网络，我高兴得半夜给他发消息，他第二天问我是不是被骗了，说：“当作家这事儿就不要想了，我单位同事出的书都是我用车拉回来的，到现在也没送完。”我气得一句话也不想跟他说，我说：“我要挂了！你总这样我觉得生活没希望了。”后来听同院的叔叔说，我爸不知道怎么才能看到我那篇文，于是直接从网页上打印了出来，逢人就夸自己女儿现在写的东西可以发表了！我知道后给他打电话，说：“你两面派啊，在我这讽刺我，暗地里炫耀啊？”他说：“你别高兴太早，到时候啥都编不出来了，你爸这吹出去了怎么收回来！好好跟我说说你有什么打算。”我说我要用每一首歌的歌名做饵，写一本惊世骇俗的书。他说：“好啊，你也写写我，让你爸再沾沾光。”我说行。他说：“那你用什么歌啊？”我说：“《铁窗泪》，你就会唱那首歌。”他哈哈哈大笑。

爸，你要真问我用一首什么歌来写你，我现在告诉你，《心太软》。

“你总是心太软，心太软，把所有问题都自己扛……只不过想好好爱一个人，可惜她无法给你满分。多余的牺牲她不懂心疼……你总该为自己想想未来。”

午歌

80后机械高级工程师，青年作者，编剧。@天涯午歌

我所说的拼命，只是不顾一切地活着

八月，台风“海葵”在宁波登陆，我被困在栎社机场的候机厅，已经过了十一点钟，延误的航班却还是没有丝毫消息。我在手机通讯录里不断地翻看着宋玉的名字，仿佛手指轻点一下，就能联通到他的世界。

风很大，大雨瓢泼而下，而我始终没有点它。

1

我和宋玉是发小，五岁那年，我和他在家属大院后面的货仓里玩火时，点燃了一张大油毡。不知怎么的，油毡燃烧时滴下的沥青溅到了我的棉裤上，新棉裤迅疾燃烧起来，我疼得蜷着身子在地上嗷嗷直叫。宋玉见状，慌忙一把一把地抓起沙子盖在我的腿上—— 没有用。他又使出吃奶的劲头拼命在上面吐口水，可惜仍无济于事。

火势加大，我疼得哇哇大哭。宋玉褪下他的裤子，一泡尿撒在上面，浇灭了大部分的火苗。眼看着剩下的火种死灰复燃，宋玉光着屁股就抱着我的大腿打起滚来，最终熄灭了所有的火苗。

事后，宋玉被他娘吊着打了半天。而我因为伤口发炎，躺在医院里好吃好喝地住了一个星期。

我的左腿上至今还有一条八寸长的“火疤瘌”，宋玉说，那是我们伟大友谊的见证。

当时我感动得要命，因为是宋玉的果断与勇敢保住了我的大腿。

我说："宋玉，你是我的救命恩人。你想要什么，我都买给你！"
宋玉爬在我的身边，嘿嘿一笑说："不用了，你先欠着，我想到了你再还。"

说完话，他得意地翻身坐起，谁知屁股一挨床，就"哇"的一声，蹿出去老高，像一个燃烧的钻天猴儿炮仗。

2

到了小学，我们被分到了同一个班。我因为成绩还不错，是老师眼里的好学生。

宋玉则是调皮捣蛋的孩子王，因为"大腿事件"，我知恩图报，时常把作业和小纸条及时地传给宋玉。

五年级，文艺汇演，宋玉找我一起演舞台剧。

宋玉说："《大闹天宫》里缺一个重要角色，你演不演？"
我问："是孙悟空吗？"

宋玉说："那是我的角儿！"
我问："是天兵天将吗？"
宋玉说："比这个待遇要好一点！"
我问："那是？"
宋玉说："是玉皇大帝，你考虑一下！"
我说："玉皇大帝就算了，整个大闹天宫里一直都被揍得很㞞，有损我的好孩子形象。"
宋玉说："我会尽量减少你的戏份，蒋一燕会演王母娘娘，你再考虑一下。"

蒋一燕是全校闻名的学霸，不但成绩好，人也生得十分清秀，而且画画还非常棒。那个年龄段，但凡三观发育正常、身体茁壮成长的男生，都争着和蒋一燕做朋友，借她做的作业，收藏她的画，陪她一起大扫除。

于是我不假思索地就答应了下来。

宋玉也最终兑现了承诺，整个《大闹天宫》被他改得面目全非，主要戏份就是王母娘娘和孙悟空在蟠桃园斗法。

而我唯一的台词，就是钻在课桌底下，歇斯底里地喊了一句："快去请如来佛祖！"

3

六年级时，蒋一燕参加了学校的绘画兴趣班，放学比普通同学晚一小时。因为在《大闹天宫》里结下"仙缘"，我和宋玉主动担任护花使者，时常陪伴"王母娘娘"圣驾左右。

一路上，我们三个说说笑笑，从马路边的白杨树上摘知了壳，在月季花苗圃里抓西瓜虫，一遍遍清点落在电线上的小麻雀。日子过得简单美好，天空一般了无褶皱，流云一般随心所欲。

毕业前的那年夏天，我们仨路过一个叫九道弯的胡同。胡同的转角处，突然蹿出一个高中生模样的小混混拦路打劫。因为宋玉他爸是市里的领导，家境很好，这个土豪上来就掏出二十块钱稳住了局面。

那个打劫的小混混，本来拿了钱乐呵呵要离开，瞥了蒋一燕一眼，忽然掉转头来。
“小姑娘，长得挺漂亮啊！”混混一脸坏笑，说着向蒋一燕伸出一只手来。
宋玉一个箭步挡在前面：“拿了钱还不走？”
那小混混发出一声古怪的冷笑，一脚踹在宋玉的肚子上。
“你妈！多管闲事是吧？”
宋玉捂着肚子倒在地上，使劲跟我使眼色，让我拉着蒋一燕快跑。
我当时完全傻掉，直到混混又伸手去摸蒋一燕时，我才把自己的脸蛋凑了过去。
“你也找死是吗？”混混果断地给了我左脸一记耳光。

我不知从哪里来的勇气，不但戳在原地一动不动，而且用眼神示意那个混混，你可以在我右脸上再来一下，可是休想绕过去。那混混心领神会，迅速满足了我的美好愿望！可我还是没动，又转过另外一侧脸颊对着他。
混混很意外我的抗打击能力，正在考虑调用他长腿的远程攻击模式时，捂着肚子的宋玉发疯似的冲过来，赶在混混抬腿之前，抱住了他，一口咬在他大腿根的内侧。那混混痛得嚎叫了一声，跳出去半米开外。

“你妈！一个傻子，一个疯子，一对傻×！”混混骂骂咧咧，一步一瘸地走开了。

宋玉从地上缓缓地爬起来，蒋一燕走过来，伸手触碰着我发烫的脸颊问我：“疼不疼？”
宋玉抢过来说：“哎呀，我的肚子疼死了！”
我尴尬地笑笑说：“我没事，左右各一下，正好平衡了。”

后来三个人一路上没再多说话。蒋一燕吓坏了，眼里一直噙着泪水。

我忽然觉得，眼泪才是检验美女的唯一标准。

燕子此时的样子美极了，比起平时清秀素雅的模样，更像一株挂着露水的粉荷。夕阳把她的影子拉得好长，我很想掬一捧她的眼泪，收集起那晚红艳的霞光。就在那个黄昏，我人生第一次体会到了心中的痒痒，就像我热辣的双颊一样，不可抑制，酥麻发烫。

4

很久以后，宋玉问起我，为什么那天蒋一燕会先跑来问我疼不疼。

“明明是我伤得更重一点儿！”宋玉说。

“我离她近一点儿啊，可能是近水楼台先得月吧？”

“你是不是喜欢她？”

“我没有！”

“那我就放心了。”宋玉如释重负地说。

我转而问他：“要是她喜欢我呢？”

宋玉说：“要是那样，我就不追了。”

我说：“世界那么大，又不是只有我们两个是男人！”

宋玉说：“不管是谁，敢追我兄弟的女人，我就找砖头拍死他！”

我笑笑说：“你这个疯子！”

宋玉说：“你这个傻子！”

“一对傻×！哈哈哈哈！”我们两个抱在了一起。

时间过得飞快，转眼就上完了初中。临近毕业，学校要从我和蒋一燕中选一个作为优秀毕业生代表上台发言。

“无上的荣誉啊！你就让给燕子吧。”宋玉忽然跟我说。

“那是当然，好男不跟女斗！”

“别和我争燕子好吗？我知道你也喜欢她。兄弟，其他的我都可以给你，命也可以！”宋玉忽然郑重地抓住我的肩膀。

“看在你当年为了保住我的大腿，屁股被揍成烂桃的份儿上！”我忍不住哈哈大笑起来。

“哈哈哈！”我铆足了劲头笑着，生怕宋玉听出我的尴尬，直到笑得喘不上气来。

离校之前，蒋一燕代表全校学生上台致辞，特别提到与我和宋玉两个最佳损友的伟大友谊。宋玉在台下暗地为我竖起了大拇指，冲我傻傻笑着。

我指指自己的屁股，拔出中指和他遥相呼应。

作为毕业礼物，蒋一燕送给我和宋玉一人一幅水彩画。

我的那幅上，画着九道弯胡同附近的白杨树和五色的月季花，蓝天下，飞翔着一只轻盈的燕子。

宋玉问我：“她给你画了几只燕子？”

我说：“一只啊。”

“给我画了两只，这是不是比翼齐飞的意思？”宋玉喜笑颜开。

“嗯！那恭喜你啦，哈哈哈！”

这次我笑得很开心，真的，仿佛在沉闷的大天里戳开一个豁亮的口子。

5

初中毕业后，我转学去了邻市的重点中学。蒋一燕继续留在本地。宋玉因为没考上高中，被他爸安排进了南京空军地勤的汽车连。我第一次感受了好爸爸的伟大力量。

这期间，只要宋玉回来，一定安排我和蒋一燕一起出去海搓。那时他已经攒下不少钱，每次都从南京带回各种鸭子身上的零件以及香辣可口的麻辣小龙虾。我们的伟大友谊顺利升级换代，从有难同当，到有福共享。

我没想过太多，也没想过将来，只觉得日子好像是放了葱姜蒜花椒大料以及王守义十三香的小龙虾一样，美味得不真实。可惜好时光总是溜得很快，转眼，就是各奔前程地匆匆散场。好在我和蒋一燕都考进了北京城的大学。到了周末，晃晃悠悠坐上十几站地铁，就能匆匆见上一面。

宋玉让我指天为誓，并约法三章：
第一，不能爱上蒋一燕；
第二，不能让蒋一燕爱上我；
第三，要时常出没在蒋一燕的周围，不能让其他男人有机可乘。

宋玉问："有难度吗？"
我说："So young，so simple，so naive！"
"说人话！"
"小意思！我这就去告诉蒋一燕，我其实是个gay!"
"你小子，虽然人㞞一点，可脑瓜是真好用！"

6

刚到北京的时候，我有意回避和蒋一燕见面。

有天我在学校食堂捡到一本《Out Serve》杂志，正好那周又约了蒋一燕来我的学校玩，我便用几件脏衣服卷着一坨手纸和那本杂志压在枕头下面。

蒋一燕到学校的时候，我推说在学生会有事，让她先去宿舍等我。半小时后，我风尘仆仆地跑回宿舍，看见蒋一燕坐在我的床边上，用手机上网玩。宿舍的衣架上，我的衣服已被她洗干净，正滴滴答答地淌着水滴。在心里，我迅速为自己默默地点了个赞，并顺道抽了自己两个耳光。

那天我送蒋一燕回学校，一路走了七站地铁的马路，说了几辈子没说完的话，却丝毫没有疲倦的感觉。轧马路的长短是检验真爱的唯一标准。我深谙此道，可是我有承诺在先，所以当蒋一燕装作无意地问起我有没有在追求女孩子时，我含含糊糊地回答她："其实，我喜欢男人多一点！"

蒋一燕起初一阵坏笑，前思后想，联系了我的回避、手纸和《Out Serve》杂志的一连串线索之后，恍然大悟地说道："妈呀！原来你和宋玉是一对，当了好几年的灯泡，竟然不知道！"

他娘的，太意外了！这完全不是我想让她得出的推论。

事到如此，我不得不说："宋玉不是gay，起码我知道他爱的不是我，而是你！"蒋一燕眨着细长的眼睛笑起来，她说："信息量好大，我的CPU不够用，你让我缓一缓！"

说罢，她的双颊红热。我忽然想起多年前，那个红霞满天飞的傍晚，她用眼泪把我铸成琥珀，自此我的灵魂一直凝在那个百转千回的黄昏。

7

虽然我不能确定蒋一燕从此便会相信我是gay的谎言，但我的态度起码表明：我真的对她不感冒。在我心里，她和宋玉已然成了比翼齐飞的一对。

我陆续买了几套运动装，颜色很齐整，都是深深浅浅的紫色。每次我去见蒋一燕，或者她过来，我都精心把自己装扮成一个长条茄子。我们沿着地铁线步行，一路迎来送往，谈人生，谈艺术，唯独不谈感情。

轧马路的长短是检验真爱的唯一标准，没有比这个更扯淡的了！

后来，宋玉和蒋一燕顺理成章地走到了一起，宋玉退伍后被他爸运作进了市政府，蒋一燕被准公公安排进了市文化馆。

毕业后，我背起行囊，跋山涉水，远走他乡。在上海一家代理进口变频器的公司里，我找到一份安装调试的工作。

宋玉和蒋一燕大婚，宋玉一天打十八个电话让我回去做伴郎，我推说买不到火车票，在电话里和宋玉大吵。

宋玉说：“你他妈要是把我当兄弟，把燕子当妹子，你就给我滚回来！”
我说：“买不到火车票，我可能会迟到一天或两天。”
宋玉说：“买不到火车票，你就坐飞机。再不行，你打辆车回来，我给你报销。”
我大吼：“谁要你报销，有钱就了不起吗？”
最后，我还是赶回去了！

婚礼正进行得如火如荼，新娘踮起脚尖，正准备接受新郎的香吻。我出现了，不合时宜地捧着一大束紫罗兰出现了。宋玉看到我，撇下闭着眼睛的燕子，径直从礼台上冲下来。他一把抱住我，把我箍得要死。我说：“你这个疯子！”
宋玉说：“你这个傻×！”

我的眼泪瞬时飙了出来。我已经两年没见过他们俩了，要不是顾及宋叔叔的面子，我和宋玉一定在台下互扇耳光来表达敬意！

宋玉在我的脖子上狠狠地亲了一口，我噙着眼泪给蒋一燕献花，故作镇定地说：“你老公亲我那是他的问题，不代表我爱着他哟！”
蒋一燕只是淡淡地说：“来了就好，来了就好！”

隔天后，宋玉和燕子送我返回上海。在车站，宋玉偷偷问我："为什么手上那么多疤痕？"

我说是试验失误的时候，电流击穿烫的。"公司是计件的，我多调试几台，就多赚一点儿！"

宋玉问："你要不要这么拼命啊？"

我不知哪儿来的火气，反诘说："我和你不一样，除了性命，没有其他的和人拼。我所说的拼命，只是不顾一切地活着！"

宋玉郑重地说："你回来吧！我和我老爸谈过了，他可以把你安排进质检局。"

我说："我拼得很好，很开心，犯不上什么事都去请如来佛祖。"

"你有种！"宋玉一拳凿在我的左肩，恶狠狠地说。

8

在上海的生活并不容易，物价高，房价高，一个月根本攒不下什么钱。后来我辗转来到了宁波，做着一份登高作业的弱电调控工作。

一年后，我认识了一个武汉女孩，她叫吴茵茵，我们的感情发展得很顺利。又过了大半年，我带吴茵茵返回老家成亲。

宋玉开着他的新路虎来给我做婚车，蒋一燕抛下吃奶的孩子，亲手来给吴茵茵化妆。

新婚的那天夜里，吴茵茵忽然很警觉地问我，蒋一燕是不是从前喜欢过我？

女人的直觉有时敏感得吓人，我问小茵，怎么判断的？

小茵说："挑头花的时候，我想选粉的，她却说你一直都中意紫色。这么细节的问题都记在心里，你们一定有鬼。"

我笑笑说："那只是一个操蛋的误会。燕子初中毕业时送我和宋玉每人一幅水彩，那时候人家就决定比翼双飞，而让我自立门户，独上青天啦。"

在宁波，我时常爬上高耸的塔机操纵设备。象山港跨海大桥建造那会儿，我每天要徒手爬上二百四十米高的主桥墩塔吊，补贴很高，日子过得逐渐殷实起来。我时常望着空旷辽远的海面思念故乡，想起宋玉和燕子，想起九道弯的白杨树和西瓜虫。

两年后，大桥造好，我联系了同学才知道，宋玉他家出事了。

他爸因为经济问题被批捕，牵连出宋玉就业的违纪问题。家里为了减轻量刑拼命往外掏钱，宋玉也已经离职半年了。

我见到宋玉的时候，他正在卡车货场准备装货跑长途，人黑瘦，脸上透着一股倔强的精气。

我说："有我能帮上忙的，一定告诉我！"

宋玉说："没什么，能扛得住！"

我说："别那么拼命，身体最重要！"

宋玉冷笑一声："拿命去拼，是因为没别的可拼，这不是你说的吗？谁不是不顾一切地活着！"

我茫然无措，只好选择默默离开。其实我很想对他说："你也有种，一定要好好活着！"

9

人生就是这样，苦难就像九道弯的胡同里随时跳出来的小混混一样，有时一个耳光接着一个耳光地抽你，有时忽然一脚把你踹在地上。

八月，台风"海葵"在宁波登陆，我被困在栎社机场的候机厅，已经过了十一点钟，延误的航班却还是没有丝毫消息。我在手机通讯录里不断地翻看着宋玉的名字，仿佛手指轻点一下，就能联通到他的世界。

就在几个小时前，我接到了燕子的电话。她告诉我宋玉出事了。

机场外，风很大，大雨瓢泼而下，而我始终没有拨出号码。

我赶回老家时，宋玉已经被安排下葬。人生匆匆，我竟赶不上见他最后一面。据说那段日子，宋玉为了多赚点儿钱，经常连夜赶路。出事的那一天，他的车子坏在了高速公路上，虽然他支起了三脚架，可惜那晚的能见度太差，后面的卡车发现路障时已经来不及反应，直接将他撞在前面卡车的翻斗上。

亲朋散尽，在宋玉老家的最后一个下午，我和蒋一燕一起整理着他的遗物。我在书架上发现了一幅被压得很平整的油彩画。画上有高大的白杨树和五色的月季花，蓝天下，并排飞翔着三只小燕子，手拉手一般，围成一个半圆。

吴茵茵在傍晚打来电话，问我几时可以回去。

蒋一燕倚在窗边，淡淡地说："回吧，我会坚强的。"

我恍然想起来，在多年前的那个黄昏，在那个被拉长的美丽的背影后，蒋一燕忽然在家门前转过身来，她破涕而笑，用婉转的声音说道："我很好，谢谢你们！"

九道弯的胡同虽然很长，而我们终究走了出来。

马叛

不上学的书痴，不上班的工作狂。出版有《陪伴是最长情的告白》等十七部作品。

@ 天涯蝴蝶浪子

深埋心底的名字

1

和朋友相约在五道口见面，因为到得过早，就找了家咖啡店等待。进店之后听到满耳的韩语，才想起这里是韩国人聚居地。我外语水平太差，找了个座位坐下之后，莫名地有种置身国外的感觉。

本打算喝点热饮，接着读小说，因为环境嘈杂，只好听歌。结果刚把耳机从包里掏出来，就听到隔壁桌的男生用不太标准的河南话对他面前的女生问了句："恁着不着寺上坠美类仨字四啥？（你知不知道世上最美的三个字是什么？）"

可能男生把我也当做韩国人了，或者是怕环境太吵女生听不见他的话，总之他没有压低声音。这句话传入我的耳朵之后，我不由自主地就停下了戴耳机的手。在这种地方遇上河南老乡太难得了，更难得的是对方貌似还是一个挺文艺的河南老乡。

"缩这弄啥类？阵儿四公共场活，恁注意点儿形象中不中？（说这个干什么？这儿是公共场合，你注意点形象好不好？）"女生竟然也是一口的河南口音，更进一步说，应该是河南焦作口音。

"恁缩缩四四，肯定不四恁想类那样。（你说说试试，肯定不是你想的那样。）"
"白诓俺了，木妞旁类答案。（别骗我了，没有别的答案。）"
"缩缩嘛。（说说嘛。）"

“肯定揍四‘俺爱恁’啊。恁这鳖孙，揍四想诓俺缩这仨字！（肯定就是“我爱你”啊。你这混蛋，就是想骗我说这三个字！）”
“错类，寺上坠美类仨字，四恁类苗儿。（错了，世上最美的三个字，是你的名字。）”

因为这句“错类，寺上坠美类仨字，四恁类苗儿”，我不小心把咖啡喷到了桌子上，引起了他们的注意。为避免尴尬，我只好戴上耳机，假装一直沉浸在自己的世界里，没有听到过他们说什么。

耳机里循环的一直是那首周杰伦的《烟花易冷》，听着悲伤的歌，我被老乡逗乐的心情渐渐平复下来。

仔细想想，他还是蛮有智慧的一个男生。因为最初我也以为他要说世上最美的三个字是“我爱你”，就算独特点，也不过是“在一起”，怎么也没想到，他说的竟会是女生的名字。

这时候周杰伦唱到了那句“我听闻，你始终一个人”，本是听惯了的歌词，在这样的情景下，突然让我心头一颤，那三个久违的字，竟有从内心深处萌发出来的势头。

这些年我刻意不去听一些歌，刻意避开一些食物，我以为面具已经长在了我脸上，我以为我已经可以自如地控制内心了，却没想到老乡的几句话，竟又给了那三个字生机。

曾几何时，这三个字对我来说也是世界上最美的三个字。我不止一次，在坐火车的时候，往被雾水打湿的车窗上写这三个字——陈蓉嫣。

2

科学研究表明，鱼的记忆非常短暂，通常只有几秒。所以那些待在狭小鱼缸里的鱼儿不会觉得烦闷无聊，因为每隔几秒，它刚刚游过的地方就会变成全新的世界。

但也有另一种说法，说鱼的记忆是选择性的，把两条大小不等的鱼放在同一个鱼缸里，只要大鱼攻击了小鱼，那么无论过多久，小鱼只要看到大鱼，就会远远地避开。

它或许记不住平凡，记不住美好，但永远记得伤害。

3

因为不愿回想曾经遭遇的那些伤害，所以每次想起她的时候，我都会立刻去做一些转移注意力的事，这次也不例外。我掏出手机给朋友打电话，问他到哪里了，他说堵在六里桥了，说不准什么时候能到。

我赶紧拨另外一个朋友的电话，想跟他聊一些工作上的事，结果他说他正要给我打电话，他刚给我打了一百万，是我最近一年给他写剧本的报酬，已经扣了税……

听到他说一百万，一下子，我整个人就像被电击中了，麻木了好久才回过神来，结果他已经挂了电话。

倒不是说这笔钱的数额把我吓到了，而是我本想借助他来帮我转移注意力的，结果他一句话把我送到了六年前。

六年前，陈蓉嫣问我："你有没有一百万？如果有，我就嫁给你。"

4

陈蓉嫣不是一个爱钱的人，这我一早就知道。刚跟我在一起的时候，她陪我买无座的票挤绿皮火车，一挤就是二十个小时；陪我睡最廉价的旅馆，半夜虫子能爬到她脸上；陪我吃最难下咽的饭菜，一不小心被米饭里的石子磕掉半颗牙。

但她从来不抱怨，还笑嘻嘻地跟我说："这些都不算什么，我以前过的日子比这苦多了。"

直到她父亲去世时，她才跟我讲了一些她过去的事情。七岁时父母离异，她被父亲从丽江外婆家接到鹰潭奶奶家，这些我很早就知道了。她一直没说的是，外婆知道她要走的时候，缝制了满满一箱子衣服给她，还有很多银饰。结果这些衣服和饰品一到奶奶家就被堂姐抢走了。她抢不过就大哭。过去她一哭，外婆就会拿糖油粑粑来哄她。结果在奶奶家，她的哭声招不来任何同情，父亲只知道喝酒，奶奶耳聋眼花像个木头人。

七岁之后，她就再也没哭过。堂姐把鱼汤从她头顶倒下的时候她还笑了，觉得命运待她不薄，因为老师说，天将降大任于是人也，必先苦其心志劳其筋骨饿其体肤……

同学把黑色墨水泼到她脸上的时候，她还舔了舔，觉得味道不错。王羲之练字的时候，拿馍蘸墨吃，陈毅也曾因为看书看得太认真而用馒头蘸墨。陈蓉嫣那时候热爱写作，她幻想自己有一天疯狂码字的时候不小心用糖油粑粑蘸墨吃，等她功成名就了，这又是一段励志的佳话。

外婆去世的时候，她也没哭。她只是觉得遗憾，外婆曾经答应给她缝制嫁衣的，结果她长得太慢了，还没有长到可以出嫁的年龄，外婆就去世了。

外婆管陈蓉嫣叫蓉儿，我也管她叫蓉儿。她曾经说，世界上就只有两个人这么称呼她。连她爸爸和奶奶，都只是叫她嫣嫣。

蓉儿跟我在一起前后加起来刚好三年，从十八岁到二十一岁，可以说是一个女孩子最灿烂的年华。遗憾的是，她遇到我的时候，我刚好处在玩世不恭的年纪，每天只知道四处旅行，赚的钱常常不够一个人花，有了她之后，就只能啃老了。

所以那三年，回忆起来很美好，但经历的时候，还是经常会有争吵。

她不想成为我的负担，她觉得我们应该一起去赚一些钱维持基本的生活，不能一没钱就去问父母要，她觉得我们已经长大了，再指望着父母不好。

她梦想回到丽江老家，开一家客栈，养一条大汪和一只小喵。她知道这需要很多钱，所以她疯狂写作，拼命投稿。

我劝她不要着急，生活是用来慢慢享受的，没必要前半生拿健康去换钱，后半生再拿钱去换健康，一切顺其自然就好。

蓉儿见我没用，也不逼我，只是自己一个人暗自打拼。有句话说，每一个成功的男人背后都有一个默默付出的女人。换到我的过去，那就是每一个拼命赚钱的女人背后都有一个不争气的男人。

我记得我们在一起的第三年，是在苏州一个叫木渎的古镇上。朋友给我租了一间靠河的房子，我每天就坐在窗边看河面上来往的船只。
蓉儿见写作来钱太慢，就去玩具厂找了份工作，每天组装玩具到深夜。回来还要给我做饭，洗衣服。而我只会亲吻她，只会在嘴上说我爱她。

记得她最后给我做的一顿饭是汤圆和蒜苗炒肉，家里的食材用光了，她拼尽全力让我尽量不挨饿。那时候我怎么也想不到那会是我吃到的她做的最后一顿饭，还嫌她把蒜苗炒肉做咸了，只吃了汤圆。

第二天一早，她接到堂姐的电话，父亲病逝，她必须赶回去。而我前几天已经答应了厦门的朋友，他们已经给我订好了机票，我以此为理由，没有陪蓉儿回家。

等我在厦门疯狂地玩了两个月后，突然意识到蓉儿很久都没有给我打电话了，我打过去，她也总是说在忙工作，让我照顾好自己之类的话。

我当时没放在心上，那时候太多女孩围绕在我周围，我一点也不担心会失去蓉儿，从来都是她担心失去我。所以在得知她回家参加完父亲的葬礼就开始相亲之后，我心里不但没有愧疚，反而满满的都是愤怒。

我在电话里用全世界最难听的话诅咒她，她只是冷笑，不回应也不辩解。这让我更生气了，挂了电话之后我告诉了我所有的朋友：她背叛了我。她朋友很少，认识我之后，才有了那么几个聊得来的伙伴。因为我的一番污蔑，她再次成了孤家寡人。不过她仿佛从来也没有因为朋友少而伤心。那次电话争吵之后，她就彻底从我生活的圈子里消失了，没有人知道她去了哪里。我有时候想起她，心里虽然不好受，却还是赌着一口气不愿意认输，我以为，她总会主动联系我的。

一晃就过了半年。半年后有个朋友跟我说，陈蓉嫣结婚了，通知她去参加婚礼，问我去不去。我嘴上说不去，心里却非常想知道她选了个什么样的人。

毕竟半年过去了，气性早过了，我开始后悔自己当初做得有些绝情。一听说她背着我去相亲，首先想的不是挽留她，而是火上浇油地指责她，这让本来就对我很失望的她彻底绝望了。而我呢，还在痛骂了她一通之后拉黑了她所有的联系方式。

5

陈蓉嫣邀请的那个朋友，很清楚我的为人，也知道我们经历的那些事情。所以到了婚礼现场之后，她找了个机会，让陈蓉嫣单独给我打了个电话。

在电话里，陈蓉嫣一改半年前的冷漠和执拗，七岁以后就再也没哭过的她，仿佛大哭了一场，嗓子都是沙哑的。

她问我："你有一百万吗？如果有，我就嫁给你。你用这笔钱，给我办一场婚礼，越气派越好，派足够多的车队来迎亲，婚宴现场要豪华到让人尖叫。只要你把一百万全用在这场婚礼上，嫁给你之后你让我做什么都行。我没有别的要求，我就是想当着堂姐的面把自己风风光光地嫁出去，我……"

她说得语无伦次，到最后终于泣不成声。不消说，在家的这段时间，她堂姐一定是给了她更大的伤害，压抑多年的伤痛终于爆发，即便我没那么混账，这时候的她也不可能做到像以前那样待我了。因为她很清楚，以我一直以来荒唐的性格，哪里有一百万？和我在一起的三年，我口袋里常常连一百块都没有。

我想说对不起，结果出口却是一些祝福的话语，虚伪到连我自己都觉得恶心。到后来不知道是谁来找新娘子，蓉儿挂电话前，竟跟我说了句对不起。

但她又有什么对不起我的呢？我自私了那么久，她现在想为自己活一次，我又有什么理由指责她呢？多少人活一辈子，不就是为了争口气吗？

蓉儿结婚后，我在颓废中通过博客关注着她的生活，看她去巴厘岛度蜜月，看她回鹰潭，看她去杭州找工作，看她到成都生活，看她养了两只雪白的小兔子。有人在她博客留言，问曾经喜欢小猫小狗的她，怎么养起了兔子。以往有评论必回复的她，竟一直没有回答。

但答案我是知道的，因为我曾经对她说：“过去我不喜欢猪，因为你的生肖是猪，现在我觉得猪也蛮可爱的。”而她立刻反击我说：“我过去也不喜欢兔子，因为你属兔，以后我要养两只兔子，天天揪它们的耳朵玩！”

这本是无厘头又无聊的拌嘴，在时过境迁之后回忆起来，竟觉得有一些甜蜜。但苦涩总是比甜蜜多的，她博客的内容更多地是写她安稳的生活。

我渐渐发现，没有我，她也可以过得很幸福。而这种幸福，让我很嫉妒。我知道如果我继续沉浸在这种嫉妒的情绪里，余生可能都要荒废了。于是我开始刻意地控制刷新她博客的次数，从一日三次到三日一次。

失去后才知道珍惜的感觉让我觉得自己很贱，当意识到我远没有自己想象的那么骄傲无敌之后，一夜之间，我就从自私任性的孩童期走了出来。过去不修边幅的我开始注重仪表，讨厌虚伪应酬的我开始主动参加一些可以积累人脉的社交活动。

我接了很多写剧本的活儿，从最简单的网络剧写到电视剧和电影，从一集三千写到一集五万。我终于发现，钱原来没有我想象的那么难挣，更没有那么讨厌。只要我努力去奋斗，别人有的我都可以有。周围的朋友都说我是浪子回头金不换，只有我自己清楚，回头不回头对我来说不重要，我只是不想过过去的那种随心所欲、浪荡不羁的生活了。那种人生看上去很美，但总是要以牺牲身边的人为代价。

在积攒了一些钱之后，我做过一些她婚姻不幸，需要我去拯救的梦，也在现实生活中看到过一些利用砸钱制造舆论来报复前女友的真实事件。

然而，她生活安稳，不需要我拯救，我当然也不会报复她。我们的生活就此变成了不会相交的平行线，我觉得非常遗憾。遗憾我在拥有她的时候没有钱，拥有钱的时候没有她。遗憾她陪在我身边的时候我只是在口头上爱她。而由这份遗憾产生的不甘，让我在攒够七十万后去了丽江，那是她跟我在一起时最想让我带她去的地方。

我在丽江接手了一个小客栈，养了一条大汪和一只小喵，小喵取名蓉儿，大汪取名呆子。蓉儿跟我在一起的时候，就喜欢捏着我的脸叫我呆子。

虽然可以把剧本写好，但在经营方面，我的确是个呆子。客栈只开了半年，我就蹈了文艺青年开店十有九死的覆辙。大汪在我把客栈转出去不久后因病去世，小喵跟着我走了两个城市，最终还是被我送了人。

我离开丽江，陆续去鹰潭、杭州、成都等蓉儿博客里经常写到的城市生活了几年。跟她共同生活在一个城市的时候，我每天都在盼望着我们在街上重逢，我想跟她说说话，或者什么也不说，能看上一眼也好。这本是她在我身边时最稀松平常的事，分开后都成了奢望。

我在人群中错认过几次，终究是再也没有见过她。城市太大人太多固然是原因之一，更大的缘故，是她生活得很好，我没有勇气去打扰。她的博客也在我离开成都后停止了更新，最后一篇日志写的是她要移民澳洲。

我知道她并不是为了躲避我，是崭新而又不同的生活轨迹让我们渐行渐远。几年的打拼和漂泊，我也渐渐把感情的事情看淡了。

只是“陈蓉嫣”三个字，仍旧是一个咒语，可以一秒钟让我从谈笑风生变得沉默不语。我可以不去想，不让人提，却始终无法爱上新的人。

有时候喝醉了，我会忍不住问朋友，为什么对的人总是在错的时候遇到？如果再迟几年，等到我成熟的时候再遇到她，也许人生就不会有那么多遗憾，就不会这样悲凉了。

朋友说，如果不是遇到她，你可能一辈子都不会成熟。所以不存在对的时候或者错的时候，无论什么时候，只要遇见了，就是对的时候。不要为自己当初没有好好把握找借口。

也不要觉得你在这场爱情里受到了伤害。伤害越大，收获越多。

6

回过神来的时候，周杰伦又唱到了那句："我听闻，你始终一个人。"邻桌的河南情侣不知道什么时候已经走了，朋友发来消息，还堵在路上。

环顾四周，众人仍旧在用我听不懂的话语谈笑着。我突然意识到，在这生活着数十亿人的花花世界里，一个人的悲喜，又算得了什么呢?

未来的人生还很长，"陈蓉嫣"这三个字，我既然忘不掉，就只能深埋心底。就像多年前被堂姐抢了衣服和银饰，大哭许久却始终不见外婆拿糖油粑粑来哄的她。在不爱你的人面前，伤心哭泣是多余的，除非你能把眼泪凝结成面具，并且决定接下来的一生都不摘下它。

只是不管把名字埋得多深，面具戴得多厚，总是会有一些熟悉的瞬间、熟悉的味道让厚厚的防护层产生裂痕。忘不掉的终究是忘不掉，改变不了的永远也改变不了。纵然发达的通讯和便捷的交通已经把地球变成了一个村子，有些人一旦错过了，仍旧是一辈子。

王若虚

小说家，活好。@王若虚 1104

追我女朋友的那家伙！

首先，我的确有个女朋友，是真人，不是橡胶制品。

每天早上八点左右，我女朋友的手机总是准时响起一条微信，但她从不急着看，我起初也没在意。直到有一天，无意中瞥了一眼女友的手机屏幕，发现有个微信对话框里满满都是白色的气泡，文字内容千篇一律：

“早上好啊，姑娘！”

要么就是“早安！姑娘！”

发送的时间都是早上八点，但女友都没回复那个人。

“这人谁啊？”

“学校里一个追我的男生。”女朋友说得云淡风轻，“老给我发早安。”

“每天早上？”

“对啊。”

“你也不回？”

“对啊，回他干吗呢？”她朝我笑笑，笑容参考QQ黄脸表情左上角第一个。

我只好“唔”了一声，表示不由衷的赞同。

反正又是个追我女朋友的SB家伙。

我是在一个朋友组织的聚会上认识了现在的女友。

她比我小五岁，还在念大学，专业全称我从来没背对过。这不代表我不爱她，因为我熟知她的身高体重三围生辰八字喜欢的颜色忌口的食物过敏的动物和她最常用的卫生巾品牌，不仅如此，当她要求不对外公开我们恋情的时候，我也默默地同意了。

微博上我们都是悄悄地互相关注。
女朋友如此低调的理由是，她爸妈不想让女儿那么早谈恋爱，所以得瞒着他们，尽管她一个礼拜有三个晚上会睡在我这里。
面对这么一个漂亮的姑娘，谁能拒绝她的要求呢？
女朋友说我是个叫人省心的男人，大概是算夸我吧。
于是在很多人眼里，这个优秀到能主持校庆晚会的姑娘一直单身着，就像一车侧翻在公路上的火龙果，让人不禁跃跃欲试。

当你知道有个家伙在追自己女朋友的时候，绝大多数男人内心的第一反应会是成就感和醋意混杂在一起，两者几乎不分上下。可为了显示自己的度量和胸怀，男人们往往要哈哈大笑一下，好像是面对着一个手下败将，不足挂齿。不过，女友只要稍微显露出对某位追求者的不胜其扰，男友就会立刻跟听到号角召唤的猎犬一样，牙齿一龇，背毛根根竖起，脑子里已经想好了一万种方法去削那人一顿，以凸显出自己的正牌地位。

但我不是这种人。我要上班，要应酬，要看球，精力有限，没时间跟警犬似的围绕在女友身边东嗅西闻，最后捞不着好，还被嫌度量狭小。
我相信感情这东西，勉强不来，是你的总是你的，不是你的终归不是你的——假如你也月薪过万，有房无贷的话。

总之，我和她谈了快一年，几乎习惯了她每个追求者的各种表白方式。

有拿着单反号称专拍私房照的“摄影师”们，有半路拦住要号码的，有在她人人网相册每张照片里都要点赞留言的“留言党”们——人人网没落之后他们就跟着女神移师微博。

还有个家伙每晚往她支付宝里打一百块钱，再捎一句天知道哪个加V暖男微博里摘来的隐晦约炮语录。无奈那哥们家底太薄，打了俩礼拜后就可耻地销声匿迹了。女友莫名其妙净赚一千多，连那个家伙的名字都没印象。

最初，对于那些追求者，我也曾经真诚地好奇过，追问女友他们的底细，如何认识的，长什么样（有没有我帅），多高（有没有我高）之类。结果发现不少“私拍大师”都是省吃俭用坑爹骗娘地买了个单反，成天梦想着拍个胸大无脑的裸妞顺便打一炮；大多数留言党用crtl + c和ctrl + v也在给其他女神留言；拦路搭讪的实在应该给华尔街英语和天价发廊打工；而暖男们，他们的诚挚廉价得像超市里的热水袋。

但这个发早安的男生不一般，女友说他已经连着发了两个月。

我立刻给他起了代号——早安少男组组长，然后归类到留言党里去了。

两个星期后的一天，女友不在身边，我一时无聊，忽发奇想，在手机微博上搜索早安组长的微信昵称，还真搜到了。组长也是个懒人，微博微信用同一个头像。让我来看看你是什么货色吧，我想。

翻路人的微博往往毫无乐趣，翻现任的前任、前任的现任，或者现任的追求者，那可就是一种全世界都喜闻乐见的益智游戏啦。

可是组长的第一条微博，我就吐槽不起来，那是作为国米球迷理所应当、发自肺腑地调侃尤文图斯队的原创长微博。

我作为资深国粉，花了五分钟看完，十分感动，差点就去点了赞。幸好想起自己是来干吗的，及时住了手，同时不禁悲哀地想起自己的女朋友。这娘们儿，说足球就只知道梅西，说篮球就知道科比，说隔离霜能给你写本百科全书，世界杯时却号称自己是铁杆球迷。

再往下翻，我知道了2015年有哪些牛逼的电影续集要上映，赞是没点，但保存了图片。
接下去的十分钟里，我得知自己最喜欢的某个明星居然已经挂了，于是去转了原微博，然后又下载了组长分享的三首歌，发现了两个我以前只记得住脸但不知道名字的女优，还记下了一家物美价廉吃羊蝎子的店的位置，和一款新游戏的上架时间……
从敌营满载而归。
当我留意到组长的微博客户端显示的手机是鬼知道什么的二流牌子时，对他就更恨不起来了。

我悄悄关注了组长，以后会常来玩儿……

可能同时出于负罪感和警惕心，我又跑到女友的微博里逛了一圈，还是那些个代购信息、护肤品牌抽奖活动、“真爱你的男人不会做的10件事”、“聪明女人不会做的6件蠢事”、闺蜜晒化妆品的照片、“让你减掉20斤体重的食谱”，还有看上去都差不多的明星的照片……
每次看到女友的微博，我都蛋疼到丧失了和她上床的动力，所以轻易不敢直视。

当然她微博里最多的还是励志语录，“做最好的自己”之类，并配上自己的照片，那种看似随手一拍就美得冒泡的“生活照”、“旅行照”，每一张的背后都是几十张废片和长时间的修图。有点赞党在照片下面评论“好美呀”，“这是谁拍的呀”之类，她的回答不是高中同学就是闺蜜，还真有傻蛋选择了相信。
有时候我也自我反省，是不是自己直男癌过重，为什么女朋友既没被外星人附体，也没人格分裂，可追求她时和追到她后，感觉判若两人？到底是她在追到之后变了，还是我在追到之后变了？这是庄周梦蝶的哲学命题。
那个老土的问题，“你喜欢我什么呀”，我们之间也问过，就在恋爱的第一个月，迂腐得像全世界的弱智问答那样——“你愿意娶×××为妻吗？”“请确认您是否年满十八岁？”

我忘了当时是怎么回答女友的，反正是既没创意又很保险的答案。我当时反问了她一句："你有那么多追求者，那你看上我哪一点啊？"
"你幽默啊，也有品位。"
我一点也不觉得自己幽默，就像我从来都没能惟妙惟肖地转述网上看来的段子。至于品位，逛完早安组长的微博，我发现我和他口味基本一致，除了在"郭碧婷和景甜谁演技更好"这个问题上我有不同看法。
我倒是越来越好奇组长的长相了。此人从来不贴自己的照片，这本身已经说明了一些微妙的问题。

于是我更想看了。
靠着吐槽尤文图斯的留言，我和组长在微博上终于亲人得以相认，他还关注了我。好在我的微博毫无破绽，女友从不要求我转她的博文。她更不会关注组长的微博，也不在意组长关注了谁——他不过是她三千多粉丝里的一块不起眼的背景板，若干个不要钱的人肉留言机器人之一。

通过几天的留言和私聊，我很快骗取了组长的信任，加了QQ。客观公正地说，组长才是一个风趣幽默的家伙，虽说他的段子有一半儿童不宜。他做梦也想不到自己早上八点钟发微信的人和晚上八点钟发QQ的人经常睡在一张床上，干些少儿不宜的事。
组长在某个周末想拉我去他们学校打篮球，我纠结了一下，觉得反正闲着也是闲着，大学毕业后很久没打球，有些技痒，就去了。
然后就被明显比我帅一点点的组长虐惨了。

与此同时，拿着我信用卡和闺蜜去市中心购物的女朋友也没闲着，每过半小时我都能收到一条消费短信提示。
三杀吐血。
打完球，我湿润着眼眶和他们几个学生去撸串吹啤酒，酒酣耳热，开始聊起女人，就像女生撸完化妆品和明星八卦后开聊身边的男人。我冒充已婚人士，随口胡诌了一段和老婆在大学里恋爱的情史。然后我还要假装诧异于他每天早上八点给我女朋友发微信的执着，并试探说：“你就只发她一个人吗？”
组长一脸呆萌：“我只喜欢她一个呀。”
我的下一个问题会让女友吐血三升：“你喜欢她什么呢？”
组长说：“我给你看她照片，你就知道了。”
于是我从他手机里看到了我自己的摄影作品。
“是不是惊为天人？”
我点点头，埋头喝酒：“兄弟好眼光……”
“但我很怀疑她是不是已经有男朋友了。”
我一口啤酒差点喷出来。
“你干吗不直接表白呢？表白了就知道了。”
组长充满自信地说道：“不管她有没有男友，都会回绝我的，我知道自己的水平。”
我无言以对。

那天晚上空啤酒瓶子堆了一地，组长坚持他来买单，我当时已经喝高，双脚发软，舌头打卷，阻止无能。但在去打车的路上我还是第八次搂着组长的脖子向他追忆似水年华，想当年老子连续一百天跟踪暗恋的中学女同学骑车回家，直到她爹买了私家车。另一个暗恋的女生，体育课有她在场边时我打球格外卖力，卖力到折了手臂，戒撸三个月。
如今她们都已结婚生子，微博上文字洋溢着幸福，照片预示着发福，我已取消了关注。
回到家，女朋友问我今天跑哪里去了，晚饭时打我电话都打不通。我说和大学同学聚会去了，手机没电，sorry。
她还是用QQ左上角表情“哦”了一声，还给我一张刷爆了的卡，转身进了浴室。
我给手机充上电，开机，除了若干刷卡短信，还有组长“大哥是否平安到家”的短信。
我或许该找个男朋友了，呵呵。

之后两个星期，工作越来越忙，周末也没空打篮球，就是和组长单纯在QQ上聊天，忙里偷闲一起下注赌个小球什么的。

有天早上忽然想起来，我问女友：“那个人还每天发早安吗？”女朋友说大概三天前开始不再发了，大概是放弃了吧。
我默然掐指一算，也差不多有四个月了，不容易，精神可嘉。
以后应该也没和组长接触的必要了吧?
正想着，手机QQ忽然传来组长的喜讯：“大哥，女神答应跟我出去看电影了！”
What？！我听着卫生间里传出的女友洗漱的声音，再盯着手机屏幕愣了半天。
“你确定就是上次给我看照片的那个？”
“对啊！我前几天刚开始不向她问早安，她昨晚忽然就理我了。”
我想起昨天晚上从浴室出来，正好瞥见女朋友把我手机放回床头柜上，她号称是我刚才没放好，掉到地上了。谈了快一年，我们从来不去翻对方手机。这次真是破天荒。但我微博跟QQ都是用小号和组长联系，平时不登录，短信也及时删除。
最近工作忙没时间陪她，结果怀疑我劈腿?
那和组长出去看电影是什么鬼!
组长在QQ里激动地咨询我：“大哥，我该穿什么风格的衣服才会让她觉得有品位？”
我心想，应该是用几百张信用卡拼接成的武士铠甲吧。
在女友洗漱完出来之前，我犹豫再三，还是给一个朋友打了个电话。
对不起，组长。

第三天中午，组长万分沮丧地给我打电话——女神忽然爽约了，说晚上有事，改天再看电影，具体哪天，到时候再说吧。
我安慰他讲：“啥都别说了，晚上一起喝酒，我请。”
失恋的人喝酒一般都是奔着把自己灌倒的目的去的，结果当然是我才喝了两瓶，组长已经烂醉如泥，喝到了地上。
但我没打电话叫组长的室友把他接回去，而是去学校附近的情人旅馆开了个房，只用了他一个人的身份证。然后打电话给在学校里的女朋友，给了她房间号，说要给她一个惊喜。
昨天我已经给了她一个惊喜——卡地亚的手镯。女友一定十分感动，顺带着放了组长的鸽子。就在今天中午组长哭丧着给我打电话之前，她还给我发了个微信，说不如到了大三我们就结婚吧。我回了个“好”，外加QQ左上角微笑表情。
手镯是假的，我找一个神通广大的朋友花几百块钱买的。
现在，我给不省人事的组长盖好被子，安静地坐等女朋友来敲门。

到了明天，早安组长一觉醒来，头疼欲裂之后肯定还要纳闷，为什么我的手机会屏蔽他，微博不再更新，QQ不再亮起，而他的女神可能已经360度全方位无死角地拉黑了他。
只有床头柜上的一张纸条会给他些许提示，那上面写着：

早上好，追我女朋友的家伙。
我要代替我女朋友告诉你，你是个很好的人，而我们都不配亲口告诉你。
谁年轻时都会犯下单纯刷脸的错误，尤其是我们男人。
我年少时也曾经给自己追求过的女孩子每晚发晚安，不管她看不看。
后来发现，所有的表白其实是发给自己看，给自己一个交代。
我们选择相信那个人是美好的，我们愿意相信那个人是美好的——其实这个时候的我们自己，才是最美好的。但我们总是错把自己放到尘埃里，看低了自己。

祝你漫长的今后，不会重蹈我的覆辙。
祝你每夜安眠，得偿所愿。
祝你寂寥时有酒相伴，欢愉时不忘彼岸。
好运，追我前女友的家伙！

陈麒凌

也教书，也写小说，有短篇集《一念，半生》《你是我久等的归人》，长篇小说《回首又见他》。@陈麒凌

猪肠碌你吃过没

大一新生自我介绍，柯义敏说："我来自广东阳江，太阳的阳，江海的江。"声音略微高昂了些，抑扬顿挫，有点诗朗诵的感觉。后面那个女生接着来，也好像诗朗诵地说："我来自黑龙江黑河，黑灯瞎火的黑，河东狮吼的河。"大家笑，他也笑，回头看那女生，睁着两只黑眼睛，有点无辜又有点惊讶，一副"这有什么呀"的神情。后来再回头看，她低下眉眼，抿着两点酒窝，到底还是笑了下。那就是卢梅。

他去图书馆看中国地图，一路向北找黑河，果然北，北到和俄罗斯仅差750米；又一路往南找自己的阳江，手指头划过淡蓝色的纬度线，穿越密密挤挤的山脉河流城市，落在南海边上渺小的一点，差不多跨了三十个纬度，比例尺估测四千多公里。他在心里轻轻地"哇"了一声。

"太远了。"卢梅说，从大一说到大四，真诚地替他着急，"你别对我太好，浪费。我跟你说我是委培生，毕业后肯定得回去。我爸不在了，我妈一身病全得靠我呢，我就是我们家的天。"

他没见过雪，来上海念书这两年，最多几次雨夹雪，那不算。他喜欢那种银装素裹的大雪，天地一白，屋内炉火红红，温一瓶酒，翻一本书，对面坐着心爱的姑娘。他没去过真正的北方，从小在亚热带的阳光海浪中长大，对异质的风光总有些好奇和向往。他以为生命里得有些凛冽、严寒、粗犷，才算是历练，以后去东北生活也挺好。现实的问题也考虑过，爸妈的身体还行，姐姐嫁得不远，照应起来还方便。家里人不怎么管他，老爸总说“仔大仔世界，男儿闯四方”，他想他这边没问题。

其实呢，去哪里都不重要，重要的是她在哪里。

他对卢梅说：“我可以去东北。”

卢梅笑着说：“你去东北干啥呀？你知道那边多冷吗？冬天早上在江边一站有 50 摄氏度，零下的，冻死你吧。你肯定受不了的。你去东北干啥呀！”

“我去东北干啥？”他有点生气了，“谁不想跟喜欢的人在一起啊！”

“太远了。”

“什么叫远！”他心潮涌动着，也不知怎么就说出一大篇话来，“如果我在地球你在仙女座大星云；如果我在 2046 你在魏晋南北朝；如果我是企鹅你是骆驼，如果我是蝉你是冬虫夏草；如果我是马路对面骑自行车的那个胖老头，你隔着条马路，却这辈子都不会往那边看一眼——那才叫远，那才可以算太远！”

卢梅就不笑了，说：“我怕你会后悔。我承认我挺自私的，将来有啥你别怨我，我受不住怨。”

他问：“那你到底是什么意思啊？”

卢梅说：“滚犊子，我要是对你没意思还跟你废话干啥啊？”

事情还算顺利，年后他就签了黑河热电厂，和卢梅一个单位。签了之后才对家里说，打电话说的，晚上看电视的时间。是老妈接的电话，电视的音响很嘈杂，他不得不提高了声音。老妈有点紧张，说："你等等，我叫你爸来听。"然后是小跑步的踢踏声，扯着脖子叫"老柯老柯"，电视也关了，那一瞬好静寂。他又把话对老爸说了一遍，老爸持重地嗯着，可以想象老花镜落到了他鼻梁上，边听边点头的样子。老爸说："嗯，那你决定去东北了，那你以后就不回来了，嗯。"柯义敏语气有点急地抢着说："爸你怎么这样说话呢？我去东北又不是不回来了。我肯定经常回来看你们。那还不方便吗，有飞机有火车，以后买了小车，想回来随时回来，能有多远呢？"老爸说："嗯。"

他很快就适应了东北的生活。当然，开始的时候也曾因为暖气太燥流过鼻血，嫌戴棉帽子麻烦把人耳朵冻成了猪的，老肠胃不肯接收新面食整天胀气奔涌。现在，他学会了穿羽绒裤套秋裤，只穿一条牛仔裤过冬下场是很惨的；他学会了大杯大杯地喝酒，眼也不眨地拿起生黄瓜蘸大酱咬得嘎嘣响；他学会打哈哈，应对那些你们广东人吃耗子吗吃蚂蚁吗吃黄鼠狼吗的追问；他学会在上班的路上说"又憋车了"，举着油污的手说"真埋汰"，站在楼下叫媳妇"少得瑟，麻溜儿地"。

你也试过吧，因为爱了一个人，于是她那里的一切，也成了你的。

他在朋友圈晒玻璃窗上的霜花、冬天的第一场雪。他记着六月到大乌斯力村摘菇茑、九月上卡伦山采毛榛；他知道王肃电影院楼上的游戏厅，她小时候曾摔过一跤狠的；他知道中央街三小的林老师，曾送她一对漂亮的冰刀；他知道她小时候剪头发总去海华胡同的国营理发店，她人生首次坐电梯是在老一百；他知道，那个穿绿军装卖糯米切糕的男人总让她想起爸爸，下班就给她买一大块回来，又热，又黏，又甜。

满大街都是她的故事、她的标识。看起来不起眼的一道招牌、一条巷子、一个名字，都能让她温柔亲切地看着说着。他也非常认真地听着看着想象着，或许是想努力地把自己植进去，植进那些故事的背景里，也标识上他的。

可是为什么呢，他有时会走神。

卢梅高中的朋友聚会，他看着他们响亮地碰杯、突然地爆笑、搂着肩膀一起唱他从来没听过的歌，他微笑着坐在旁边，想的却是高三那年和文生、晓明还有国飞天没亮爬上望瞭岭，扯着脖子吼课文，直吼出一轮火红的太阳。夏天，卢梅带他去黑龙江游泳。江水平缓清澈，堤岸上有许多过来玩的俄罗斯人。他浸着清凉的江水，想的却是南海岸的十里银滩，细面粉一样干净柔软的白沙，远远的望不到头，远远的无边际的蓝色的海，他和兄弟们游累了，摊开四肢躺在沙滩上，任太阳下山，任晚来的浪潮一大卷一大卷地打在身上，任星星和渔火满天。卢梅从小到大最爱的点心是东市场早市的张记豆包，每次一买就是十个，说是为了弥补大学四年没吃着的馋和念想，他只好帮着她吃，烂熟的豆馅儿嚼至无味，他想起有好久没吃过猪肠碌了。

猪肠碌与猪肠无关——他总是一遍一遍地和卢梅解释。用热油、蒜子把河粉、黄豆芽炒香了，再加点肉末、虾皮和鸡蛋，用薄薄的滑滑的大张粉皮卷起来，刷一层花生油，撒一层白芝麻，淋一层牛腩汁，切段，蘸甜辣酱，太好吃了。他咂巴下嘴，神往着。他的城市到处都有这味美食，一块钱一条，是美味又实惠的早点。小时候上学坐在老爸的摩托车后座上，猪肠碌捧在塑料袋里吃，他小脸上沾着芝麻，舌头怎么也够不着；后来自己骑自行车，匆匆打包了去学校，早读的书声里他和文生把课本竖起来，低着头囫囵吃。班主任梁老师说："你们中间有人在吃猪肠碌，不用看见，教室里全是味儿。我也没吃早餐呢同学，想想老师的感受。"

他在微信上和文生提起，文生说："对啊，我们还说要请梁老师吃猪肠碌，后来就忘了。你这时候说吃的我又饿了，马上去河堤吃泥虫粥，再叫一碟猪肠碌。你要不要打包？”

临睡前他躺在床上看手机。文生打包了一张图，猪肠碌。他看了半天。

卢梅说：“你有那么馋吗？”
他说：“我三年没吃着了。”

大学毕业后的第一个春节，说好了回阳江过，卢梅的妈妈住院，没回成。第二年春节，厂里有台机组停机检修，年三十还要加班，又没回成。夏天里爸妈来玩了几天，卢梅说：“今年见着了咱爸咱妈，那春节就不用回阳江了。过年票老贵老难买了。”爸妈都同意，说：“就是嘛，这么远跑来跑去费事啦。”

他每天都看看那张猪肠碌的照片，馋，好像胃里面有只小手在轻轻地挠。越挠，痒的地方越多。他想吃油黄滑嫩的白切鸡，想吃刚炊熟的黄鬃鹅，想吃淌着酱汁的串烧蚝，想吃洁白鲜美的鬼婆鱼汤。他的胃口越来越差，丈母娘特意给他煮米饭，买绿叶子菜，他说东北的珍珠米煮粥还行，米饭要南方的油粘十月米才香，青菜不能焖太久，得大火炒出来颜色才好。卢梅不高兴了，说：“看把你撑的，我妈做两样饭不累啊。”

到底还是心疼他，卢梅自己上网学粤菜。有天放假她在厨房里鼓捣了半天，端出一盘子东西，让他吃。他问：“这是啥啊？”卢梅说：“猪肠碌啊，我改良了，也包了豆芽肉末蛋皮，也洒了芝麻酱汁。”他拈起一块又扔下，笑道：“蒙谁啊？你这明明是东北卷大饼，还猪肠碌呢，差远去啦！”卢梅说不吃拉倒，抬手就把盘子砸了。他也来了脾气，走。

走到楼下卢梅追出来了。“你哪去啊？你能往哪儿去啊？谁都不认识。我错了行不？回家吧，外头冷得够呛。”他心里苍凉起来，是啊，冰天雪地的，能往哪儿去啊，一个外乡人。他始终是个外乡人。

“我上哪儿给你找粉皮去啊。”卢梅拽着他的胳膊，哭了，“好好，今年春节咱一定一定回阳江，行了吧？跟我回家吧。”

腊月廿八晚，柯义敏坐上从黑河到哈尔滨的火车，十二个小时正好一夜。飞机是次日上午的，直飞广州，四个半小时，他一个人。

卢梅怀孕了，情况有些不稳定，打了几天黄体酮，遵医嘱在家休息。他天天给她炖汤喝，打电话告诉爸妈春节不回去，订好的票也退了。腊月廿七那天，卢梅却说：“你说我有毛病吧，刚把票退了又去买回来，白白多花了好几百块。”他没听明白。卢梅说：“你回去一趟吧，等以后生了孩子怕是更没时间。回去玩得高兴点儿，你不高兴我能高兴吗？”那晚出来，她站在门口笑着摇手，忽然又追加了一句：“得回来啊。”

他一路想着她，隔两小时一个电话，到了哈尔滨，竟然想买张车票折返黑河。卢梅的声音在电话里中气十足：“咱东北姑娘有那么娇气吗？赶紧坐飞机去。”

他怀着复杂的心情一路往南，温度从零下32摄氏度到零上23摄氏度，衣服一层层地脱，心也一层层地轻着。飞机晚点，高速路塞车，劳顿风尘中归乡，到家已是除夕夜晚十点。街上灯火煌煌，到处挤满行大运的人，家里却寂静无声，爸妈已经早早睡了。

他的突然归来让他们手足无措，穿着睡衣站在厅里，慌乱多于惊喜。老妈赶紧热饭，掀开饭桌上的笼盖，他们的年夜饭简单得只有一盆冷掉的鹅肉和菜花，这离他热切的想象太远。“大过年的回家，就给我吃这些！”他拉长脸，重重地放下筷子。老妈说两个老东西吃不了多少，就没买什么；老爸说不知河堤的大排档还开不开，他去打包几个菜。很久之后他想起那晚父母的歉疚，仍觉得心疼。是什么让自己那一刻不近人情？是委屈，近乎撒娇的委屈。委屈的孩子，只敢在父母面前发脾气。

他冲凉的时候，老妈就坐在浴室外的竹椅上等，他一出来，她就站起来，喜滋滋地跟在背后说话。老爸则过于敏感，听到他一个喷嚏、一声咳嗽，就要问一句："冷吗，喝水吗？"开了唱机，贺年的音乐萦绕在屋里，算是有了年味儿。他问怎么不看电视。老爸说机顶盒坏了，年初三小曾才能过来修。他问小曾是谁。老妈说是楼下便利店的打工仔，人很好，背米送油修水龙头的常帮忙，上次老爸摔了腿也是小曾背下楼送去医院的。他问爸什么时候摔了腿，怎么都没跟他说。老爸说："这种小事告诉你做什么？早就好了。"他问："那姐呢，不常回来吗？"老妈说："回来啊，都很有心。各人自有一头家，她带孩子也很辛苦。"

除夕夜里卢梅她们看电视守岁，他躺在自己的小床上也睡不着。他的房间一直给乡下的堂弟借住，上高三的男孩，床头床尾都是练习册，床底还有零食袋子和烟蒂。他找不到自己的痕迹。

他要在这几天很紧凑地见人。约了文生他们到龙品轩吃饭，文生说龙品轩早收水了，不如去广丰花园吧。他问广丰花园在哪啊。文生说高凉路和新江南路交接处。他没问下去，广丰花园没听过，新江南路也不知道，出租车会带他去的。只不过三年没回来，这城市就显得既熟稔又生分。吃饭的时候来了十多个人，朋友们携家带小，满满地围着大桌子坐。人多热闹，话题也碎，寒暄一阵胖了瘦了，解释了一通不是所有东北人都住火炕不是所有地方都能见到东北虎，然后其他人开始讨论宝宝去哪个网站买奶粉孩子寒假报英语班还是钢琴班买房子是城南好还是阳东好新年这几天去哪儿玩是去卫国看梅花还是去北桂焗番薯。国飞忽然想起他来，说："去年一中校庆搞了个校友杯足球赛，梁老师也回来给我们加油。你要在就好了，我们班肯定能拿冠军。"他说："我知道梁老师调到二中了，昨天特意去找他，谁知二中搬了。"大家笑，都说："二中前年就搬了，你不知道吗？"

他不知道的事情好像还有很多。亲戚里多了不认识的新面孔，嫁过来两年的新媳妇，刚结婚的表姐夫，还有忽地发育成熟变了样的表弟表妹们。小外甥三岁了，还从来没见过，很有礼貌地叫他叔叔，姐姐说应该叫舅舅，孩子转身就忘。好不容易哄着会叫舅舅了，他又担心自己一走，会被孩子忘掉。怅然地想，要是真有分身术就好了，一半带走，一半留下，那样便不会再缺席，也什么都不会错过。

年初四寒潮来，下了雨。他觉得冷，屋里比屋外更冷，冷得坐不住。他把带绒的秋裤拿出来穿，老妈奇怪，说你以前都不肯穿两条裤子，去东北反而怕冷了。他哆哆嗦嗦地说东北比这里暖和多了。大家都不相信。要命的是他还觉得饿，这种饿不是那种没东西吃的饿，相反，回家这几天鱼肉鲜汤没断过，可填得再满仍觉得还差点儿才踏实，才算饱。那一点儿是，一个纯碱的北方发面馒头。年初五那天他想吃饺子，觉得破五不吃点饺子似乎不大吉祥。卢梅打电话说包了三鲜馅的饺子，不过你那边美食吃不过来，肯定不稀罕。他没好意思跟她说，他刚刚去超市买了袋速冻饺子，猪肉大葱馅儿的。

他有点盼着离开的日子了。想卢梅，想她肚子里还是小胚胎的孩子，想他们的家。而这念头转瞬间就让他惭愧。老爸老妈小心而不留痕迹地守着他，他从外面回来他们就站起来，好像等待很久的样子，端出一样一样好吃的，不管他是不是吃过了。像是要把他前几年没吃到的补上，又像是要把他后几年该吃的提前备好，一顿吃饱管一年。

年初七他终于要走了。老爸大手一挥说："你不用挂记家里，做好自己的事，我们会去看你。"老妈往他的背囊里塞一个保温盒，说："是好姨店里打包的猪肠碌，你一直说好想吃，几次买回来你又说太饱吃不下。"他说不好带，不要了。到了车站，回头看她还捧着那个保温盒，他让步了，带就带吧。

告别必须草率，彼此才不太难受。他匆匆上车，隔着车窗看见他们还站在那儿，便拉上窗帘装看不见。车开出站，拉开窗帘回头看，看不见了。

上了高速，车越来越快，离那个家近了，又离这个家远了。

都是他的地方，又好像，都不是他的地方。觉得这辈子已经注定的一件事，就是在这相隔四千多公里的一南一北间，他的心已无法落地。

太远了，他终于承认。

在哈尔滨站候车室等待去黑河的火车，饿了，想起背囊里的保温盒。这么长的时间猪肠碌该冷了吧。他掀开盖子，看见隔层里的小钢叉子，细心分开的蒜蓉辣酱和甜辣酱，拈起一块放进嘴里，竟然还是温的。

他嚼着，满眼热泪。

旁边有人问：“大哥，你吃的那是啥玩意儿啊？”

大 国 志

1.
镇北堡的桃花
银川（上页）

2.
戏台后的演员
宝丰

3.
江边的拾荒者
木洞

4.
月光牧人
内蒙

5.
禅院夕照
九华山

6.

严亨与斑马

定远

严明

中国著名摄影师。70后，安徽定远人。大学学的是中文，曾做过中学老师、摇滚乐手、杂志编辑、唱片公司企宣、报社记者。2010年辞去公职，现为自由摄影师，生活在广州。摄影代表作品为《大国志》系列，作品由多家艺术机构及国内外收藏家收藏。2014年出版个人随笔集《我爱这哭不出来的浪漫》。

@严明

刘墨闻

吉林长春人，青年作者，设计师。现供职某国家设计中心，任设计经理，愿望是能一直做个手艺人 。@刘墨闻

愤怒的复杂的沉默的

我友陆成：

见字如晤。

接到你的婚礼邀约，我一时神情恍惚。

再三确认你的伴郎名单里没有我以后，我明白，对于我比你帅这件事，你一直都耿耿于怀。

但是说实话，我还是很嫉妒你。我们喜欢过同一个姑娘，一起讨论她的身材与比例。她是喜欢你的，我看得出来——充满渴望地去看一个人，瞳仁就像一个黑洞，装得下各种可能。

初中时我们一起练跑步，我是长跑，你是短跑。你速度特别快，带起风飘出汗水，湿了许多姑娘的夏天。你太强了，其他的对手和你根本不在一条水平线上，每次比赛你都喜欢搞一些惊喜，有时在终点回头看对手，有时闭着眼张开双手飞过终点。印象最深刻的一次是你嘴上叼着一枝玫瑰，率先跑完 4×100 米接力的最后一棒后，直接跑进观众区把玫瑰送给我们都喜欢的那个女生。

像是决斗凯旋的狮子，昂首挺胸走向族群，带着骄傲的喘息和残留的丝丝凶狠，轻而易举地俘虏了所有视线和一些懵懂少女的心。

就像你我练习的项目一样，相比之下，青春期的女孩显然喜欢“过程短见效快”的激情浪漫故事设定。而我和我的长跑与慢热，永远都是你风头过后的餐后甜点，并及时作为你的陪衬，多谱写一些有关你的传奇。

即使这样，我们也不可避免地成了最好的朋友。我们一起打游戏，踢足球，在网吧包夜，揪着两张饼吃一份麻辣烫。

在“搞基”这词还不存在的年代里，我们每天都“搅”在一起。

你天资聪颖，考试这事对于你来说像是游戏。你的成绩总是忽高忽低，仿佛特意顽皮地摆弄着那张功利的成绩单。老师们时而对你疼爱有加，时而对你恨之入骨，你仍然保持着自己的一贯作风，心情好就考得好一点，心情差就把卷子团了睡觉。学霸们对你咬牙切齿，学渣们对你顶礼膜拜。所以在中考那么紧张的时期，你总有大把的时间去玩，去挥霍。

我喜欢在晚自习的时候一个人坐在教室后排写日记，你对这样的习惯嗤之以鼻，但却从未劝阻。有时候你会跑到我们班的后门来找我翘课。有一天晚上，你穿着一件很潮的黑色夹克，在晚自习间休时过来找我，混在清一水儿的校服人群里，你黑得格外扎眼。那天我留下来安静地写了一晚上字，没有陪你出去撒泼。

第二天就从你同学那里得知，你进了医院。

关于你骨折的传闻很多。有的说你翘课时被发现，老师追着你跑，你着急翻墙，落地的时候没站稳，摔断了骨头；有的说你在台球室和别人打架，被对方敲碎了膝盖。

我去你家看你时，刚好遇见你的一个亲戚也来探望你，那唉声叹气的审判仿佛决定了你今后的人生。你的母亲满面愁容地对我说，医生叮嘱，以后尽量不要做剧烈运动，不能再做运动员。于是你每天只是睡觉，不怎么喝水也不怎么吃饭。

我没能像电影里那样撬开你的牙关，灌进去一些食物或淡水，而是掀开被子把你抱上轮椅，推着一直走，从你家走到咱们经常去的球场、网吧，走啊走。北方特有的气候，风吹过去都带着干燥，阳光很热，我们时快时慢，走得大汗淋漓，像我们过去训练时一样。

你突然说："我想喝点大白梨。"

那是种一块钱一瓶的色素饮料，我们训练完以后都要带着奔赴战场的豪情畅饮一番。我听着水滑过你的喉咙，发出甘洌的声音，感觉到有些许放心。

你知道那些跑道再也不属于你了，你把被带走的骄傲和一部分痛苦连同眼泪一起吞下。我对你又多了一些敬佩，反倒希望你喊一声疼，或者道一声难过。

没过几天，你就回来上课了。带着一副拐杖，不怎么出教室。学校里每天都上演着新的闹剧，教导主任的发型一天一变，校长的裤子总有一个洞。人们似乎都还没察觉你的踪迹，你就躲在教室的最后一排暗自疗伤，早上第一个来，放学最后一个走。

直到有一天，我在走廊的尽头看你一个人拄着拐杖去上厕所。路过你身旁的人全都侧目，议论纷纷，你低着头一直走。

我大踏步追上了你，扶着你进了厕所走向小便池。到了坑边你突然停住，让我出去。我看你倔强的样子忽然很想笑，我说："我又不偷看，都是大老爷们怕什么？"

你粗暴地吼着要我出去。我甩开手夺门而去，走了没多远，怕你出事又折返回来。透过门缝，我清晰地看见你一只手扶着墙，一只手拿着枪，颤抖着排出你的无奈和恐惧。

听着你强忍却又忍不住的低沉闷泣，我心中满是辛酸。

上天给了你惹人妒忌的天赋，在你锋芒毕露有理由张扬的年华，却又以这样的方式教训了你。现在试着回想，如果一开始我们不那么勇猛，是不是荆棘刮到身上的口子能少一些，掉进坑的姿势能更加得当，保护及时的话，我们是否还能有机会再重来一趟。

你痊愈以后，话就变少了，吃饭很慢，骑自行车也很慢。不再和我一起踢球，而是热衷于让我陪你遛狗。但好在我们之间的默契还在，面对面吃个饭，打个台球，不说话都不会无聊。

尔后我们一起上高中，一起毕业。高考后我去了艺术学院，你的成绩不是很理想，没能去上自己想去的大学，于是就近选了一所学院，学了金融专业。我们在一个城市的两端上大学，有时一个月一见，有时一学期不见。生气时互相咒骂，高兴时还是互相咒骂。你的笑声渐渐变大，越来越清爽；与我刚认识你的时候，越来越像。

后来参加工作，我只身来到深圳，你带着大学的女友去了北京。尔后的日子，我们忙于和生活周旋，夜以继日，年复一年。

消耗的时代里，分别如劳燕，做爱如种马。像你我这般的兄弟情谊，在当下的生存环境中，已经少之又少了。女人们都很羡慕男人之间这般的友谊，也许她们并不知道，兄弟之间暗潮汹涌的较劲，有时候就是从一个姑娘开始的。

我们就是这样，在不同的世界里赛跑了这么多年，谁都不服输，谁都不低头。即使是在奋斗路上我们也互不相让，比赛着前进。

我知道你有过一个事业的小巅峰，升职涨薪，意气风发。那时我猜也许不需要过多久，你就可以在某幢高档写字楼里有一间自己的办公室，然后像电视里演的成功人士一样站在落地窗前，骄傲地俯视整个城市。

我当然不及你千分之一，不过为了追赶你，我也尝试过作各种各样的努力。我试着总结自己做过的客户，像一个年度傻 × 大盘点。而我就被这群傻 ×，像傻 × 一样玩得团团转。现实在上，打桩机般一下下将我们砸弯，让我们屈服于它的淫威。

你不再因为谁的一句话而纠结一个晚上，而是把精力省下来，想想第二天的工作规划。我也学会了在许多场合隐瞒自己的情绪，不再因为一个观点而和别人争论得面红耳赤。

原来这一路我们披荆斩棘地挥刀，多数情况竟是自残，过去的我们终于还是死在了自己手上。

记得去年年初的某个凌晨，我在睡意蒙眬中接起你的电话。你一直不吭声，抑扬顿挫地叹息了几次。我听得出你的疲惫，尽管你没说出来。但是我了解，我真的都了解。

辞职创业失败，心情落入低谷，吵架不断，分崩离析。恋人离你而去，坐上了一个陌生男人的车，你在车后面一边喊一边追——好像从初中毕业你就没有这么拼命地奔跑过了。你发现自己真的跑不动了，什么也追不上了，车里面的人，也不会因为在后视镜里看见你的奋不顾身而回头了。

生活再一次把给你的东西又夺了回去，我知道你已经吸取了教训，小心翼翼地对待着感情与前程，可是你也得明白，我们所了解的那部分真实的世界，势必要用失去与疼痛来交换。

你整个人都颓了下去，像一张纸，风一吹就四处摇摆，凌乱不堪。你开始充满防备地生活，小心翼翼地询问，话到嘴边留了大半句，仔细地嗅着身边的味道并充满警惕。甚至和我打电话时，都露出一点商业性的礼貌与口吻。

我有时也在想，如果你从小和我一样，对爱欲求不得，期盼也常常落空，或许就不会经受那么大的落差，受一点伤也不会抽筋蚀骨，稍有不顺也不会如此颓废。我们本来就一无所有，除了父母恩赐的温饱与皮囊，其他的有哪些算是我们真正拥有的呢？

又或许我们早就不该期待太多，付出就是付出，不一定都能换回什么，起码在日后回忆或感慨这段日子的时候，我们不会后悔。即便失去得多了，只要自嘲一下命苦，总结总结自己，原谅原谅别人，日子就会顺畅很多。

后来你回了家，家里托关系让你进了一家银行，你每天西装革履，技艺熟练地打理着平凡的人们粉红色的理想。

你从浪潮之巅退下来对我说：去吧，想看什么就看看什么，我就在咱家这一亩三分地里守着。守着我们的网吧和球场，守着自行车和柏油路。

你对我说：在外面实在混不下去就回来，我罩着你。一下子你就变成了我的回忆、我的故乡，我对你说过的话一直都深信不疑。

我有过特别困难的时期，事业走下坡路，手忙脚乱，焦头烂额。在我最低谷的时候，我时常常会想起你给我留下的“退路”。

我记得你和我开过一个玩笑，说我们上中学时趴女厕所窗户而被抓住的那个小子，现在当了警察。我们的生活里不停地冒出这样的冷笑话，这也让我忽然想起你回家以后面对的一些事情。

像我们这些在一线城市挣扎的平凡白领，可以心安理得地嘲笑房价，理直气壮地打趣自己的贫穷。而你在家乡却不一样，每天一睁眼，就开始了那种计算肉菜米面价格的人生。亲戚朋友时常会来你家问你什么时候结婚，买房了吗。你会眼看着爸妈一天天老去，也许还会在路上撞见初恋女友烫了个爆炸头出来遛狗，而那时你也正好睡眼惺忪地穿着睡衣去打酱油。

那些吵着要浪迹天涯的孩子，如今都已经热衷于送自己的孩子上学，他们终归是要与世俗讲和的。

故事这么发展确实有点狗血，所以有时候，我觉得在外面可能更像是一种逃避，而选择回去，却需要更大的勇气。

你看，其实选择怎样的生活，都是有危险的。你我少不更事时听说过的平稳生活，是根本不存在的。我们还是像十几岁时那样时刻警惕，不松懈，然后奔跑着衰老。既然失去还是在所难免，那就把拥有的好好珍惜。不丧失勇气，也不过分期望。我想我们的时间，都应该花在一边追问自己，再一边自我解答的路上。

记得《中国合伙人》里成冬青在最后与美国人谈判时说：“对我来说，这件事还有一个更重要的原因。我有一个朋友，他比我优秀，远比我更应该成功。他来到美国，我看见我们这一代人中游得最棒的在这里沉下去了，波诺先生，这里从来就不是一个公平的战场，我要用我的方式帮他赢回尊严。”

他说完这段话的时候我第一时间就想起了你，想起了曾那么优秀、不可一世的你。我想如果可以，我会替你多看一些风景，在还没那么疲惫的时候，多走一段路看看，这样还能常常想起我们当初跑步的心情。

可是想归想，活归活。我们都要在各自的生活里先救赎自己，再求帮助彼此挣脱。

早先听你说过你的未婚妻，我现在才开始仔细端详她是怎样的一个女人。你说她是你的小学同学，小时候你经常偷人家扎头发的皮筋做弹弓。哪知道这么多年以后她去你的银行取钱，你终于有机会，把当年的这笔烂账还上。

哎，比较之下，上天还是厚待你的。事到如今，我们爱过的女孩都已经老了，我们爱着的女人都结婚了，你仍然能有这样的缘分，成全你的安稳。

我知道这次你又动了真感情，而且果不其然地玩大了，这套婚姻的枷锁就是对你最好的惩罚。

你曾和我说过你特别怕结婚生子，怕你自己还没弄明白这个世界是怎么回事的时候，突然多出一个孩子管你叫“爸”，你特别担心没什么东西教给他，误了祖国的好苗子。

其实，我一直不相信孩子是父母生命的延续这种屁话，可是当我看见朋友刚满月的儿子，却激动得热泪盈眶，那婴儿眉宇间透露的，分明是我刚认识他时的样子。有时候你不得不屈服，也不得不承认，生命这东西真的太美好，也正是因为有了这些情感的延续与传递，在与时间长久的斗争当中，它虽败犹荣。

现在想想，你得到的那些令人羡慕的东西，都是别人煞费心机才能得到的，所以你似乎一直学不会这世界里的尔虞我诈和心计是非，你对待每一次感情与经历的态度都那么认真、那么踏实。不敷衍，不玩弄，全力以赴地去珍惜，去维护。即使在经历了那么多的疼痛和失去以后，也保持着诚挚而饱满的爱意。或许这就是你迷人的地方吧，总会让神灵对你也有所眷顾。

写到这，我想起你写给我请柬的开头，不禁笑出了声。

你问我：我结婚了，你来吗？

我当然来啊，不来怎么对得起我们的青春？但是我知道你为什么这么问，这几年我们都被生活拉着脱不开身，偶尔联系，交谈简短，有时和你相聚面对面坐着，隔着一桌的饭菜啤酒，像是隔了好多个宇宙。我们因为各自不同的选择和阅历，最终变成了不能相认的人。

可是我从未觉得与你生疏，你我之间的交往，早就跨越了那些礼貌或虚伪的寒暄。我人生中最傻X最懵懂的那几年，你一直都在我身边。我所有的秘密与糗事，你一直守口如瓶。对于你这样的朋友，想要从根本上铲除，本世纪看来是不可能了。

我们聊天时的沉默，并不是词穷，我只是有些感叹，回忆它太美好，走得也太匆忙，我还没来得及好好看一看，看看我们校服的纹理，看看回家路上的那些大杨树，它就一溜烟消失了。

不过，我仍然是期待你的，期待你给我更多感动和惊喜，期待你活出你自己的味道与幸福。期待听你说，在经历了一些起伏之后，如何看待这世界。从我们开始的义愤填膺，到五味杂陈，直至最终的尘埃落定，我们振臂愤怒过，我们蜕变复杂过，而如今，我们是这样地沉默。

尽管如此，我还是一如既往地艳羡你，年少时终不能像你一样活得那么炽烈。此时敲下这些字，脑海里浮现的却还是那一晚课间休息时，你来找我的样子。

你骄傲地穿过人群，黑色的夹克闪着光，在等我走出教室的间隙里，一言不发地靠着墙。

那一天我在日记本上写道：

它颤抖着穿过深渊的夜
你也不必日夜提防
风有风的迷惘
命运的子弹早已上膛
我说恐惧的孩子啊
你也不必日夜害怕
请把铠甲和诺言逐一褪下
我们一起赤身裸体手持利器
愤怒地复杂地沉默地
去操这个世界吧

婚礼我一定来，我穿自己最喜欢的那套西装，为了不抢你的风头，我不系领带。

祝新婚快乐，百年好合。

此致 拍肩
你永远的兄弟 墨

何炅

主持人，导演，作家 。@何炅

最美好的毕业季

二十岁的时候，我大学三年级。

如果让我用一个词来形容那时候的状态，就是“疲于奔命”。

三年级阶段的阿拉伯语学习越来越辛苦，语法难度升级，也有越来越多的词汇和课文要背。而那时的我除了学习之外，还担任着学生会的工作，兼任文艺部和宣传部的“要职”。此外，从大学三年级开始，我也有了人生中一个很重要的变化：经由刘纯燕的邀约，我开始在央视主持节目。因为节目组的信任，每期节目的台本也交给我来写。节目是日播的，平日撰稿录像，有时还要出差去外地录制，作为学生兼职来说，强度是很大的。

那时我经常很晚才回到学校，同学们可能已经下了晚自习，甚至都已经睡了，而我只能先在学生会里将自己学生干部的事情都做完后，再回到宿舍开始背第二天上课要准备的内容。我们那个年代，学校是限制用电的，每晚要按时熄灯，所以回到宿舍后，我只能搬把椅子去水房学习，因为在整栋宿舍楼里，只有厕所和水房的灯是一整晚都通电不拉闸的。水房的灯为了节约用电都是声控灯，所以每隔一段时间我就得咳嗽一声，或者轻轻地跺下地面，让灭了的灯再亮起来。多年之后回想起校园的学习生活，这是令我印象特别深刻的一个场景。

冷静回想，那个时候的我还是要得太多了，什么都想做好，将自己置于一个比较慌乱的状态里。这样的慌乱可能也是青春期的一种普遍状态，因为不是特别确定自己到底要去哪里，很多事情都处在一个努力尝试、努力要做好的阶段。当然，这样的慌乱阶段也并没有绝对的好与不好，也许一定要自己经历了之后才知道到底收获了什么，才知道要如何选择。

如果可以有重返二十岁的机会，我会选择让生活更饱满有趣一些。比如，好好出去玩一玩，北京有那么多的博物馆，我应该去看看；我也许还可以多花一点时间谈个恋爱；也可以多跟同学们在不错的天气里一起出游。

毕业那一年，我拥有了第一部手机，是我爸送我的毕业礼物。因为从大三开始有主持的酬劳，我所有的学费和生活费已经可以自理了，爸妈觉得我太省心了，就送了我这个手机。那是1997年，一部手机居然要花费爸爸几个月的工资，多可怕！

那时候手机还很少，大家打电话都得去公用电话亭排队，很不方便，于是我就把手机拿给同学用。可想而知当时我人气爆棚的程度！哈，其实是因为疲于奔命的大学生活，如果不是同学们罩着我，我根本没法想象要怎么撑下来，无以回报，手机当然要乖乖交出来啦！

而我就这样，在父母和周围人的各种关爱下，在匆忙和波折中，迎来了属于我的毕业季。

其实，毕业最美好的回忆，对于每一代人来说可能都差不多：忙着告别、拍照、散伙饭还有毕业晚会……而我印象最深的是，北外的图书馆就在我们阿语楼的旁边，那里有一条全是树的路，我们穿着学士服，在那条路上跑来跑去，找地方拍照、合影。

宿舍里，大家都忙着收拾东西，然后扛着大包小包离去。我因为是从学生宿舍楼搬到教师宿舍楼，所以和其他同学不一样——我的离开像蚂蚁搬家一样，每次带一点东西，渐渐地离开那个待了四年的宿舍。

那时候，我们还在宿舍里做了一个挂历，在毕业前的一个月贴在门背后，宿舍里的成员每天轮流在上面写一段话。我们宿舍里的六个人，在那个挂历上记录下了最后一个月的心情，比如：“今天最后一天考口语，我好紧张。”“苗，今晚一起睡。”……可惜的是，后来这个挂历下落不明了，肯定没丢，可就是想不起来谁最后收的，收到哪里去了。这样的一份记忆，就真的只存在于记忆里了。

也许青春就是这个样子，记住一些，忘掉一些，保留一些，丢掉一些，但所有最珍贵的，一直都会在心里。就像那个挂历，不知道在哪个角落，但毕业那年的心情，却一直被放在心里随时够得到的地方。

三十岁的时候，毕业已经很多年，我还保留着之前留下来的一个习惯——不爱讲心事。

记得有一年春节在北京过，娜娜他们几个朋友赖在我家。他们在谈心事，我靠在沙发上昏昏欲睡。一个朋友指着我说，炅炅最大的问题就是不爱交流。是的，其实我不会交流。我可以和大家一起K歌、一起看电影、一起玩乐，但是一聊天我就常常提不起精神来。我是真的不擅长讲自己的心情。

这可能跟大学的生活有关。虽然我和同学的关系很好，他们一直保护我、纵容我，但是回想起来，我和他们实际交流相处的机会还是很少。我在央视做少儿节目的状态他们几乎是不了解的，我也不是那种主动将人生所有细节都跟别人分享的人。我会参与宿舍的卧谈会，他们的话题我可以非常开心地参与，我也偶尔会讲一部分自己的事情，但也有不少事情没法和他们分享。在央视做节目时，节目组的同事对我也很关心照顾，但他们同样不会了解我学校生活的部分。而和最亲近的父母，我们之间是什么都可以分享的。但远隔千里，通过电话或者偶尔的见面团聚，我也不会特别提起心事。我本是一个报喜不报忧的人，即使再累，我也不可能立刻打个电话跟妈妈讲我特别累，通常在妈妈问起我好不好的时候，只会说一句“我很好”。

一直以来，确实一切都好。

我有那么多好的学习机会，也遇到很多给我机会的人，就算偶尔有一点小小的心事或者坏情绪，也是不足以给外人看的。在我的生活被分割成各种不同部分的大学生涯里，学校里是一个何炅，电视台里是一个何炅，父母面前又是一个何炅。我在尽力做好每一个我的同时，的确不知道可以跟谁彻底分享我的内心。我那时固执地认为，讲出来的心事和放在心里的时候相比已经变了样子，被别人听去又加上了他们的理解和观念——所谓“人和人的沟通，有时候没有用”，后来听到这句歌词，觉得简直就是自己当时观点的写照。

所以，如果真说起想改变的，第一位倒不是那种疲于奔命的忙碌状态，而是很想有个能够随时倾诉的朋友。我希望自己从小到大所有发生和经历的事情他都知道，我并不需要他能够给我多少建议，而是希望他知道一切，所以他能懂，懂就已经是最好的反馈了。

其实我并不是没有这样的朋友，只是那时的我没顾得上或者说是还不懂得彻底的分享吧！

四十岁的时候，我发现我拥有了一种能力——自我排毒。

我觉得这种能力很适合我，它让我不别扭、不纠结，也不会为难自己和身边的所有人。

在很多事情上，我都试着很快地圆过去，不想麻烦别人来搭救我。因为很忙乱，也没有时间等别人来开解我，所以我就靠自己圆，或者用这件事的成绩缓解那件事的压力。从小到大，我都是这样解决问题的。像拍《栀子花开》的时候，我试着表现出不像是第一次做导演的灵活，尽量将很多突发状况迅速地圆过去。比如说有一场戏，剧本写的是四个女孩一起在场的场景，但是因为拍摄计划的改变，其中一个演员那天来不了。解决的办法有两个：改天拍或者找个替身站位，之后再想办法补演员的特写。在认真思考了各种可能的利弊之后，我决定修改剧本，将这个女孩改成提前离开，剩下的三个女生完成这个情节，甚至围绕这个不在现场的女孩，加了有趣生动的调侃细节。就这样，这个让统筹挠头的困难顺利地圆过去了。

有时候，人生就是这么奇妙。我在拍电影的过程中，从“正青春”的梦想和热血到领悟出“来得及”的乐观哲学，理解其实在深化。而关于讲心事，我的观念也随着内心的成长在转化。
现在的我在慢慢地学习说心事。可能是随着阅历的增加，发现自己之前担心的误解其实并没有什么大不了的；又或者是随着朋友的陪伴越来越深入，懂自己的人也越来越懂，更重要的是自己慢慢领悟了，说心事不仅仅是为了让别人懂自己，也是为了自己的健康。这是一种交流、表达和抒发。心事不是说给别人听，是当着别人的面，说给自己听。

人是无时无刻不在成长的。我们也许会告别年少青葱，但不等于告别了成长。人一辈子都要保持着一个学习的状态，每一个小小的领悟，每一次愿望的达成，都是会让我们变得更加强大的成长过程。而每一次的成长，都是人生中一个最美好的毕业季。

Deep in the Clouds

Linali

1992年生于四川。喜欢画画，也喜欢其他很多有意思的事情。@LinaliHuang

宋小君
作家，编剧，讲故事，写情诗。@宋小君同学

玩命爱一个姑娘

和朋友们聚会，大家决定玩一个游戏。

找一个主题，然后讲一段自己的真实经历，看看谁的经历最有起承转合，最催泪，最奇葩，或者最让人无语凝噎，想抄家伙。

最后我们选定了一个主题——你有没有玩命爱一个姑娘。

这个问题抛出来的时候，大家都沉默了，纷纷在记忆中寻找那一段为了姑娘、为了爱情玩命的激情岁月。在座的男士们，有的已经结婚，有的有了女朋友，有的还是一如既往的单身狗。

在大家都沉默的片刻，四张点了根烟，说：我的故事都到嗓子眼了，我先说吧。

我笑而不语，等着四张的下文。

四张并没有四十岁。我们二十来岁认识的时候，大家就管他叫四张了。当时，我们都在山东上大学。

四张有个青梅竹马的女朋友叫何玉。据他说，自己和何玉从小一块穿开裆裤长大，一块啃过锅里的大腿骨，一块光着屁股洗过澡。更神奇的是，两个人生日只差两天，性格互补，血型一致，简直就是上天早就设定好的一对。

四张说，在我还不知道男孩和女孩在一起可以生小孩的时候，我就想跟何玉生小孩了。两个人从小在一起玩过家家，玩过给对方检查身体的游戏，不论见到谁的父母都可以直接叫爸妈。

四张跟何玉从小学到高中一直在一起，两个人一起经历了第二性征发育，长出喉结，胸脯耸起来，梦遗，初潮，青春期的各种烦躁。在别人都早恋的时候，两个人还是单纯得像是初生婴儿。

高中时代，何玉出过一次意外，失血过多。
四张不由分说地给何玉输了血。
四张说：看着我的血通过血管流进何玉的身体里，我就感觉我和何玉血脉相通了。就好像我把我的基因输送到何玉身体里一样。跟做爱的感觉一模一样，有战栗，有眩晕，还有高潮。真的，不骗人。

最终，两个人去了山东两所相邻的大学，隔着一百八十公里。上大学是两个人这么多年来第一次分开，四张说：我就好像经历了一次连体婴儿分离手术，而何玉就是我的幻肢，我总觉得一转头就能看见她，可是真转过头，又发现她不在了。

真正的变故发生在一年后的情人节前夜。
四张接到了何玉的一通电话，电话里，何玉不无娇羞地说：四张，四张，有个男孩子跟我表白哎，你说我该不该答应他啊？
四张傻了，在四张听起来，这仿佛就是在问：老公老公，有个男孩子要跟我睡觉哎，你说我该不该答应他？
四张疯了，跳起来，念叨着：哎呀，我擦，我擦，我擦。
四张外套都没穿，直接冲出宿舍，抄起自己的自行车，一上车就往外狂蹬。夜色中的马路上，一个只穿着毛衣的缺货发狂地蹬着自行车，正在赶往一百八十公里之外的城市，问题是他要去干吗呢？
四张说：当时我自己也不知道我要去干吗，也许是去灭口。

四张发狂地蹬了一整夜自行车，从毛衣到内裤都湿透了，整个人冒着热气，像是一个瓦特时代的蒸汽机。
到了情人节当天中午，四张终于赶到了何玉的宿舍，跳下自行车的时候，四张差点瘫在地上。
多年以后，四张回忆起来的时候，恨恨地说了一句英文：I cannot feel my legs.（我感觉不到我的腿了。）

何玉从女生宿舍楼下来的时候，四张正用一种诡异的外八字脚站着，穿着毛衣，瑟缩着，像是刚刚从戒备最森严的监狱里越狱而出。
何玉惊得差点背过气去：你怎么来了？你外套呢？
何玉不等四张说话，冲回去，不一会儿，拿着一件女式的粉色及膝羽绒服跑出来，不由分说地套在了四张身上。
四张继续用外八字脚站着，穿着粉色的女式及膝羽绒服，好不容易憋出一句话：你答应了？
何玉一愣：什么？
四张几乎都带了哭腔：你答应和追你的那个男人好了？
何玉哭笑不得：我……我还没有。
四张疯了：那你是准备答应了？
何玉沉默了一会儿，娇羞上脸：我不知道。哎，不过我问你，男生追求女生的时候，是不是脑子里都想着那个啊？
四张一下子被这句话打得痛彻心扉。
时隔多年，四张回忆起那个时刻，还是痛得弯下了腰，恨不得立刻倒在地上舔马路。

当天晚上，何玉带着四张到学校餐厅吃了饺子，把四张安排到男生宿舍睡了一晚。
四张送何玉回女生宿舍的时候，那个追求何玉的男生抱着一束花等在了宿舍楼底下。男生看到何玉身旁穿着粉色女式及膝羽绒服的四张，狐疑地往后退了两步。
何玉不好意思地对四张说：我过去跟他说两句。
四张说不出话，就看着何玉跑向那个男生，两个人叽里咕噜地不知道在说什么，四张恨自己为什么不好好学学唇语。

就在四张忍不住要冲过去的时候，何玉接过了男生递给她的那束花，对着男生娇羞地笑笑。

四张听见自己心碎的声音，不是咔嚓，也不是吧唧，也不是轰隆，而是何玉的笑声，呵呵。

四张男性的尊严终于复苏，他转身就跑，只留下何玉在他身后喊：你去哪啊？

夜色中的马路上，一个穿着女式及膝羽绒服的倒霉缺货，拼命地蹬着自行车奔驰在马路上。

四张形容说：那时候的心痛就像是，我的内脏全长在了外面，每走一步，都被粗糙的柏油马路摩擦。

四张无法想象，自己青梅竹马了二十年的女孩，在情人节的夜晚，当着自己的面，答应了另一个不知道哪冒出来的男人的求爱。

四张觉得这个世界不会好了。

我们帮四张分析，也许是因为，熟悉的地方没有风景，熟悉的男人没有小鸡鸡吧。

四张哭着骂了一句：× 你们大爷。

大学里剩下的时光，四张没有谈恋爱，转而对各种社团活动产生了兴趣。先后参加过什么大学生电路装置比赛、大学生山区十日行、大学生街头公益筹款之类的活动。

毕业之后，何玉拿到一份不错的offer，去了北京，成了北漂的一员。

四张就在山东一家运输公司跑货运，开着那种大卡车，一趟车要跑三四天，车上吃，车上睡，夏天就在驾驶室里挂个蚊帐，冬天就浑身贴着暖宝宝，车里放十几把暖瓶。碰上堵车的时候，也能堵个两三天，四张就和同样被困的司机斗地主，打保皇。

一次，四张开着卡车跑长途送一车情趣玩具，路上，突然接到了何玉的电话。

何玉在电话里哭着说：四张，四张，我钱包丢了，身份证也没了，我租的房子下水道也堵了，现在正往外冒水。我找不到房东，我不知道该怎么办。
四张一听，嘴里念叨着：哎呀，我擦，我擦，我擦。
当即猛地掉转车头，临时改了路线，憋着一泡从山东就带着的尿，拉着一车情趣玩具就往北京狂奔，完全忘记了等着发货的那批淘宝店店主。
四张的大货车开不进小区，四张就把车停在小区外面的马路上，自己跳下车，憋着那泡尿，冲到了何玉租住的房子外砸门。
何玉打开门，看着风尘仆仆的四张，呆住了。
四张从牙缝里挤出一句话：先让我撒个尿。

何玉听着四张水流湍急地打击着马桶，惊魂未定。
紧接着，又听见洗手间里，四张吭哧吭哧的声音。
半个小时后，四张走出来，洗手间里焕然一新，下水道也疏通了。
四张甩下一叠钱，还有一张银行卡，对何玉说：你先用着。
何玉刚要感谢，四张的手机急促地响起，货运公司老板在电话里狂吼：你他妈去哪了？
四张一下子急了，嘴里念叨着：哎呀，我擦，我擦，我擦。急忙冲出去，何玉在身后喊：你倒是吃了饭再走啊。
四张跑到小区外面，发现两个交警，面对着大货车，不知所措。
大货车的吨位，交警的拖车是拖不走的。
四张硬着头皮，跑过去，和交警套近乎，说：我老婆生孩子，您行行好。
四张认栽交了罚款，又开着货车，拉着一车情趣玩具，在高速公路上狂奔。
四张任劳任怨，勤勤恳恳，攒了钱，自己买了一辆卡车，继续跑着长途，运送过各种各样稀奇古怪的货物。
他最爱看的电影是《玩命快递》。四张说：这演的就他妈是我啊。我有一次大半夜的，就在一条黑压压的马路上，遇到拦路抢劫的。他们弄了一棵树横在马路中间，我一看不好，猛踩油门，飞驰而过。开出十公里之后，才发现两个轮胎都漏气了。

四张再一次跑北京的时候，在北京留了一天。

何玉请四张吃饭。她看起来有些奇怪，说话吞吞吐吐。
四张不耐烦：有事你就直说，跟我还用得着客气？
何玉说：我男朋友做生意，需要一笔钱周转，否则他过不了这个坎。
四张一愣：你什么时候交的男朋友？我怎么不知道？
何玉有些惭愧：我不想跟你说，我怕说了你难受。
四张沉默。
何玉说：他借了高利贷。
四张点了根烟，问：缺多少钱。
何玉鼓足勇气，说：十万。
四张抽了两口烟：给我五天，五天之后，我打你银行卡上。
四张说着就起身走了，留下何玉愣在原地。

回到山东，四张把卡车卖了，加上自己的积蓄，凑了十万块给何玉。
我们都骂他：你脑残了？你不想想，万一何玉那个什么男朋友是个骗子呢？
四张无所谓地笑笑：我感觉，那男的百分百是骗子，好男人就是他妈再难，也不会向自己的女人开口要钱。
我们都惊呆了：你丫知道还借给她？
四张说：她要的东西，我没法拒绝。再说，让她上上课也好。她哪都好，就是太单纯。
我们再一次惊呆：她单纯？我看啊，是你傻×。
四张"切"了一声：大智若愚，聪明还是傻×，得分事儿。

卖了卡车之后，四张又回到了原来的运输公司，继续打工。
两个月后，何玉打电话给四张，哭着说：我男朋友不见了，电话也不接，他是个骗子。我对不起你。
四张说：不就十万块钱吗？有什么大不了的。花十万块，让你长长记性，值了。
何玉在电话里泣不成声。
四张最爱跑的一条线，就是从山东到北京。他说：总觉得何玉在哪儿，哪儿立马就不一样了。就算何玉在撒哈拉，撒哈拉也能凭空生出喷泉来。就算何玉在索马里，索马里就立马变成天上人间。

何玉却消失了一段时间，再也没有联系四张，不知道是不是因为觉得自己就是个扫把星，总是拖累四张，因此故意远离四张的生活。

又到了冬天。

四张依旧跑着长途，这次他拉着一车泡面跑北京。天寒地冻，高速公路上的积雪刚刚撒过盐，几乎都融化了，但是风很大。四张顺风撒尿的时候，尿柱射到了几百米外的广告牌上。

四张过了收费站口，猛地踩了刹车，他看见一个熟悉的身影，站在一望无际的高速公路隔离带旁边，冻得瑟瑟发抖，是何玉。

四张头发都炸起来了，他的车堵在高速公路入口，自己跳下去，几乎是飞到何玉面前，一把抱住何玉。

何玉整个人冻得就跟个冰美人一样，四张抱着何玉的时候打了个冷战，四张又生气又心疼：你他妈在这干吗？

何玉泣不成声：我在这等了你三天了。晚上就在收费站里睡。我算错了时间，可我又不敢走，怕错过你。

四张疯了：你不会打个电话吗？

何玉说：我总是给你打电话，打电话给你都没好事，这一次我想见你。

四张紧紧地抱住何玉，直到高速公路路口堵成一排的车集体狂摁喇叭。

四张开着大货车，行驶在冰雪皑皑的高速公路上。

何玉坐在副驾上，身上裹着四张的军大衣，正在吃一碗热气腾腾的泡面。

何玉吃完泡面，掏出两万块钱给四张。

四张生气了：你这是干什么？

何玉说：这是我这段时间攒的，还欠你八万，以后我就跟着你跑长途，给你打工，给你洗衣服，给你做饭。

四张傻了：你疯了，跑长途这是女人干的活吗？

何玉恨铁不成钢：从小到大，你怎么总是抓不到我的重点？我的重点在后半句，给你洗衣服，给你做饭！

四张愣愣地看着何玉，傻了。

何玉双颊都冻伤了，泛着红光，认真地看着四张。
大卡车向远方飞奔。

今年，四张又买了一辆卡车，取了个名字，叫“何玉号”。
被同行取笑，你以为你开的是驱逐舰吗？
四张说：我开的就是驱逐舰，只属于我和我老婆的驱逐舰，一切坏人坏事统统退避。

四张讲完了自己的故事，大家忍不住给他鼓掌。
四张憨笑：其实这也不算玩命爱一个姑娘，离玩命还早呢。我只是觉得，既然爱了，就用点力，用点力总不会是坏事。
这个时候，一个女孩大着肚子走过来，走到四张身边。
四张吓坏了：你怎么来了？
女孩很娇羞，开玩笑似的说：我想你了啊。
我们都愣住。
四张有些尴尬，跟大家介绍：这是我老婆，何玉。
我们都站起来，一起喊：嫂子好。
何玉被眼前的阵势吓了一跳：你们好，你们好，有空来家里喝酒。
四张笑得很欠揍，明目张胆秀恩爱。

生命中，有些错过，最后成了错过。
而有些错过，因为两个人的勇敢，又变成了相遇。
我们都期待美满的故事，但其实恰恰是靠着我们的勇气，才让故事变得美满，让爱人就离着自己一个枕头的距离，有时候甚至是负二十厘米。
男人应该玩命爱一个姑娘。
好姑娘也值得被男人玩命去爱。
爱情，本来就是勇敢者的游戏。
如果你不够勇敢，你很快就会出局。
如果你够勇敢，此刻转个身，也许就能抱住你所爱的人。

陈谌

90后作者，吉他手。著有短篇集《世界上所有童话都是写给大人看的》、成人童话长篇《南极姑娘》。@陈谌CC

金属杀神

老程

1

坐在饭桌前的我低着头死死盯着自己的脚趾头，不敢抬头看坐在对面的我爸一眼。尽管为了转移注意力，我现在满脑子想的都是明天该涂个什么颜色的指甲油，但潜意识里我依然很担心他的巴掌会不会突然劈头盖脸地砸下来。虽然从小到大我爸从来没有揍过我一次，然而今天的这种长久的沉默也同样地让我感到陌生。

我抬了抬眼皮扫了我爸一眼，此刻他正跷着一只脚有节奏地晃着，一副若有所思的样子，见他转过头来看我，我又慌忙移开了视线。

“拿来。”我爸敲了两下桌子，对我勾了勾手指。

“什么？”

“烟。”

“哦。”我掏了掏口袋，很不情愿地把刚抽了两根的一整包爱喜递给了我爸。

他接过去，从里面掏出一根来，塞进嘴里，然后又冲我勾了勾手指。

“啊？”

“火。”

“哦。”我又从口袋里掏出打火机，毕恭毕敬地递到我爸面前。

我爸也没接，就瞪着眼睛看着我。

“怎么了又？”

“帮我点上啊！”

七手八脚地帮我爸点完烟后，我坐在那里有些不知所措。今天的我爸看起来真有点反常，我从小到大就没见过他抽烟，而此刻的他正坐在我面前跷着二郎腿，捏着一根细细的爱喜吞云吐雾。这画面太美，也太残酷。

对了，忘了自我介绍，我叫程子青，十七岁，刚上高二，从小和我爸一起生活，虽然是单亲家庭，但因为我爸在公司是高管，我的家境还算殷实。我爸他平时很忙，基本不在家，所以从小没人管教的我是个标准的不良少女，白天学校混日子，晚上混夜店酒吧，怎么high怎么玩，还交了个搞乐队的男朋友，大我八岁。当然这些我爸一直是不知道的，直到这个该死的夜晚来临。

也不知是哪个更年期的老师向我爸出卖了我的情报，当我爸西装革履地出现在我面前的时候，我正叼着烟，一只手握着一个酒瓶子在放声大笑，然后我就感觉一只大手揪着我的耳朵硬生生地把我从酒吧里给拎了出来。那可是众目睽睽之下啊，周围竟然还有混蛋在鼓掌叫好，我真后悔当时没借着酒劲拿手里的酒瓶子甩他一脸。

开车回来的路上，我爸就一直没说话，车内灯光太暗，我看不清他模糊的表情。我爸真的是个很好的人，他平时话不多，也不抽烟喝酒，总戴着个眼镜显得很斯文，事实上我也从没见过他发火。因为他是真的很忙，我和他平常很少聊天，他也不关心我的学习如何。他平时不在家的时候，就在桌上放点钱，留张字条，让我去吃点好的。

我不知道该如何去形容我和我爸之间的感情。我很爱他，毕竟他一个人把我养大很不容易；但我又很怕他，这种怕来源于不了解，就像今天的他，让人觉得很陌生。我知道每个人都应该有很多面，但我只看到过我爸的一个面，不知是因为交集太少，还是他刻意隐藏。

见我爸抽完了一根，又掏出了一根，我为了打破这尴尬的沉默，连忙小声提醒他道："老程，少抽点，薄荷烟杀精。"
他瞪了我一眼，把烟塞回了烟盒，然后有些凝重地对我说道："子青啊……"
"爸，我错了，我以后再也不敢了。我以后一定好好学习，争取做一个对国家对社会有用的人……”趁我爸还没开口，我赶紧开启道歉模式，这招平时都是用来对付老师的，叫做不战而屈打成招。
“嗯……其实也不能怪你，我刚才在想，或许这都是命中注定的。”他推了推眼镜道。
“命……命中注定？”
“算了，时间不早了，你回房睡觉吧，明天还上课呢……这个呢，我就替你保管了。”他冲我晃了晃烟盒道。

回到房间的我有些生气。我宁愿他骂我一顿打我一顿，我可能心里还舒服点。他冷了我一晚上，然后丢给我一句“命中注定”算怎么回事？我想起我问我男朋友为什么会喜欢我的时候，他也回了我一句“命中注定”，难道男人都喜欢用“命中注定”这句话来作为一种万能的逃避？我扒开门缝看了一眼我爸，此刻他果然正站在窗口抽着我的爱喜，我对此不禁感到痛心疾首，不是心疼我的爱喜，而是心疼我爸抽这烟的模样真的很娘炮。

2

由于好几天没去酒吧了，我男朋友这些天老是打电话酸溜溜地问我是不是以后都不能见了，搞得我烦躁不已，接起来就骂他：“扫黄严的时候小姐都知道先歇个几天，我他妈刚被逮没多久就不能假装安分几天？”

挂了电话走到家门口，我听到里面好像有什么动静，打开门一看，只见我爸正抱着个电吉他站在客厅中间。

“我 ×，爸，你今天没上班啊，还有你这是……”我看见这架势顿时有些语无伦次。
“你回来啦？正好，爸爸有个决定要告诉你。”他放下吉他对我说道。
“什……什么？”
“我要组一支乐队。”
“这……不是……爸……你是吃错药了还是……你在逗我吧？”我听了这话简

直有些哭笑不得了。

我环顾了一下屋子，电吉他、音箱、效果器、各种导线，连用来隔音的泡沫我爸都已经买好堆在地上准备贴了。

“不是……爸……老程，老程你是不是疯了，还是被我给刺激了啊，为什么忽然来这么一出？您今年得有四十了吧，组什么乐队啊！首先您会弹吉他吗？还有，您不工作啦？”

我爸挥了挥手示意我闭嘴，然后让我坐在沙发上。只见他拿起电吉他，打开音箱，踩了两下效果器，不慌不忙地从口袋里掏出拨片，然后一声尖利的失真音就这样穿透了我的耳膜。

我无法形容接下来的几分钟我是以怎样的一种状态在看我爸弹奏，自始至终我的嘴巴就没有合上过，整个下巴几乎都要掉在了地板上。这曲solo是摇滚版卡农，我听我男朋友弹过，他只能弹一小段，还是磕磕绊绊的，没想到我爸竟然能如此干净而流畅地把它弹完。

“老程，你太牛×了，没想到你竟然……”

“嗨，老了，刚才几个扫拨都被我简化了。”

“爸你年轻时候到底是干啥的啊？”我不禁感到万分好奇。

“其实你爸年轻时候也组过乐队，我是主音吉他手兼主唱。”

“我的天，那你们乐队是什么风格的？”

“旋死，旋律死亡金属。”

“死亡金属……爸你原来玩的是这么重的音乐啊，这么说你还会黑嗓？”

“年轻时候会，现在不行了……哎，话说你懂的还挺多嘛。”

“那可不，我男……我一朋友也是玩乐队的。”我差点说漏嘴，不由得吓出一身冷汗。

“嗯？那正好，你有空带我去见见你朋友，我想认识一些现在这里比较牛×的乐手。”

“这……这不合适吧，而且老爸你不上班了吗？”

“我把工作辞掉了，以后我就是职业玩乐队的。”他认真地点了点头道。

“不……不是，话说你这到底是为什么呀，你这……我真看不懂你了……唉，不行！我得去躺会儿，我压力有点大。”

我捂着脑门进了房间一头栽倒在床上，心想这回可真是乱了套了，我爸这么一个斯文人没想到年轻时候竟然是玩死亡金属的，更要命的是他人到中年忽然莫名其妙地要卷土重来。这究竟是全球气候变暖海平面升高导致的脑部大面积进水，还是太阳黑子爆发扰乱地球磁场从而唤醒了他枯萎已久的文艺细胞，这一切我现在还不得而知。

我只知道，如果我爸不上班，我们全家就都要饿死了，虽然我们全家就我们两个人。

3

自从我爸开始重操旧业，我们家就鸡犬不宁了，虽然鸡是我，犬也是我。

为了恢复自己的弹奏水平，我爸把我们家的一个房间改造成了排练室，每天除了吃饭睡觉，就是在里面噼里啪啦地弹琴。但显然这个排练室的隔音并没有做到位，这两周所有邻居的投诉都是我处理的。

这段时间，原本一向无忧无虑的我也开始变得忧心忡忡，我眼睁睁地看着我爸就像着了魔一样，从一个正儿八经的上班族变成了一个不务正业的文艺中年——我都不好意思叫他文艺青年了，你说这一把年纪了，还和神经病似的搞什么文艺，简直就是被文艺给搞了。

这天晚上，我爸非得让我带他去见见我那几个搞音乐的朋友，我心里自然是十万个不情愿。一方面不能让他知道我有男朋友这件事情，另一方面我也不想出去给人介绍说这是我老爸他四十岁了但他现在想搞乐队——想想都觉得太丢人了。

于是我跟我爸约定："我带你去见我朋友是可以，但是你绝对不能暴露你是我老爸的身份，不答应我我就不带你去。"我爸欣然同意后，我又偷偷打电话给我男朋友，说："我一会要带一个我爸的朋友过去，不准暴露你是我男朋友的身份，不然他告诉我爸我就惨了。要是敢轻举妄动，我拧下你的脑袋。"
两边都糊弄妥当后，我心安理得地坐上我爸的车去了那家酒吧，但为了防止被熟人看见，我还是让我爸提前两个路口就把我放下来，我自己溜达过去。

进酒吧以后，我男朋友立马过来要抱我，说好久没见想死我了，我直接上去给了他一耳光，说你丫怎么就不长记性呢，然后他就捂着脸蹲墙角哭去了。我问了下老板今天有几支乐队演出，老板告诉我今天周末，这片最牛逼的五支乐队都来了，今晚在这里同台对决。我心想这下太好了，让这些兔崽子都见识见识我爸的实力。

不一会儿酒吧的门开了，我爸背着琴进来了。他一进门的瞬间全场都安静了，都直勾勾地盯着他看。我一看他才发现忘了让他换身行头再来，他这些天没日没夜地练琴，乱糟糟的头发，穿个衬衫扣子都没扣好，不像是玩摇滚的，倒像是个落魄的流浪歌手。

我带着他给我几个朋友介绍，说："这是我爸朋友，想搞乐队。今晚不是有比赛吗？有没有乐队里缺吉他手的？"
他们纷纷露出了嘲笑的眼神，都起哄说比赛是有，但不设老龄组。
我一听就炸了："哎，你们怎么说话呢？懂不懂尊重人？你们确定自己能比他牛×？"
然后他们就都不敢说话了，倒是我爸很客气地对他们说："没事，我上台弹一段你们听听。"

见我爸背着吉他上台去调设备了，我找了个位置坐了下来，要了两瓶啤酒，一掏口袋没有烟，摆了摆手把我男朋友叫了过来。

“你爸这朋友年纪有点大了吧，我一开始还以为是你爸朋友的儿子呢。”我男朋友一边帮我点烟一边对我说道。
“怎么着？不行吗？谁规定玩摇滚一定要年轻，人家玩摇滚的时候你们还在吃奶吧？”
“哎，我说你今天脾气有点差，干吗总跟吃了火药桶一样，有话好好说嘛……”
“闭嘴闭嘴，再啰唆烟头掐你脸上。开始了。”我示意他不要说话。
周围的人看着台上这个四十岁的吉他手都在议论纷纷，有的在讨论他的来历，还有的甚至在等着他出丑，但我握着酒瓶子假装没听到，毕竟我绝对不能让大家知道这个人其实是我爸。

不一会儿台上的前奏响起，我一听就知道这首曲子是经典摇滚乐队Metallica的*Fade to Black*，因为这首歌实在太入门了，玩摇滚的没有人不知道，而且整首歌的难度也并不大，所以台下的观众显然也不怎么买账，纷纷发出了嘘声。

不过我爸倒显得满不在乎的样子，不管台下怎么骚动，他依然不紧不慢地把整首曲子弹完了。

正当我为我爸捏一把汗的时候，他对着话筒说了一句：“不好意思，刚才只是试一下设备。”紧接着一声泛音起手，紧凑的旋律瞬间从指间倾泻而出，我知道我爸这回终于要来真的了，因为曲子是旋律死亡金属乐队Children of Bodom的*Every Time I Die*，不仅难度要高出很多，中间还有一段非常炫技的solo。

看我爸在台上一边甩着头，一边在琴颈上飞舞着手指，我被这种气场震慑得不能动弹。死亡金属本身就是很有压迫感的音乐，那种爆裂感与撕裂感好像能够引燃你身体里的每一个细胞一般，伴随着极快的节奏，你能感到沸腾的血液从你每一根颤动的神经末梢喷涌而出。

而酒吧里的其他人，他们的状态也从一开始的骚动变为沉默，再变得惊讶得合不拢嘴。终于有一个架子鼓手忍不住了，他主动跑上台帮我爸伴起了鼓点，紧接着一个键盘手和贝斯手也加入了他们，本来枯燥的炫技瞬间变成了一场异常精彩的表演。

弹奏结束后，整个酒吧爆发出了热烈的欢呼声。我转头看了看我男朋友，他早已被惊得连手里的烟都忘了抽，攒了好长的一段烟灰，几乎要烧到手指了。他过了好久才缓过来问我："这大叔到底谁啊？简直都快成神了。"
当然全场只有我知道台上这个人并不是神，而是我爸。

酒吧打烊后，一切喧嚣散尽，我和我爸坐在马路牙子上喝酒。我问我爸最后决定加入哪支乐队，他告诉我，他还是选了那个鼓手所在的乐队，因为鼓手才是乐队的灵魂，一个好的鼓手能改变一支摇滚乐队太多。

"话说老程，你在台上弹琴的样子真是帅呆了，你年轻时候得迷倒多少不谙世事的小姑娘啊。"
"那可不，那时候真是大把大把的姑娘。"
"说，我妈当年是不是就是你的粉丝？"
"是啊，刚才我在台上看见你，忽然就想起了她。"
"爸，从没听过你和我妈的故事。"
"其实故事很简单，当年玩乐队的时候认识了你妈，后来就在一起了，然后莫名地就有了你，后来她发现崇拜和爱不是一回事，就把你留给了我，然后走了。为了养你，我就放弃了那条路，找了个正经的工作，就这样。"
"所以……其实我是个意外？"
"算是吧……"我爸喝了一口酒，显得有些窘迫。
"爸，你怎么可以睡粉丝呢，还不戴套。"
"嘘……你小声点。"

“我就不，你为什么不戴套，为什么不戴套！”我有些情绪激动地冲他喊道。
路过的一对情侣不禁侧目，想看这中年大叔和小姑娘之间到底是怎么回事。
“她是我女儿。”我爸显然有点喝高了，还冲他们大声解释道。没想到听完这句话他们的目光反而变得更加异样了。

我有些难过地哭了，我也不知道自己为什么会忽然很难过。或许我觉得我原本不该承受这些，一出生就没有了母亲，还要有一个总是不在身边的父亲。这一切都不是我的错，却因为一个意外的开始，全都降临在了我的身上。

“假如我从来都没有出生过，你们俩应该会过得更好吧，至少你不必放弃自己的梦想。”缓了一会儿后，我对我爸说道。
“嗨，别这么说，生活本来就是要去面对很多的不期而遇。”
“那你为什么忽然决定要搞乐队？”
“那天去酒吧抓你的时候，我在门口看到乐队演出的海报，想起自己年轻的时候，觉得虽然伪装了这么多年，但还是骗不了自己，未完成的心愿，不会随着时间的推移淡掉，而是变成一颗种子在心里生根发芽。我一直想带乐队参加一次摇滚音乐节，我真的不想它变成我这辈子的遗憾。”
“真的可以吗，我们俩不会有一天沦落到流浪街头吧？”
“放心吧，我还是有点存款的，而且你老爸什么时候失败过？成功把你养大，成功混到公司的高管，现在区区一支乐队，我还能搞不定吗？”
“好吧，老程，我先干为敬。”我抱起酒瓶咕咚咕咚就喝完了。
我爸也拿起了酒瓶，喝到一半他瞪了我一眼道：“以后再自己偷偷跑酒吧来喝酒抽烟，小心我拿皮带抽你。”

4

我爸不愧是公司的高管，那支乐队在我爸的管理下，渐渐从混酒吧的三流乐队，变得专业起来，在排练了几支曲子后，他们经常可以接到一些商业演出了。

而我爸在圈子里也小有了一些名气，圈里人都称他为“金属杀神”，不知从哪里半路杀出来的一个大叔，之前从没听说过，却有着如此牛逼的技术和势不可挡的杀气。有传言说他神秘是因为前不久刚刚从监狱里放出来，而他在舞台上近乎癫狂的表演则是因为每次上台前都要嗑药。听到这些传言我觉得非常好笑，因为只有我一个人知道他是我老爸，一个再正常不过的男人。

我对我爸说："你现在既然走上正轨了，好歹得注意注意自己的形象吧，你看你这一副邋遢中年大叔的样子，给人感觉一点都不摇滚啊。"
"哦？你那有化妆品吗？"我爸问我道。
"有，干吗？"
"帮我化个烟熏妆。"
"也不用这么夸张啦，你换套衣服就可以了，大不了再换个发型。"
"这些都需要，你先帮我化个看看。"

拗不过我爸，我只好拿出化妆盒来给我爸画烟熏妆，描完眼线以后我看了我爸一眼，差点笑岔了气，因为看起来真的不知道像何方妖孽。但是他自己照了镜子以后却觉得挺满意的。

"要的就是这种效果，金属就是要有这种感觉才对。等我再换个发型，你就不会觉得奇怪了。"
"说真的，我之所以感觉奇怪，和你弄成什么样没关系，我奇怪的是我竟然会有你这种老爸。"我笑道。
"所以我说是命中注定，有其父必有其女，你真的很像我，更像你妈。"
"我妈到底长什么样？"
"可漂亮了，每次她来看我演出，台下那么多美女，我都能一眼把她给找出来，她美得太醒目了。"
"你爱她不？还是只是喜欢她的美貌？"
"这很矛盾吗？爱难道不都是从好感和吸引开始的吗？"
"我觉得如果你爱她，她是会发光的。这和她的美貌无关，她可以长得很普通，但是你却依然可以从茫茫人海中找到她。"

“我的天，你今年多大，懂个屁的爱。”我爸对我这番言论嗤之以鼻。

不过我爸显然不知道我其实很早熟，十七岁已经谈过三次恋爱，现在这个男朋友要大我八岁呢。

要说到我男朋友，不得不说他最近心情很差，尤其对我爸的怨念很深。

首先是因为我爸没有选择加入他们的乐队，还在别人的乐队里把他的乐队碾压了好几条街，他觉得心里非常不平衡。其次则是他在我面前说我爸的那些传言时，我都要大耳刮子抽他——毕竟这是我爸，我不护着他谁护着他？他在被我抽了几次之后，开始怀疑我和我爸到底是什么关系。

我原本以为这事情本身也没什么大不了的，男人不听话只要摁在墙角揍几次就踏实了，但没想到后来却发生了一件大事。

那天我爸在酒吧演出完下来，正和我坐在一起喝酒，我男朋友忽然怒气冲冲地从门口冲进来，拍着桌子指着我鼻子问我：“程子青，你和这个男人到底是什么关系？”

我咋受得了这个气，也跳起来冲他喊道：“关你屁事呢！”

“好啊你……你你你竟然……你竟然和他同居了！”他说这番话的时候气得全身发抖。

“同居？”

“是，我昨天跟踪你们了，你们俩竟然住在一块。好啊程子青，你竟然敢背叛我，还跟了一个大叔，他大你二十多岁啊，这年纪都能做你爸了吧，你怎么这么不要脸啊！”

见他这么说我爸，我抄起酒瓶子就要砸他，我爸连忙拦住我，问我：“咋回事，这到底是谁啊？”

“是谁？我是她男朋友！你也是，这个年纪，竟然对朋友的女儿下手，有没有道德！”我男朋友此刻显然已经完全失控了。

“什么？男朋友？程子青你给我解释解释这是怎么回事。”我爸听到这话也猛地拍案而起。
“唉，你们能先冷静下来再说吗？”我整个人都快崩溃了。

但是还没等我解释，我爸乐队的人见我男朋友来找茬，纷纷围了过来，我男朋友乐队的人见他们人多，也围过来，双方互相推搡了几下，就开始动起手来，场面顿时彻底失控。

我那时正憋着一肚子气呢，见大家打起来了，也就顾不了那么多了，借着酒劲站上桌子加入了互殴之中，不管是哪边的我见人就打，这个混乱的状态足足持续了五分钟。

直到我拿酒瓶敲破了一个人的脑袋，那个人就是我爸。
大家这才散开来，只剩下拿着酒瓶的我，还有捂着头蹲在地上的我爸。

在医院包扎了一下之后，我们所有人都被送到了派出所。做笔录的时候，警察问我为什么要用酒瓶子砸我爸，我回想了一下说，我原本只是想劝架来着，所以就制服了打得最凶的那个。

当然我男朋友也伤得不轻，流着鼻血，两个眼睛都乌青乌青的，这肯定是拜我爸所赐。但当他知道那人是我爸后，出来后就痛哭流涕地趴在地上抱着我爸的大腿，求他再往死里打，不然就去跳河。当然了，我爸不会这么做，是我又把他给结结实实地打了一顿。

从派出所出来，我爸显得很生气，不知道是因为我打破了他的头，还是背着他偷偷交男朋友。不过他依然没骂我，只是一直用愤怒的眼神瞥我。

“爸，我错了，以后再也不敢用酒瓶子砸人了。”我弱弱地对他说道。
“我感觉我绝对不是你亲爹，如果有机会，我一定要去问问你妈，你到底是不是我的女儿？！”我爸忿忿地说道。
“您绝对是我亲生的爹，您看咱俩下手都这么狠，除了遗传没有更好的解释。”
“少贫嘴，我问你，你和你男朋友……睡过没？”
“当然没，我才十七，还未成年，他哪敢啊，看我不揍到他断子绝孙。”
“那就好，你可得长点心，别学你妈。”
“是是是，我知道您关心我。”
“关心你个屁，我是不想那小子走了我的老路。他人有点傻，但琴弹得倒是不错，有前途的。”我爸鄙视地看了我一眼道。

5

随着乐队的名气越来越大，我爸也渐渐成了一个小有名气的人，但他却几乎拒绝掉了一切媒体的采访甚至是唱片公司的邀请，他唯一接受的只有一个月后的摇滚音乐节对他的邀约。
我对此不免感到有些奇怪，虽然摇滚音乐节是我爸年轻时的梦想，但他为何要拒绝其他出名赚大钱的机会呢？这几者之间并不相互矛盾呀。

但我爸并没有和我表露心声。这些天除了乐队排练，他都一个人关在房间里。他告诉我他要写一首原创的歌曲去参加摇滚音乐节，让我最近都不要打扰他。于是我又体会到了那种孤独感，从小到大我爸都很忙，他不在的时候我觉得自己就像是个孤儿一般，没人管我的死活、心情好与坏，自己一个人上课吃饭睡觉，更不用说有人可以说话。

终于到了一个月后的摇滚音乐节，我早早就赶到现场看我爸的演出。但没想到来的人实在是太多了，我只好在后排踮着脚尖往台上张望。由于摇滚音乐节是一年一度的盛会，全国最好的乐队和歌手都会来到这个舞台，而我爸的乐队被安排在最后出场，这无疑是一项很高的荣誉。

不知等了多久，我爸和他的乐队终于出场了，全场爆发出了震耳欲聋的欢呼声。他们表演了两首非常经典的摇滚曲目，把全场气氛推向了高潮。然而在第三首开始前，我爸忽然走到了话筒前宣布，这将是他在这个乐队演奏的最后一首歌，这首歌结束后，他将离开乐队。

台下的所有人都愕然了，包括我在内，我不明白我爸苦心经营了这么久，为什么忽然又要放弃这一切。

“十七年前，我和你们台下所有人一样年轻，那年我还是个青涩的吉他手，我最大的梦想就是有一天能站在这个舞台上。然而后来有一天，一个小生命毫无预兆地降临在了我的生活里，她彻底改变了我的人生轨迹。为了把她照顾好，让她可以过更好的生活，我不得不去找一份稳定的工作。我剪掉了我的长发，穿上了西装，戒了烟，早早地和我的青春说了再见，我的梦想也就此成了遗憾。所以今天我来了，为了一个尘封了十七年的梦。然而我也知道我不可能永远地站在这里，在弥补了我的这个遗憾后，我还有一个更大的遗憾要弥补，那就是去做一个合格的父亲。”

在说完这段话后，一声吉他的和弦响起，我爸唱起了他自己写的那首歌。这不是一首摇滚乐，而是一首抒情的歌，歌词里诠释的是爱。当他唱到“我看到了你，你在舞台下闪闪发光”的时候，我终于像个傻 × 一样地哭了，这么多年的委屈和心疼都在这一刻倾泻而出，也在这一刻得到了救赎。

于是在这天之后，“金属杀神”从这个世界上销声匿迹了，好像他从来就没有出现过一般，尽管江湖上依然遍布他的传闻，但他早已不在江湖。

而我爸依然是我爸，只是他又换了份工作。这回他自己开了一家酒吧，不过他很少出现在店里，也从不在舞台上表演。他现在每天雷打不动的事情就是穿着西装戴着眼镜开车送我上学接我回家，然后抓着一根皮带在身后监督我的功课。这不禁让我感到一丝绝望，我万万没想到一个称职的父亲竟然比一个不称职的父亲更加让人煎熬。歌里唱得没错，这真是爱的代价啊。

但天无绝人之路，前两周我们班新来了一个二十七八岁的漂亮英语老师，有天我去她办公室，发现她竟然在放我爸写的歌。和她一聊，才知道原来她是我爸的粉丝。

“怎么，你也喜欢听他的歌？”她很好奇地问我道。
“是的……话说老师您单身吗？”
“是啊，怎么了？”
“没什么，老师我英语成绩真的很差，您这周末能去我家帮我补习一下吗？”

张皓宸

写故事的人，编剧，插画爱好者。冬天供暖，夏日送凉，属性为中央空调。已出版代表作：《你是最好的自己》《我与世界只差一个你》。@张皓宸

这段路
只能陪你到这里了

毕业时在同学录里最爱写“要做一辈子好朋友”的人，到现在很多都失联了。倒不是说不懂得珍惜，而是停停走走岔路太多，大家都脚下有风，各自灿烂，剩下为数不多还有交集的同学里，印象最深的，小序算一个。

我跟小序严格来说不算是同学，中学那会儿隔了俩班，全靠玩网游建立了“迷”之友情。在当时的大环境下，男女没有纯友情，男生跟女生玩，要么是娘炮，要么想勾搭。很幸运，我两项都占了：当时声音细确实够娘，也确实挺喜欢小序。因为她什么都大，脸盘子大，眼睛大，胸部尺寸也飞扬跋扈的，再加上她爸是我们年级出了名的最帅数学老师，就更添了光环。小序起初对我也有点意思，交换日记写了好几本，不过等到她有次去开水房打水碰见那位后，我就成了单方面意淫。

小序觉得那位像陈冠希，我酸她说是挺像的，都有鼻子有眼睛，也带把儿。那么多可歌可泣的校园爱情，小序最后选了最要命的一种——暗恋。几乎每节课下课都会去开水房打水，生怕碰见，却又好想看到他。后来打探到他上高二，在我们楼上，于是只要没事儿就长在二楼栏杆前张望。原来课间操跟我乐此不疲聊游戏的她，那时一个人做得无比认真、铿锵有力，尤其是第八节体转运动，每次回头都眼带激光在人群里直扫那位。更严重的是有次升旗仪式，她们班上周总评分得了年级倒数，校长当着全校一顿批。小序站我旁边眼含泪花看着校长的方位，我想说她啥时候这么有集体荣誉感了，只听她碎碎念道：你看啊，那位怎么能这么帅？我当时就幡然醒悟，之前会喜欢这姑娘，应该是青春期荷

尔蒙瞎起劲所致，并且起得有点儿糙。

后来小序真的认识那位了，据她说是在我们那个网游里认识的。卖藏宝图的时候，标价后面少打了个零，结果被那位不小心买了，于是小序死缠烂打在“世界”窗口黑他，逼得那位直接甩给她价值藏宝图二十倍的银子，就当认栽。小序被这霸道总裁俘获，又在“世界”窗口隔空表达爱意，两人一来二去成了网友，等一见面，小序圆满了。

她偷偷地把那位的QQ设置成好友上线通知，不错过任何一次聊天的机会。只有我知道，她每次激动，脑袋空白比她聊天的时间要久。他们放学一起坐公交车，两个人推搡着挤在人群里，话也渐渐变多了。也只有我知道，她回家根本不用坐公交车，走几步路就到了。

那年冬天，成都第一次下大雪，街上无论多晚都会有年轻人在雪地里打闹。小序和那位并排走着，她冷得把脸缩进羽绒服帽子里，看着自己鼻子里呼出的白气，神经已经被冻傻，谈笑间突然对那位说：我喜欢你。那位马上接了一句：我知道啊。

一点犹豫都没有。

小序愣住，被落在鼻尖的雪花吓出了寒颤。他说：把手放在我口袋里吧。小序照办了。那只手也放进来吧，他又说。哦。小序站到那位面前，把另一只手伸进去，那位也把双手放进兜，两人手一牵，一高一低看着对方，然后以亲吻收场。

小序说直到今天，她仍固执地认为，那位是她见过的最特别、最好的人，不然怎么会在自己最懵懂、最青春、最不懂爱、或许也是最懂爱的那几年，那么真切地喜欢着他？

小序和那位进入到恋人常规的相处模式，吵到天翻地覆，爱到海枯石烂。一晃到了高三，那位比我们高两届，已经上了市里最好的大学，一有空就来找小序。大学生身上自带高人一等的背光，加上生活费多，小序的生活质量也蹭蹭飙高，还被不少同学羡慕过。为此作为鸡犬升天里的那只鸡……我自然也成了吃香喝辣的高瓦数电灯泡。也是从那时起，我觉得那位勉强有点像陈冠希，就是要打个七折。

后来SNS社区流行起来，那位戒掉了网游，开始混豆瓣，流连于各种小组，偶尔发点照片和三两个不成文的句子，身后一群女文青追。当时豆瓣有一个交友小组，叫假装情侣小组，用文青体翻译是说：对生活的一种态度，因为找一个人开始很难，分手的时候又是那么痛苦，为了避免痛苦的经历，就选择中间最美丽的一段；说人话就是：姑娘/小伙，我们看着顺眼就去床上啪啪啪吧。

那位成了那个小组的常驻用户。

第一次发现那位出轨的时候小序刚一诊结束，成绩还不错，后来几次诊断考试直接从本科苗子一落千丈到了专科。小序没跟那位分手，不过进入冷战，任凭那位如何自责道歉，她都不动容。高考成绩下来，非常没有意外地，小序被影响得很严重，分数说出来都寒碜，选择题全选C应该也比她的分高。最后小序去读了科技大学旗下的一个技术学院，五年制，专业是电子商务，听着还挺有前景的，结果大一还没上完，学校就给她下了警告，因为逃课太严重。

她跟那位又和好了，常跑去他的学校跟他腻着。我问过小序好几次：真的还喜欢那位吗？她反问我：直到今天，我的所有密码都跟他有关，你说这是喜欢还是不喜欢？怎么分？这辈子，分不开了。

那位的学校外面有一个世界非物质文化遗产公园，是拍婚纱圣地和情侣栖息地。小序跟那位躺在草地上一遍一遍听金海心的《阳光下的星星》，租自行车在公园里浪费人生，在还没修好的洋楼里接吻，两个人缠在一起从白天亲到晚上，挂着红肿的嘴巴回寝室偷笑。那时小序似乎又找回了热恋的感觉，觉得初中暗恋他那么久，不是白费气力的，他一直都是自己心目中那个最迷人的少年。

小序大二的时候，新的专业老师估计也是鸿鹄之志没处发挥，热衷于点名，三分钟一小点，十分钟一大点，点名不到超过三次就不用参加考试了。小序乖乖上满了他半学期的课，那位也为了毕业实习奔波，两人多数时间靠手机联系。开始还会积极分享今天谁走狗屎运碰上了大锅菜里的小强，后来寥寥几句话，最后恨不得直接早晚安。小序没大吵大闹，而是把无声的抗议都写在QQ状态上、微博上，但那位好像都自动屏蔽。

人与人之间的感情讲究一个共振频率，一次可以找借口说忙，两次可以说是意外，但多次以后，就能知道对方心里到底有没有你。

这之后，他们将近一个多月没有联系，小序终于忍不住，直接杀去他们学校找他。两人去电影院看了《疯狂的赛车》，笑到飙泪，却不敢伸手牵住对方。当晚他们在学校旁边的快捷酒店开了房间，那位洗澡的时候，小序看见他手机收到一条短信，来件人“10086”，内容是“老公，我想你了”。后来一整晚，两人背靠背躺着什么也没做。小序突然问他：你爱我吗？他犹豫片刻说：我也不知道。

那一瞬间，似乎又回到初中那个冬天，两人牵着手交换鼻息，只是她一直误会了，那份温柔并不是她独享的。

成了米其林三星备胎，小序觉得自己太廉价了：肯原谅他出轨，因为他影响高考，为他逃课，坏事做尽彻底贬了值，女人看不起，男人爱不上。她从没哭得这么伤心过，抱着胳膊抽泣。有些东西，你即便知道它过期了，但还是抱着侥幸的态度吃，吃到拉肚子才能信，就跟抽奖券刮出“谢”字还不信邪，一定要把“谢谢参与”四个字都刮出来，因为没办法接受啊。听到一起听过的歌，吃到一起吃过的东西，经历一切相似的瞬间，就会没自尊地去挽回。

大二一结束，小序就被她的最帅数学老师送去了法国。也是到了那个时候，我才发现从前其貌不扬的同学都是隐藏富二代，成批盖上外国的戳，四面八方地送出去。因为时差的缘故，我跟她的联系也变少了，最多就是在她的博客、校内网看看她的近况，看到几张身材走样的照片，还会好心提醒她：脸本来就大，别太任性。

我从来都没敢问小序后来的心情。我知道，爱情比任何事物都顽劣，它不会如你想象的那样发展。你以为那个人来到你的世界，他就不会走；你以为他走之后前路险恶，再也不会像这样爱一个人了。但最后会有另一个人出现，把回忆变得微不足道。时间最会骗人，但也能让你明白，这个世界没有什么是不能失去的，留下的尽力珍惜，得不到的都不重要。

“唯愿你以后有酒有肉有姑娘，能贫能笑能干架，此生纵情豁达。”

这句话一度占据小序个性签名很长一段时间，我点赞的时候，发现那位也点了赞，小序竟然没有拉黑他。

后来我跟小序见过一次面，她弃自己的身材于不顾，我呛她要不是出于革命情感，我都不太想跟她做朋友。席间又聊起那位，说是好像已经结婚了，在同学的朋友圈看到，一个特别土俗的婚礼现场，那个新娘子是个脸比她还大几号的路人，当然，胸比她小太多。

那年法国国庆日，巴黎铁塔被烟火包裹，小序发信息给那位说：我们还是做普通朋友吧。不久后，那位回了信息，小序直接关上手机，仰头看天空。她说，分手以后，才知道心里有人真的曾进来过，但时间久了，以为忘不了的，也在不知不觉中忘了。他生日什么时候来着，4月……算了，终于是忘了。

我说，记得也好，最好忘掉，就让那段记忆好好待着，别去打扰。不是你不温柔，而是你太聪明。

如何跟喜欢很久的人说再见？时间只是懒了点，所以没给我们明确答案。

不过真正地放弃一个人是无声无息的，不会把他拉入黑名单，不会删掉他的电话，看到他过得好可以毫不羡慕地点赞，即便路上碰见也可以给一个恰到好处的微笑，只是你心里清楚知道，你们不会再热络地聊天到深夜，你的心情不会因为他矫情到死而阴晴不定。当初那么喜欢，现在那么释然，没有犹豫。这段路，只能陪你到这里了。

对不起，真的就喜欢你到这里了。感谢你在昨天出现，现在我们都很好，留下的当做故事，离开的后会无期。

ONE Book

监　　制：韩 寒
总 策 划：小 饭
策 划 人：金丹华
出版统筹：戚开源
编　　辑：赵梦黎
封面设计：陆骏璇
版式设计：陆骏璇 欧阳颖

官方网站：wufazhuce.com
官方微博：@ 一个 App 工作室 @ 一个图书社 @ 亭林镇工作室
官方微信：

more

很高兴见到你

去你家玩好吗

想得美

不散的宴席

在这复杂世界里

和喜欢的一切在一起

我们从未陌生过

女王乔安 / 张晓晗

少年博物馆 / 张晓晗

世界上所有童话都是写给大人看的 / 陈谌

杀手的礼物 / 蒋话

皮囊 / 蔡崇达

我与世界只差一个你 / 张皓宸

当一切在我们周围暗下来 / 荞麦

我们从未陌生过

产品经理_袁舒舒　　责任印制_路军飞
后期制作_顾利军　　策 划 人_吴　畏

图书在版编目(CIP)数据

我们从未陌生过 / 韩寒 主编. -- 杭州 : 浙江文艺出版社, 2015.8（2018.2重印）

ISBN 978-7-5339-4268-7

Ⅰ. ①我… Ⅱ. ①韩… Ⅲ. ①散文集－中国－当代②小说集－中国－当代 Ⅳ. ①I217.1

中国版本图书馆CIP数据核字(2015)第176563号

责任编辑　金荣良
特约编辑　袁舒舒
装帧设计　陆骏璇

我们从未陌生过
韩寒 主编

出版　浙江出版联合集团
　　　浙江文艺出版社
地址　杭州市体育场路347号　邮编　310006
网址　www.zjwycbs.cn
经销　浙江省新华书店集团有限公司
　　　果麦文化传媒股份有限公司
印刷　北京盛通印刷股份有限公司
开本　880mm×1230mm　1/32
字数　228千字
印张　8.75
印数　243,001-248,000
版次　2015年8月第1版　2018年2月第7次印刷
书号　ISBN　978-7-5339-4268-7
定价　35.00元

{终} *end.*